U0528107

零公里

修订版

王族 ◎ 著

长江出版传媒 | 长江文艺出版社

图书在版编目（CIP）数据

零公里 / 王族著. -- 武汉：长江文艺出版社，2024.4(2024.11重印)
ISBN 978-7-5702-2666-5

Ⅰ.①零… Ⅱ.①王… Ⅲ.①长篇小说－中国－当代 Ⅳ.①I247.5

中国国家版本馆CIP数据核字(2024)第063754号

零公里
LINGGONGLI

责任编辑：李 艳　胡金媛		责任校对：毛季慧	
装帧设计：朱殿涛		责任印制：邱 莉　胡丽平	

出版：长江出版传媒　长江文艺出版社
地址：武汉市雄楚大街268号　　邮编：430070
发行：长江文艺出版社
http://www.cjlap.com
印刷：湖北新华印务有限公司

开本：640毫米×970毫米　　1/16	印张：20.75
版次：2024年4月第1版	2024年11月第4次印刷
字数：248千字	印数：35001-38000册

定价：49.80元

版权所有，盗版必究（举报电话：027—87679308　87679310）
（图书出现印装问题，本社负责调换）

目 录

001　第一章　走向界碑

035　第二章　下山的人

074　第三章　遥远的约会

103　第四章　领命上山

134　第五章　山崖上的光芒

167　第六章　巡逻路上

208　第七章　生命禁区的树

232　第八章　无法见面的亲人

261　第九章　一支驳壳枪

299　第十章　无言的告别

第一章　走向界碑

1

下来一个命令，还有一个消息。

命令很简单，让汽车营二连从阿里下山时，派人去多尔玛边防连的一号达坂，用红漆把界碑上的"中国"二字描红。界碑是国家主权和领土的象征，必须让上面的"中国"二字鲜红明亮，以示国家的神圣和尊严。上级要求在统一时间完成描红任务，但多尔玛边防连在外执行任务不能返回，恰巧二连下山时会路过那里，任务便落在了他们头上。

消息是，部队要在明年评"昆仑卫士"。

这个消息让大家很兴奋，汽车营的兵常年在昆仑山上奔波，这个荣誉称呼中就有"昆仑"二字，那就像是为他们而设的。但他们冷静一想，所有部队都一样，就看谁干得更好，谁的成绩更大，到时候拿事实和成绩说话。

二连的排长田一禾，听到这个消息后没有说什么。但是去一号达坂的任务让他暗自心动，他早就想去看界碑，现在终于有了机会。

刚才，一位老兵对他说，汽车营前几年复员留到地方单位的老兵，大部分人工作都已经转正了，也结婚成家了；而留在营里的老兵因为名额有限，大部分人没有希望转志愿兵，这一批1992年参军的兵，今年恐怕大多数就得复员离开部队。

那时候，当兵的出路，并非只有留在部队转志愿兵。田一禾想，因为地方经济发展繁荣，而且用人机制也很灵活，汽车兵有过硬的高原驾驶本领，地方单位很欢迎他们，这也是汽车营复员老兵的一个出路。

一阵风吹来，觉不出寒意，田一禾觉得还没有入冬，昆仑山还停留在漫长孤寂的秋季。如果没有这个命令，田一禾所在的二连的二十五辆军车，三天后就能下昆仑山，回到叶城县的零公里。

零公里是新藏公路（G219国道）的起点。新藏公路北起新疆喀什地区叶城县的零公里路碑，穿越喀喇昆仑山、冈底斯山、喜马拉雅山，南至西藏日喀则拉孜县。沿途有新疆与西藏交界的界山达坂、神山冈仁波齐、圣湖玛旁雍错、萨迦寺、白居寺等。此路平均海拔在四千五百米以上，是世界上海拔最高、路况最艰险的公路。全线高寒缺氧，横卧荒漠戈壁、密布永冻土层，且常年积雪。汽车营属于西藏的藏北军分区，但营部却驻扎在新疆叶城县新藏公路零公里旁边的留守处。

下了山，海拔就会降低，人就不会缺氧，那是再舒服不过的日子。但是突然接到这个命令，下山时间只能推后。

命令来了，必须服从。

现在是十一月，二连已完成今年的最后一趟运送任务，准备返回狮泉河。上路后，田一禾看见远处的雪山好像更高了，看得见但爬不上去。不要说最高的雪山，即便是近处低一点的雪山，爬上去也并非易事。

田一禾无奈地笑了笑，没事爬雪山干什么呢？眼下最重要的是去一号达坂完成任务。

田一禾想去执行这个任务，没想到连长肖凡却说，这要由他亲自去完成。肖凡的话说得硬，事情就不会软。田一禾还想争取，但肖凡的神情让田一禾明白，此事争取无望，他是排长，肖凡是连长，他得听连长的。

田一禾在前几天还听到一个消息，昆仑山的一个边防连因为冬季缺人，藏北军分区计划让汽车营挑出一百个人，到那个边防连执行冬季换防任务。虽然目前还不知道是哪个边防连缺人，但汽车营的人都觉得一连和二连就在山上，如果被挑中了便不用下山，在山上直接执行即可。田一禾起初也这样想，后来又觉得三连还在山下，必须会集到一起才能上山。

那就先下山，然后再上山。田一禾笑了笑，不再想这件事。

车队向藏北的狮泉河驶去，翻过一个达坂，很快就不见了影子。达坂上的路像纤细的线条，而达坂上面的雪山，又犹如紧闭的门扇，汽车一进去便死死关上。进了门扇的汽车就开始上山，然后又下山。汽车兵说的上山和下山，是指在新藏公路上运送物资。

本来，汽车营在新疆，去阿里就是上昆仑山，就是去了西藏，汽车兵却不说去藏北是去西藏，而说是上山。他们从零公里出发，不久就过库地达坂上了昆仑山。汽车兵将称呼简化，只用"山上"或"山下"称之。山上意味着五六千米高的海拔、危险、缺氧、头疼、胸闷、孤独和吃不上蔬菜；山下意味着氧气充足、安全、轻松和行走自如，即使是叶城那样的小县城，也让下山的军人觉得犹如繁华都市。

上山。

下山。

风一直在刮，雪一直在下，田一禾上山下山很多趟，因为每一趟都极其不易，所以他对每一趟都记得清清楚楚。汽车营的广播里经常播放《相约一九九八》。几年前，大家都觉得离1998年很远，但转眼就到了1998年，大家才觉得时间过得太快，这批1992年入伍的兵变成了老兵。铁打的营盘流水的兵，一茬老兵复员离去，一茬新兵又来，每年都重复上山。上山时，新兵大都神情紧张，害怕上去下不来，从此只在花名册上留下一个名字。上山途中，历经达坂、雪山、险滩、峡谷、悬崖、风雪、寒流、饥渴、寂寞等，个个灰头土脸，满眼血丝，嘴唇龟裂。这些磨难，汽车兵都能忍受，不能忍受的是缺氧和高原反应。缺氧让人昏昏欲睡，高原反应让人头疼欲裂。这种时候，汽车兵都不敢睡过去，就怕再也醒不过来。头疼得实在受不了，便把背包带绑在头上，把头绑得麻木，挨到天亮后再上路。

汽车二连很快就到了狮泉河。汽车营派一百个人到一个边防连执行任务的消息，很快就得到证实，但到底去哪个边防连，还没有明确。

田一禾想着这些，感觉有些冷。

他纳闷，明明晴空万里、阳光明媚，为什么却这么冷？哦，昆仑山上与山下不一样，好像冷就藏在阳光里，白天还好好的，但是一夜间就冰封雪裹，冻得人发抖。这样想着，田一禾禁不住一抖，好像有雪落在了身上。他一激灵，才发现自己走到了邮电局门口。对了，他来邮电局要给对象马静发电报，说他下山后最多待一个月，然后又要上山，希望她能来新疆一趟。田一禾与马静是高中同学。田一禾参军入伍的那一年，马静考上了大学，之后两人一直保持着联系。去年，两人在通信中确立了恋爱关系。马静说，咱们不能只靠通信谈恋爱。田一禾以为入冬后就可以休假回兰州，不料汽车营又要上山，只能让马静来一趟。马静很快发回电报，说她一两天后即可动身。田一禾算好下山的日子，给马静去电报确定了见面日期。谁知，却接到去一号达坂的命令，看来他下山的日子要推后几天。他知道马静已经从兰州出发，过几天就能到达零公里旁的留守处，如果他能早一点下山，马静就能早一点站在他面前，用那双漂亮的眼睛看着他。他想起部队常说的一句话，舍小家顾大家。他当然明白，个人利益事小，部队利益事大。驻防在阿里的军人在这方面的牺牲比比皆是。想到这里，田一禾暗自神伤，但愿马静不会因为这些改变想法。

汽车二连在狮泉河并没有过多停留，第二天一大早便上路，向多尔玛边防连驶去。

田一禾想，一号达坂在等着咱们汽车二连。

如果连长肖凡一个人去描红"中国"二字，那就只能说，一号达坂在等着肖凡一个人。

在半路停车休息时，阳光迎面照过来，照着田一禾，也照着肖凡。田一禾憋了一会儿，还是忍不住劝肖凡："连长，到了多尔玛边防连，你休息一下，由我带几名战士去描红。你放心，我保证完成任务。"

肖凡说："战士们都很辛苦。再说一号达坂的海拔太高，我在山上跑得多，经验丰富，会比你们少吃一些苦。再说了，很快就要评'昆仑卫士'了，咱们千万不能出错，否则到了评选的时候会受影响。"

田一禾有些吃惊，评选"昆仑卫士"一事，虽然还没有正式通知，但肖凡已经在做考虑，看来这一荣誉触动了每一个人，尤其是昆仑山上的军人，大家想被评上的愿望更加迫切。只是去一号达坂太艰苦，他不忍心让肖凡一个人去。他忍不住问肖凡："你一个人去能行吗？"

肖凡点了点头。

田一禾说："我身体好，让我去吧。"

肖凡却摇头。

田一禾又说："要不我陪你去，两个人在路上有个照应。"

肖凡说："一号达坂那么高，我之所以要一个人去，就是不想多一个人受罪。你陪我干什么？没那个必要。"

田一禾的嘴张了张，却像被什么压着，没有吐出一个字。他把想说的话压了下去。

有风刮过，像是把一股寒意扔出来，砸在了田一禾和肖凡身上，二人不由得颤抖了几下。昆仑山上的风不大，但刮起来没完没了，历来有"一年一场风，从春刮到冬"的说法。平时刮风倒没什么，最多冷一点，可如果人正遭受高原反应，再加上刮风，头就会更疼，呼吸就会更困难。那情形好像一只巨手，一把将气喘吁吁的人拎起，一甩手就要扔到地上。现在刮过来的风，让田一禾和肖凡觉得说话费劲，于是便上车启动马达，踩一脚油门，向多尔玛边防连驶去。

新藏公路上车辆不多，加之沿途很少有人，一路除了偶尔飞过的鸟儿，或者从山谷里窜出的羚羊，再无别的活物。汽车兵不为赶路，却忍不住越开越快，好像只为把寂寞扔在身后。

田一禾在车载音响中放着李娜的歌曲《青藏高原》，这首歌旋律高亢，荡气回肠，汽车兵喜欢听，一上路就放，而且反复听，很提神。

一位老兵说，李娜能把歌唱成这样，一定在高原的黑夜里听过狼叫。田一禾起初不理解，后来上了几趟昆仑山，才理解了那位老兵的话。

田一禾想，也许以后会有一首关于"昆仑卫士"的歌。

车队一路疾驰，是不是把寂寞扔在了身后，大家都不清楚，但确实把夕光扔在了身后，只用了一天就跑到了多尔玛边防连。边防连只有两个炊事兵在留守，其他人都执行任务未回，车队一来，连队便热闹起来。

田一禾向连队后面的达坂看了看。他记得一号达坂的海拔是五千八百多米，现在一看才发现，一号达坂几乎与云朵挨在一起，是阿里军人常说的"天边边"。在那里，空气稀薄、缺氧、高原反应等，会像石头一样压在人身上，让人的脑袋像针扎一样疼，双腿像被抽去筋一样发软。边防线和界碑在一号达坂上，必须上去巡逻。担任巡逻任务的是边防军人，除了他们几乎没有人上去。这样想着，田一禾便觉得即将评选的"昆仑卫士"，并不是简单地"守卫昆仑山"，真正的"昆仑卫士"是在精神和肉体上经受了双重考验，其艰难程度，常人难以想象。

田一禾没有看清一号达坂，却因为仰头太久，一阵头晕。

平时，不上一号达坂，也会因为高原反应头疼，上了一号达坂则一步三喘。战士们每次上去都议论，咱们如此艰难地爬上一号达坂，是为了什么？有的说，是为了到达，咱们到达就证明是坚守；有的说，是为了看一眼界碑上的"中国"二字，那两个字红灿灿的，体现着中国的尊严。

说得都好。

这些话，几乎每次上一号达坂前都会说一遍。多少年了，一号达坂没变，这些话也没变。说完这些话，战士们就开始向上爬。有时候半天都不说一句话，不是大家不喜欢说话，而是因为说话费劲，走不了几步就头疼、胸闷和腿软，所以不说话是明智之举。

田一禾再次向肖凡提出请求，由他去完成一号达坂的任务。

肖凡仍然不同意。

田一禾很想去一趟一号达坂，只有上了一号达坂，才算是真正到了边关。虽然在昆仑山上很苦，但并不能苦熬，必须在苦中见精神，苦中有作为。军人们一天天忍，一月月熬，一年年扛，铸就了昆仑精神。只要昆仑山在，这些精神就在。有一个说法，但凡在昆仑山"无人区"出现的人，那一定是军人。现在，田一禾也想当一回在"无人区"出现的人，哪怕肖凡不同意，他也想争取。

一阵风吹来，没有刚才那么冷，田一禾却看见肖凡颤抖了一下。是那种被什么突然击中，不知不觉的颤抖。田一禾以为肖凡高原反应了，但他很快又否定了这一想法：高原反应首先会让人头疼，身体不会先颤抖，倒是因为呼吸短促，嘴唇会先颤几下。还有，高原反应引起的头疼会让人神情有变，但肖凡看上去很正常。田一禾注意观察肖凡，如果肖凡继续颤抖，他就能判断出一二，譬如急性风湿性关节炎、心律失常等；但好一会儿了，肖凡没有再颤抖。田一禾伸手去扶肖凡，肖凡却迅速避开。田一禾掩饰着尴尬把手收回，然后问肖凡："连长，你的身体怎么啦？"

肖凡说："没什么，这个地方海拔高，天气冷。"

田一禾说："我一点也不觉得冷。但是我看见你颤抖了，你不舒服吗？"

"没有啊。"肖凡看了看自己的腿脚，没什么毛病，遂一笑完事。

田一禾觉得自己多虑了，不再说什么。

没有争取到任务，田一禾有些郁郁寡欢，他问肖凡："明天就上一号达坂吗？"

肖凡摇摇头说："明天让战士们在多尔玛边防连休息一天，养养精神，我一个人上一号达坂。"

田一禾忍了忍，没忍住，便说："连长，还是我去一号达坂吧，你的身体……"

肖凡反问："我的身体怎么啦？"

田一禾不好直说心里的顾虑："这么多人，这么多车，需要你带下山。所以，你把身体养好……"

肖凡不耐烦了："你一个排长，操的是连长的心……"

田一禾不好再说什么。他想起有一次在狮泉河，一位营长对抢任务的连长说："你一个连长，操的是营长的心！你什么都别想，让你休息你就休息。"现在也是这种情况，他是排长，肖凡是连长，他无法让肖凡改变主意。

吃完晚饭，天很快就黑了下来。

多尔玛孤零零地处在一号达坂下面，四周没有村庄，天黑下来后夜色更厚重，就连窗户上的灯光，也像随时都要熄灭。没有人走动，好像在这样的夜晚走动，一不小心就会掉入黑色的巨大深渊。

起风了，田一禾走到窗前，看见院子里掠起一团黑影。过了一会儿风小了，那团影子还在不停地摆动。他以为是树，但很快便反应过来，多尔玛没有树。如果有树，被风吹打是常事，在阿里的一个边防连，因为风总是从一个方向吹，树枝便向另一个方向弯去，看上去像是整棵树都弯着腰。人苦了还可以倾诉，树却只能把磨难熬成无言。在昆仑山上，很难让一棵树活下来，往往栽十棵活一两棵，一个冬天过后，便只剩下一棵棵秃树。

窗外的这团影子不是树，那又是什么？

直到那影子动了一下，田一禾才看清是一条狗。也许狗也会有高原反应，加之风又刮得这么大，那狗便趴着，任由大风把身上的毛吹出一团黑影。

狗在这样的地方也不容易。人不能久看窗外，看久了会难受。

田一禾刚转过身，看见肖凡又颤抖了一下。他想提醒肖凡，却又觉得肖凡不会认为自己颤抖过，便把话咽了下去。

很快，田一禾发现肖凡还在颤抖，便对肖凡说："连长，你的身体……不行的话，我带队去一号达坂。"

肖凡的确没有感觉到自己在颤抖，他学着那位营长的腔调对田一禾说："不行！你不也是急着下山，要见对象马静吗？在汽车营，谁不知道这件事？所以，你还是好好休息一下，下山后在零公里的留守处等马静来看你吧。"

田一禾想，马静可能已经在路上了。

肖凡见田一禾走神，一笑说："你的心，恐怕早就飞下山了。"

田一禾确实想尽快见到马静。他又看了看肖凡，虽然肖凡这会儿没有颤抖，但是他还是有些担心，便再次请求肖凡让他去一号达坂。

肖凡还是不同意。

田一禾不想放弃，尽管在一号达坂上每走一步都缺氧、气喘、胸闷、头疼，要忍受常人难以想象的艰难。他听说有一次，战士们走到离界碑一百多米的地方，气喘吁吁，一步一停，用了一个多小时才到了界碑跟前，然后慢慢转过身，一字一顿才能说一两句话。而现在肖凡的身体莫名其妙地颤抖，上一号达坂能行吗？于是，田一禾对肖凡说："我晚回去几天没关系，马静多等几天也无妨。我去一趟一号达坂，这一趟就圆满了。"

肖凡没答应。

外面的风又刮了起来，好像一个挣扎的人，在向着幽暗的地方挪动。夜太黑，风没有方向，很快便不知撞到了哪里。

田一禾争取任务无望，只能躺下睡觉。

奔波了一天，战士们早早地都睡了。

半夜，田一禾做了一个梦，梦见自己在阿里的狮泉河边，他本来想去看看河中有没有鱼，却离狮泉河越来越远，直至走到一片荒地上，才发现自己走反了方向。他转身往回走，一场风刮了起来，还夹杂着沙子，打在脸上一阵生疼。阿里高原上刮的都是冷风，现实中是这样，梦里也不例外，不一会儿就将田一禾冻得瑟瑟发抖。

狮泉河就在不远处，他看得清清楚楚，好像还看见了水里的鱼，但是他在大风中迈不开步子。他隐约明白，水里的鱼是幻觉，甚至狮泉河也不在眼前。

他想，不怕慢就怕停，慢慢走吧，哪怕狮泉河再远，迟早也能走到它跟前。但是没走几步就走不动了，只好停下喘息。虽然在梦里，人仍然会有高原反应，做梦的人不知详情，只是难受。

过了一会儿，田一禾喘息渐缓，便又往前走。

有一个人在前面健步如飞，大风奈何不了他，高原也不能让他慢下来。

田一禾对那人喊叫，风太大了，不能走这么快。喊完了自己笑自己，你想快还快不了呢，倒替别人操心。

很快，田一禾发现因为风太大，他喊出的话，像是被风中的大嘴一口吞了，那人没有听见。

那人会不会是肖凡？

好像是。

又好像不是。

那人走得轻快如飞，田一禾心里的答案也随之起起伏伏。最后，好像风中的石头落了地，他断定那人是肖凡。他又想喊叫一声，却看见那人被风刮得飞起，像树叶一样飘过狮泉河，落到了对面的山洼里。"肖连长……"这次他喊出了声。肖凡却已经不见了。

不见了……

大风停了。

一下子就停了，好像没有刮过一样。

田一禾急急往前走，很轻松，走得很快。到了狮泉河边，他无心看河水，更无心看水里是否有鱼。

他要赶回多尔玛边防连，让大家知道肖凡出事了。多尔玛离狮泉河很远，但梦是无序的世界，田一禾说到就到了。奇怪的是，肖凡却在多尔玛完好无损。梦中的肖凡半醒半睡，田一禾没有惊讶，他对肖凡说话，却听不清自己在说什么。他的声音钻入自己的耳朵里，刺出一阵疼痛，把自己折磨得醒了过来。

一醒来，疼痛消失了。

他和肖凡同住一屋，本可以起身看看肖凡，但因为他白天长途奔波，刚才又做了那样的梦，实在太累，于是又沉沉睡去。

人睡着了，又会做梦。田一禾又梦见了肖凡。这次的梦境接近现实，他看见肖凡在颤抖，是那种浑身难以止住的颤抖，间或还有牙齿磕碰的声音。

肖凡病了。

病得很重。

都这样了，还能上一号达坂吗？

不能。

那怎么办？

阻止他。

怎么阻止？

没有办法阻止，一个排长，不能操连长的心。

不，一定有办法。

什么办法？

不要急，一定能想出办法。

田一禾提问时，是他；回答时，是另一个他。一问一答像两张嘴，急于把一件事弄明白。扯来扯去好像弄明白了，又好像没弄明白。

肖凡一直在颤抖，田一禾想走过去把肖凡扶起来，让肖凡喝点水，但梦不给他力气，连脚也不让他动一下，他干着急动不了，便只能这样自问自答。

问来答去，不要说答案，连问题也变得模糊不清。

他脑子里彻底乱了。

这时，他听见肖凡在叫他的名字，他应了一声。肖凡好像听不见，仍在叫。他急了，大声答应，让自己都吃惊，他的声音居然会这么大。

这一声，让他醒了过来。

又做梦了，他唏嘘不已。

梦中情景让人悸动,现实中的事实更让人惊骇——肖凡果然在发抖,浑身像被电击了一样扭来扭去。肖凡想爬起来,却没有力气,便叫着田一禾的名字,最终叫醒了田一禾。

田一禾扶肖凡坐起来,替肖凡擦去汗水。

肖凡看了一眼田一禾,想说什么,却没有说出来。

田一禾明白,肖凡在白天不承认自己颤抖,现在承认了。他为什么颤抖?

是什么病?田一禾猜测可能是急性风湿性关节炎,也可能是高原反应综合征。在高海拔和缺氧的地方,很多人都没有明显症状,却得上复杂的病,譬如肺气肿、肺结节、心脏衰竭、血压反常变得偏高或偏低等,人一旦扛不住,就会被多种病汇集造成的疑难症状击倒。

在多尔玛这样的地方,得一般的病都很麻烦,现在肖凡已经病成了这样,怎么办?田一禾准备叫醒战士们,让车队连夜下山,把肖凡送到三十里营房医疗站。肖凡突然停止了颤抖,像面条一样瘫了下去。

田一禾再次把肖凡扶起来,让他靠着枕头,然后给他倒了一杯水。肖凡喝了点水后,慢慢好了起来。

过了一会儿,肖凡想说什么,田一禾用手势制止了他。他打了一个哈欠,田一禾便扶他躺下,"睡吧,好好睡一觉。"

肖凡很快睡着了,呼吸平缓,应该不会有事。

夜慢慢深了。

2

炉子烧得很旺,发出一连串呼呼声。那声音像是谁憋得太久，终于遇上了一个可以倾诉的人，便说个不停。也许火焰是有语言的，但是人听不懂，火焰便独自倾诉，让这个暗夜有了几分躁动。

田一禾睡不着。

睡不着，那就照看肖凡。

肖凡睡得很沉，不见被子动一下，说明他没有再发抖。

一觉睡到天亮吧，那样就缓过来了。田一禾这样想着，心里好受了一些。

外面的风大起来。田一禾想，这样的风刮起来，千万不要没完没了，否则汽车连会被困在这里。昆仑山上的大风很厉害，能把树枝刮得满天飞，刮得地上刚长出的草变成黄色——它一年的生长便宣告结束。如果是冬天，地上的积雪哪怕再厚，也能被大风掀起几层，有时候甚至会让积雪彻底消失。

田一禾的脚有些酥麻，便换一个姿势坐着。这个季节，山下还是初秋，但山上冷不丁会大雪纷飞，让天地在一夜间一片雪白。这样想着，他坐不住了，决定出去看看，风大不大不要紧，千万别下大雪，否则上不了一号达坂。

哦，上一号达坂。田一禾一阵头疼，肖凡都这样了，还能去吗？

他看了一眼肖凡，被折腾了一番的肖凡，好像缩小了，而且这一缩小就再也舒展不开。不，不能这样想，昆仑山上的军人，没有什么能打垮他们。往往在别人都离开后，留下的还是军人。在最累的时候，他们用身体去撑；在最饥饿的时候，他们用意志去撑。一次次，一年年，从不气馁和退却。

院子里，风在吹，雪在落，不是好天气。

田一禾扭头向一个方向望去，远处黑乎乎一片，什么也看不清。他想起昨天来多尔玛的路上，他看了一会儿前面的雪山，突然，他看见山脚有一片红，很大，也很鲜艳。

是什么呢？

他猜测不到答案。昆仑山的雪线之上是雪山，从雪线向下便是沟谷，不见一丝绿色。他对此早已习惯，每次上路看上几眼便不看了，因为看与不看，昆仑山都在心里。但是那片红色却是意外，到底是什么呢？昨天早上出发后，从上午到中午，再从中午到下午，那片红色一直都在前面。田一禾想，一天后才能跑到那片红色跟前，到时候就能看出究竟。

汽车跑了一天，下午到了班公湖边。班公湖是一个奇迹。在海拔四千多米的高原上，粗糙的山峰环绕起伏，而幽蓝的班公湖就在中间安然偃卧。太阳已经偏西，湖面扩散着片片刺目的幽光，人尚未走近便被那片光亮裹住，有眩晕之感。

过了班公湖，就到了多尔玛。因为忙碌，田一禾一直没有顾得上去看那片红色，现在想起了便扭头去看，夜太黑，什么也看不见。不要紧，那片红色一定还在夜色中，只不过被夜色遮蔽了而已。

等天亮了，就能看清那片红色是什么。也许那时候，风和雪都会停止，肖凡的身体也会好起来。田一禾依稀记得有人说过，在昆仑山上，白天不重要，最重要的是晚上，只要晚上睡得好，身体得到缓解，第二天哪怕到了海拔再高的地方，哪怕再缺氧气，甚至出现高原反应，也能扛得住。

田一禾一阵释然。

一个黑影径直向田一禾移动过来，田一禾以为是肖凡醒来发现他不在，便出来找他。他刚要对着黑影叫一声"连长"，那黑影却先开口了："田排长，你半夜站在院子里，是睡不着吗？"

是下哨的战士，背着枪。

田一禾不好意思说自己睡不着，便对那战士说："离天亮还有两三个小时，你回去好好睡一觉吧。"

那战士却不动，"田排长，你不回去吗？"

田一禾说："我待一会儿。"

那战士说："我陪你。"

田一禾劝不走那战士，只好让他留下陪自己。阿里高原上的军人，其实不缺觉，没事时只要你愿意躺，便有足够的时间睡觉。问题是白天睡多了，晚上便没有睡意，眼睁睁地挨到天亮很难受，所以军人们在白天都不午睡，为的是在晚上睡着，睡着了就会少受罪。现在，这位战士一定知道回去睡不着，加之田一禾一个人站在院子里，便要留下来陪他。陪吧，他陪我，我也陪着他，把这个夜晚打发过去。

两个人走出院子，在马路上看不见什么，便不知要干什么。那战士问田一禾："排长，咱们汽车营天天在昆仑山上跑上跑下，应该能拿上'昆仑卫士'吧？"

田一禾心中一紧，不知该怎么回答。

那战士见田一禾不说话，便没有再问。

一股寒意袭来，把田一禾撞出一阵不适。他以为是风，却感觉不到风。他一愣，不是风，那就是雪下大了，但是他一摸身上，没有多少落雪。奇怪，既没有刮风也没有下雪，这股寒意是从哪里来的？

突然，传来一连串狞厉的嗥叫。

有狼！

那战士拿起枪，对田一禾大叫："排长，快过来，有狼。"

田一禾一惊，把那战士拉到身边。黑暗中，有一片绿点闪了过来,是狼的眼睛,像小灯泡似的越来越大。昆仑山上的狼与别处的狼不一样,别处的狼凶,但昆仑山的狼恶;尤其是无人区的狼,个儿大、体硕,袭人如发疯。不仅仅是狼,就连野马、野驴、野牦牛等都凶猛无比,甚至野羊见了人,也会刺过来一对锋利的角。

是他们二人的气息被风刮开,狼嗅到后便围了过来。

那片像小灯泡似的光到了山冈上,突然不动了。这不是好事。狼群有一个习惯,围到人跟前会前仰后蹲停顿下来,人以为狼不会进攻,其实这是最危险的时刻,此时的狼在观察人,然后突然发起进攻,一下便能击中人的要害。

田一禾的呼吸紧促起来。

那战士本能地拉动枪栓,准备向狼射击。

"不能开枪,这儿是边境线。"田一禾低叫一声。那战士将食指从扳机上收了回来。

田一禾咬紧了牙关,如果狼群发起进攻,那战士却不能开枪,怎么办?只能用刺刀或用枪托去刺去砸,那样的话他们的战斗力会明显减弱,弄不好会被咬死。

田一禾的手颤了一下。

虽然没有子弹上膛,但那战士本能地拉了一下枪栓。这时,一股旋风把脚下的雪卷过去,那片小灯泡似的光晃动几下,像是被风吹得飘了起来。狼群受到了惊吓,在恐慌地躲闪。很快,便传来支支吾吾的嗥叫。狼的这种表现,表明它们也恐慌,同时也给田一禾和那战士带来启示,狼怕铁器撞击的脆响声。

"不停地拉枪栓。"田一禾下了命令。

一时间,铁器的碰撞声骤然响起,狼群被惊吓得发出难听的叫声。那战士不停地拉着枪栓,清脆的声响,似乎是一把刺向狼群的长剑。

终于，狼的气焰被压了下去，那片小灯泡似的光乱成一团，不一会儿便消失了。

他们松了一口气。那战士的双手仍紧握着枪，直到进入房中才松了开来。大家知道了刚才发生的事后，都再也睡不着了，有一句没一句地说话，话语在深夜中随着雪花一并落地，顷刻间又被大风卷入黝黑的远处。

昆仑山上就是这样，雪说下就下，有时候一夜之间便一片白，有时候下一会儿就会停止。刚才有一团雪惊扰了狼，说明雪下得不小。但是当时太紧张，田一禾和那战士没有注意到，现在危险已经过去，才看清地上已经有一层雪。

昆仑山的夜晚，下雪很常见，只能熬，熬到天亮又上路，多大的雪都会留在身后……

远处开始泛白，天快亮了。

一个夜晚就这样过去了。这样的事在昆仑山上很常见，汽车兵上山下山，因为车厢里装载着大油罐，只能在驾驶室短暂休息。而为了保证第二天能够精力充沛地开车，他们经常在晚上打开携带的被褥，在褥子下铺上防潮的塑料布，倒也睡得踏实。但如果遇上大风，牙齿发颤与大风呼啸的节奏如出一辙。而下大雪的夜晚则更难挨，第二天早上被子变得像雪堆，有的战士冻得无力从被窝中爬出。

好在雪早就停了，地面上只有一层薄薄的白色，这样的雪不影响驾驶，车队可以照常行驶。

战士们开始做饭，忙碌的声音和升起的炊烟，把大家从一夜的惊悸拉回现实，也拉回像往日一样的正常程序。最多再过两天，吃完这样的一顿早饭就下山了，越往下走海拔会越低，也就离留守处越近，回到留守处就完成了这次任务。

突然，田一禾看见几只鹰在山坡上缓慢爬动着，稍不注意，便以为它们趴在那儿纹丝不动。他第一次见到在地上爬行的鹰，心里有些好奇，便紧随其后想看个仔细。它们缓慢爬过的地方，被它们翅膀上流下的水沾湿。回头一看，这条湿痕是从附近的一个湖边一直延伸过来的，在晨光里像一条明净的丝带。他想，鹰可能在湖中游水或者洗澡了，所以从湖中出来后，身上的水把爬过的地方也弄湿了。常年在昆仑山上生活的人有一句调侃的谚语："死人沟里睡过觉，班公湖里洗过澡。"这是他们在那些没上过昆仑山的人面前的炫耀。高原七月飞雪，湖水一夜间便可结冰。

现在，这几只鹰已经离开湖边，正在往一座山的顶部爬行。平时，鹰都是在蓝天中展翅飞翔，其速度之快，像尖利的刀剑一样倏然刺入远方。人很难接近鹰，所以鹰的具体生活是神秘的。据说，西藏的鹰来自雅鲁藏布江大峡谷，它们大多在那里出生并长大，然后向远处飞翔。大峡谷在它们身后渐渐远去，随之出现的就是这无比空阔遥远的高原。它们苦苦飞翔，苦苦寻觅适于生存的地方。

田一禾仔细看了看，发现这几只鹰的躯体都很臃肿，在缓慢挪动时两只翅膀耷拉在地上，好像不属于身体。再细看，它们翅膀上的羽毛稀疏而又粗糙，上面淤结着厚厚的污垢；羽毛根部堆积着褐色的粗皮，没有羽毛的地方裸露着皮肤，像是刚被刀剔开的一样。他跟在它们身后，它们已经爬了很长时间，晨光在此时已变得无比明亮，但它们的眼睛却都眯缝着，头颅也缩了回去，似乎并没有能力来度过这美好的一天。

他想，它们也许在湖中浸泡了一夜，已经被冻得丧失了生存能力，所以在爬行时才显得如此艰辛。他跟在它们后面，一伸手便可将它们捉住，但他没有那样做。几只在苦难中苦苦挣扎的鹰，与不幸的人是一样的，这时候应该同情它们，而不应该伤害它们。一只鹰在努力向上爬行时显得很吃力，以至于爬了好几次，都不能爬到那块不大的石头上去。他想伸出手推它一把，而就在那一刻，他看到了它眼中的泪水。

山下，战士们在叫田一禾，但他不想下去，他想跟着这几只鹰爬高一点。他有几次忍不住想伸出手扶它们一把，帮它们把翅膀收回。如果可以，他也愿帮它们把身上的脏东西洗掉，弄些吃的东西来将它们精心喂养，好让它们有朝一日重新飞上蓝天。只有天空才是它们生命的家园。战士们等得不耐烦了，按响了车子的喇叭。鹰没有受到惊吓，也没有加快速度，仍旧无比缓慢地往山上爬着。

十几分钟后，几只鹰终于爬上了山顶。

它们慢慢靠拢，爬上一块平坦的石头。过了一会儿，它们敛翅、挺颈、抬头。突然，它们一跃而起，像射出的箭一样飞了出去。它们飞走了。不，是射了出去。几只鹰在一瞬间，迸发力量，把自己射出去了。太神奇了，这样的情景完全出乎田一禾的意料，他本以为它们会在苦难中痛苦死去，没想到它们却是为了到达山顶去起飞。

几只鹰很快便已飞远。在天空中，它们仍然是平时的那种样子，翅膀如锋利的刀剑，沉稳地刺入云层。远处是更为宽广的天空，它们飞掠而去，班公湖和众山峰皆在它们的翅下。

目睹了这一幕，田一禾无比激动。脚边有几根掉落的羽毛，他捡起紧紧抓在手中，有一种紧握着圣物的感觉。

他终于明白，鹰不论多么艰难，都要从高处起飞。

田一禾无意中一抬头，看见了那片红色。这次他看清楚了，是边防连的战士们用红油漆在山崖上写出的"昆仑卫士"四个字，从远处看只是一片红色，走近了便看得清清楚楚。

田一禾嘴里喃喃自语，昆仑卫士，昆仑卫士……他念着那四个字，敬了一个军礼。

3

前面有一块大石头，看似应该很快就能走到它跟前，但田一禾走了好久仍然没有到达。

田一禾用了一个多小时，爬上多尔玛后面的山冈，又费了不少力气，才走到这块大石头跟前。他回头看了一眼多尔玛边防连，又看了一眼那四个字，然后转身上路。

达坂是大概念，人们常说的达坂，指高原上隆起的孤立高峰，因为难以攀登，所以鲜有人至。这里地势高，风呼呼大作，似乎在平时郁闷得太久，好不容易出现了一个人，要扑上来在这人身上蹂躏一番。

田一禾低头迎着风往上走，风吹他刮他，他没有反应，风刮着刮着就小了。他想，肖凡可能已经发现他上了一号达坂。他出发时，战士们都争抢着要跟他来，他学着肖凡的口气说，你们一个个战士，操的是排长的心。战士们便不再吭气，也不再争着要去一号达坂。

这样，就只有田一禾一个人去一号达坂，他这样做的原因与肖凡的想法一模一样，仍然是少上去一个人少受一分罪。肖凡的身体有问题了，去一号达坂一定会有危险，必须把他拦住；但是肖凡是连长，自己是排长，有什么办法拦住肖凡呢？从常理来说，理应由肖凡组织排长、班长开会研究，然后确定由谁上一号达坂。但是肖凡一定会不顾自己的身体，坚持去一号达坂,所以田一禾下定决心要替肖凡上去。描红界碑上的"中国"二字,是扬国威、展形象、树尊严的统一行动。如果别的部队都已完成描红任务,而某一个边防连在驻防范围内的界碑没有完成,那就不是一般的差错。

只有几个人知道他要去一号达坂。田一禾责任心强,能吃苦,大家倒不担心他的身体。但是田一禾对他们下了谁也不能跟他去的死命令,他们便不敢动,只是希望他早一点完成任务回来。马静要来新疆的消息在汽车营已人人皆知,战士们都希望他们二人早一点见面。

一位战士问田一禾:"排长,马静来了,我们是叫嫂子,还是叫姐姐?"

田一禾不好意思,说不出话。他也不知道,战士们应该把马静叫嫂子,还是叫姐姐。不过他很快便从窘迫中清醒过来,还没结婚呢,叫什么嫂子!那就叫姐姐?部队不兴这个,直接叫马静就行。

田一禾出了连队大门,朝着山下的方向说,亲爱的马静,你到了零公里的留守处,等我几天,我很快就会出现在你面前。

这样一说,心里有劲了,脚步也快了很多。

战士们平时习惯把多尔玛边防连后面的一号达坂叫山。那样叫着,好像达坂就低了,心里会好受一些。但只有上了一号达坂,才会发现它比一般的山还高,人在达坂上更容易产生高原反应。

战士们站在院子里看着田一禾。田一禾知道他们在看他。虽然他因为背对着他们,看不到他们的脸,但他能感觉到他们脸上充满信心,他们相信他能完成任务,而他也不会让他们失望。

田一禾没有停止，他的心已经飞到一号达坂上去了。他觉得肩上很重，此次去一号达坂，他必须小心，才能完成任务。这样想着，田一禾又在心里默默说，马静，你耐心等着我，我从一号达坂下来，马上就下山，最多两天就到你身边。

他们自确立了恋爱关系后，还没有正式见面，不知道这次见面会不会尴尬。唉，阿里军人这样的条件，真是别无选择。好在马静通情达理，很支持他在这样的地方当兵。他有一次在信中对马静说，我待的地方有多艰苦，你可能想象不到。马静回信问，有多艰苦？他回信说，我待的地方的艰苦有两种：第一种是山上的苦，那种苦我一个人吃就够了，我不会让你上山体验一回；第二种是山下的苦，比其他地方遥远、偏僻和闭塞，但我们军人别无选择，既然到了这里就要拿出当兵的样子，把任务完成好，把义务尽好，把属于昆仑军人的荣耀传承下去。马静说她能理解，也能接受。田一禾心里却没底，马静没来过新疆，只有亲自来看一看，才会知道是什么样子。他这次动员马静来新疆就有这个意思，只是他没有给马静细说原因。

太阳在山巅抖出一片金光，紧接着便一跃而出。被阳光照亮的石头，像是从一夜昏睡中苏醒了过来。在更高的地方，太阳已将雪山照亮，与蓝天交相辉映。

再往上爬了几百米，田一禾就到了阳光中。

有风，田一禾停下让风吹吹，好受了一些。但他警告自己，才爬了这么点，不能停；一停就成了习惯，后面就意志脆弱，腿更软，很难上到一号达坂的界碑跟前。

田一禾在停步喘息的间隙，回头望了一眼达坂下面的多尔玛边防连。从这里看下去，连队的房子夹在峡谷中间，有一种喘不过气的感觉。爬达坂就是这样，爬，让人喘不过气；

停下不爬，也让人喘不过气；只有咬着牙爬，爬一步少一步。

又有风吹来，田一禾好受了一些。

有人说，在高海拔地带，风带动空气流通，会加大含氧量，所以刮风会让人舒服。是不是这样，没有定论，反正昆仑山上的军人都这样认为，说多了便都相信了，相信了也就让心里有了力量。很多人其实都明白，人在昆仑山上，没有办法改变自然条件，所以人的精气神不能弱下去，否则身体就垮了。

这时候的风很难得，田一禾迎风站立，让风吹。昆仑山上的兵，把这种情景称为"喝风"，喝上一通风，人就会舒服。这个说法在昆仑山军人中人人皆知，但别处的人却闻所未闻。有一位陕西兵从昆仑山回去探亲，在家中待不了多长时间就出去一趟，家人不解他在干什么，他用陕西话唏嘘着说，要是把他家的这么好的风放在昆仑山上，还不把人喝美哩！家人仍不解，但他不管不顾迎风张着嘴，一脸沉醉之色。

田一禾又想起马静，她是高个子女孩，上高三时已经一米七三，现在的个头可能更高了吧？其实他只记得马静高中时的样子，正如她名字中带有一个"静"字一样，她乖巧，身上有静谧的美。他在高三那年喜欢上了马静，马静的学习比他好，他担心影响马静高考，没有向马静表白。这样想着，他笑了，他对马静的表白迟了七年。

风刮得大了起来。

虽然迎着风舒服，但不能待得时间长，否则人就会懒，要想再次鼓起勇气往前走就会困难。田一禾继续往上爬。

风好像被留在了身后。

过了一会儿，他爬到了老鸦口。这是一个仅能容一人爬过去的豁口，一不小心就会掉下去。去一号达坂别无他路，只能从这里爬过。人们都习惯把上达坂叫爬，那是因为达坂很陡，其实还是走。只有到了老鸦口才是真正的爬，人必须匍匐在地往前爬，看见前面的光亮，就离出口不远了。在爬的过程中不能往下看，一看就会头晕身体软，极有可能会掉下达坂。海拔这么高，达坂又这么陡，不敢想象人掉下去是什么后果。

没有人和田一禾说话，他又对自己命令了一声："小心一点，慢慢爬过去。"

田一禾往老鸦口里面看了一眼，老鸦口太窄，人爬进去，很久才能从另一边露出头。

不能急，只能这样爬。

田一禾匍匐下去，慢慢爬入老鸦口。爬到中间，光线突然暗下来。因为多尔玛边防连的战士都在别处执行任务，所以没有人提醒他老鸦口难爬。他想，多尔玛边防连的战士从老鸦口爬过去，一定不会有一个人喊叫，更不会把昏暗当回事。这样一想，田一禾便告诫自己，你是排长，战士能吃的苦，你一定也能吃，不能因为光线暗下来就慌了神，或者乱叫。

田一禾往前看，黑暗让老鸦口没有了尽头。他想回头看，如果后面有光亮，他就退回去喘口气，然后再爬一次。他相信再来一次，一定能顺利爬出去。但是他浑身无力，头转不过去。他很惊讶，我这是怎么啦？难道高原反应一下子就击垮了我吗？以前他也曾经历高原反应，不是这样的。那么这次是因为什么？他想弄明白，却觉得自己滑入了一个无比柔软的深洞，身体一下子放松了，胸闷、头疼、气喘都不见了，只有从未体验过的舒适。他很纳闷，难道老鸦口中不缺氧，这么舒服吗？他觉得不对劲，好像有几只小虫子钻进了他脑袋中，慢慢蠕动。

如果汽车营的人在山上时时刻刻都是这样，该多好！

不，这是缺氧产生的幻觉。

田一禾知道自己不能昏睡过去，否则就再也醒不过来，永远都见不到马静。他浑身一软，像是被什么丢开似的，已无法抓住自己。太累了，在老鸦口里面反而放松了下来，那就先睡一觉，等到醒来会更有力气，一口气爬出去又一口气到达界碑跟前，应该没有问题。这时候的他已处于半昏迷状态，既不能冷静判断处境，也不能像先前一样命令自己，他头一歪，身体就软了下去。他在即将睡去之际，恍恍惚惚觉得好像有一只手伸过来抓住了他。他看不清那只手，那只手却紧紧抓着他，把他拽出了老鸦口。

是马静的手吗？

看不清。

被外面的风一吹，田一禾清醒过来，那只手不见了。其实是他在昏厥的前一刻，本能地爬了出来。幸亏他最后挣扎了一下，否则他就会在老鸦口里面长眠，等到下面的人上来，他可能已经变成了冰疙瘩。

田一禾坐在石头上，让风吹自己。

老鸦口另一端的风更大，田一禾一阵欣喜。

田一禾被风吹着，慢慢缓了过来。高原反应能在一瞬间把人击倒，但只要在被击倒前的一瞬间缓过来，就不会有事。刚才的危险是个教训，下去后也要告诉战友们，以便大家在以后遇到同样情况时，知道该怎么办。

休息了一会儿，田一禾又像是对自己下命令一样说："走吧。"

走了几步，头开始疼了。

田一禾知道只要忍着，扛一会儿就好了。现在的头疼比他经历过的任何一次都剧烈。这是一号达坂，头如此剧痛实属正常，他能忍。

忍着，扛着，又往上走。

没多久，头更疼了。

不得不停下。

田一禾像是憋了很久，终于对自己说："田排长，咱就走到这儿算了。即使咱爬上去把字描红，一号达坂上风大雪也大，下次去一号达坂的人，见到的还是褪色的字。咱现在回去，就说已经描红了，谁会怀疑咱？"

又有风吹来，田一禾觉得额际一阵清凉，遂清醒过来，也为自己刚才的话吃惊。他一愣，生气地说："不行！田一禾，你胡说八道什么？不要啰嗦，赶紧往上走。"田一禾为自己生气，语气陡然硬了很多。他一个人上来，只有自己监督自己。他的意志随时都会崩溃，随时都会为自己找理由转身下山，所以此时的他既是自己的战友，也是自己的敌人，而且敌友难分，像两只手一样争抢着要把他拉向两边。所以从现在开始，他必须严格要求自己，不能让意志滑坡，不然习惯成自然，说不定在困难面前就败下了阵，当了可耻的偷懒者。

"田一禾，你只有一个选择，那就是走到界碑跟前去。"他狠狠地对自己说。

于是又上路。

田一禾不得不放慢脚步，他怕走快了出事。慢慢走，步子迈得稳当，就不会因为高原反应一头栽倒。

爬上一个山冈，就看见了高处的界碑。

人已经在一号达坂了。

田一禾目测了一下，大概再爬四百米就到了界碑跟前。但这四百米很陡峭，如果脚下打滑会倒退，而再爬要费很大力气。

"歇一会儿吧。"田一禾对自己说。这次不是命令，话音一落他就坐在了地上。歇了一会儿，田一禾扭头向下看，看不见多尔玛边防连，连大致位置也判断不出。他心里一阵欣喜，爬了这么长时间，苦是苦，累是累，看不见多尔玛边防连是好事，证明没有白费力气，终于接近了界碑。从下决心上一号达坂，到出了连队大门开始向上爬，他都没有意识到此行会如此艰难。低估情况的后果是一路越走越难，他内心的波动一次比一次激烈，好在他的意识还算清醒，在他快要崩溃的前一瞬，总是能够把自己从危险的想法中拽出，然后就又上路。

田一禾怕自己意志消沉，便又给自己下命令："田一禾，让你歇一会儿，是为了养精蓄锐，然后一鼓作气爬上去。"

田一禾为自己刚才想打退堂鼓后悔，都爬过了老鸦口，然后又爬了这么远，怎么就产生了想回去的念头呢？田一禾又想起马静，她笑起来很好看，双腮上会出现酒窝。他和马静还没有确立恋爱关系时，他在一次通信中问马静，你的两个酒窝还在吗？马静回信说，只要人在酒窝就在。想着这些，田一禾觉得舒服多了。其实是歇息时间长了，便以为不缺氧，呼吸也舒畅了。田一禾反应过来后笑了一下，对自己说："上吧。"

他又抬头望一眼界碑，又给自己下命令："田一禾，你爬得太慢了，得加快步子。"

但一个声音回答他："不能快，快了会有麻烦。"

是田一禾在回答自己。

风还在刮，不大，声音却很响。田一禾以为一号达坂与别的地方不一样，风也就不一样。但是风的声响太大了，以至让他的耳朵都嗡嗡轰鸣。他用手指捅了捅耳朵才反应过来，不是风的声响太大，而是因为高原反应导致了耳鸣。

他慢慢爬。

慢慢爬。

爬。

界碑越来越近，还是看不清上面的"中国"二字。

继续爬。

这时候不能急，也不能快，脚步快了呼吸就困难，就会迈不开脚步。只能一步一步爬，让脚步和呼吸保持一致。

阳光从达坂上照下来，他身上有了一层亮色，也有了暖意。

在这么高的地方，只有阳光能给人温暖。

很快又不行了，虽然在慢慢爬，但时间一长，便觉得头上裹着坚硬的东西，而且越来越紧，像是要把脑袋夹碎。

他本能地摸了摸头，一阵麻木的感觉。

是缺氧导致头疼，让他产生了幻觉。

田一禾想休息一下，但一想到休息过后更难动身，便咬咬牙继续往上爬。

突然，田一禾觉得周围静了下来，只有隐隐约约的声音在耳边响，好像有一个声音，贴着他的耳朵在说什么。他一阵恍惚，好像听清了，又好像听不清。他晃了一下头，这次听清了，一个声音对他说："田排长，你慢一点！"

是田一禾在对自己说话。那声音很小，说完最后一个字，声音就弱了下去。

田一禾遂反应过来，高原反应导致自己耳鸣，并出现了视听混乱。他抬起头，终于看到了界碑上的"中国"二字。虽然久经风吹雨淋，但"中国"二字依然很清晰，远远地就透来一股力量。他看着界碑上的"中国"二字，心里突然有了一股热流。他嘴里喃喃自语："中国！中国！"不知不觉已经走出很远。

界碑好像在看着他，他没有停，又往上爬。

但是高原反应像无法驱赶的恶魔一样越来越强烈。田一禾气喘吁吁地对自己说："田一禾，你已经看见界碑了，它就立在那儿，上面的字还是红色的，像新描红的一样，咱们是不是走到这儿就可以了？"

田一禾愣了一下，没有说话。

他之所以又对自己说出打退堂鼓的话，是因为他实在走不动了。他有一种不好的预感，好像再迈出一步就会一头栽倒。

头，像针扎一样疼。

耳朵里，像是有机器在轰鸣。

呼吸短促，吸进去的空气像是被什么一拳打了出来。

田一禾用哀求的口吻对自己说："田一禾，你的头太疼……"田一禾没有把话说完，但意思很明显——爬不动了。

难受归难受，田一禾还是不能打退堂鼓，否则没有脸面回多尔玛见战友。

缓了一会儿，田一禾瞪一眼脚边的影子，就像瞪自己。然后，田一禾对自己说："离界碑一百米，与离一千米是一样的，都是没有到达。你必须往前走。"

之后，田一禾不再说话。

田一禾在心里用劲，向界碑爬去。紧爬几步一抬头，看见界碑就在眼前。

终于到了。

田一禾腿一阵软,一屁股坐下大口喘气。休息了一会儿,田一禾从背包中拿出红色颜料和笔,蘸上颜料一笔一笔地描界碑上的"中国"二字。很快,那两个字显出了红色,亮晶晶的,很好看。描完后收起颜料和笔,他心里踏实了。

有风刮了过来,田一禾大口呼吸。喝了几口风,胸还是沉闷,呼吸还是短促,头还是疼。田一禾知道,高原反应太厉害,加之又太累,人就会这样难受。

休息一会儿,然后慢慢下吧。

阳光明亮,照得界碑上的"中国"二字闪出光芒。田一禾看着红艳艳的两个字,心里默念:"我完成了任务。"

田一禾起身向远处看,昆仑山向远方逶迤而去,只剩下模模糊糊的影子,但是晶莹的雪山却颇为清晰,像是昆仑山戴着一顶白色头冠。边界在昆仑山上,边境线其实就是边界,只有军人经常在边境线上巡逻,其他人不会涉足。

田一禾任排长已有三年,来年可能会调整到边防连任副连长。这样一来就苦了马静,以后他们要见面,要么马静从兰州来零公里的留守处等他;要么他从昆仑山下来,从叶城坐夜班车到乌鲁木齐,再从乌鲁木齐坐火车到兰州。马静从兰州到留守处大概需要七天;而他从昆仑山到留守处,再到兰州至少需要十天。守卫昆仑山的军人都是这样,与亲人一年只能相聚一次,仅路上就要用去不少时间。

田一禾默默在心里说,马静啊,我没有办法告诉你,与高原军人谈恋爱,要比与别人谈恋爱付出得更多;与高原军人结婚,要比与别人结婚牺牲得更多。

这时,田一禾恍惚听见一阵声音,好像是战士们经常唱的那首歌,内容与守边防的无私奉献和顽强拼搏有关,其中的一个意思是："海拔高拼搏的精神要更高，氧气少对自己的顾虑要更少。"部队在集合、训练和开饭前，经常唱这首歌，所以田一禾很熟悉。他很快便明白，此时听到歌声是高原反应导致的幻听，但他还是欣慰，哪怕是幻听，也是一种难得的幸福。

风没有停。

田一禾对风说："风啊，谢谢你了，幸亏这儿有风，氧气多。"刚说了这么一句，又气喘吁吁。田一禾便在心里对自己说，不要说话了，保持安静，好好缓一缓。

田一禾虽面色从容，心里却不平静，上来已被折腾成这样，下去时怎么办？会不会因为体力透支，会更难？

肯定不轻松。

田一禾决定下达坂。

刚起身，田一禾看见什么东西晃着，要从他脚下飘走，很快却又飘了回来。他定了定神细看，才发现是自己坐不稳，影子在东摇西晃。很显然，他已没有力气站起。他便又坐着对自己说："田一禾，实在不行就坐着休息一下，过一会儿再下去。"

天上飘过云朵，巨大的云影将田一禾裹了进去。田一禾一愣，该不会变天吧？达坂上的天气有异于别处，变天后如果下大雪，下去会更困难。

田一禾紧张起来，浑身没有了力气。高原反应犹如洪水猛兽，往往会在一瞬间把人击倒。

田一禾决定马上下达坂，却发现浑身无力。突如其来的又一阵高原反应，似乎像一只拳头，要把他击倒在地。

他用劲儿站了起来，又看了一眼界碑上的"中国"二字，准备举起右手敬一个军礼。自己好不容易爬上一号达坂，并顺利完成了任务,现在就以这种方式告别,从此把今天的经历装在记忆中,让它成为光荣,也成为力量。以后在昆仑山上,可能还会遇到这么艰难的事,但有了这样的经历,海拔再高也不怕。

但是,他却无力举起右手,一阵眩晕让他好像要瘫倒下去。他趔趄得无法完成敬礼,只能深呼吸一口气,才站稳了身体。

他望着界碑上的"中国"二字,感觉到内心有了一股热流。界碑在这儿,国家的尊严就在这儿。他作为军人站在这儿,感觉倚靠在界碑上,肩负着神圣的使命和担当。

田一禾看见界碑上鲜红的"中国"二字,在阳光中闪闪发光,他内心的那股力量向外涌了出来。

"中国!"他终于举起右手,对着界碑敬了一个军礼。

礼毕,田一禾转过身,缓缓向达坂下走去。

第二章　下山的人

4

新藏公路起点的零公里，在新疆叶城县。

李小兵站在零公里路碑前，盯着上面的"零公里"这三个字看了很久。李小兵是藏北军分区汽车营的营长，身高一米八五，人称大个子营长。

今天早上，藏北军分区打电话通知，让二连留五个人补充给多尔玛，排长田一禾主动请求留下。连长肖凡知道田一禾的女朋友马静已经在来留守处的路上，但除了田一禾外又找不出合适的人，一时便很为难。田一禾说，他在一号达坂描红界碑上的"中国"二字后，就与界碑和多尔玛分不开了，只有他留下最合适。他又看见肖凡的腿隐隐约约颤抖了一下，便悄悄示意那两个班长，表决时都投他一票。于是他便留在了多尔玛。另外还有一个不好的消息，山上的一个汽车部队遇上暴风雪，一名汽车兵被冻坏了脚指头，很有可能要截肢。

李小兵心情复杂，一直盯着零公里路碑。他在这里当兵十多年了，第一次如此出神地看零公里路碑。昨晚下过雨，路碑被冲刷得像是刚洗过一样。昆仑山下的气候变化无常，有时候雨下着下着就变成了雪，有时候雪下着下着又会变成雨。路碑基座下积有一摊雨水，像一只眼睛似的盯着李小兵。李小兵的弟弟李大军也在汽车营当兵，在三天前就应该下山了，但直到今天也没有消息。李小兵等了两天，到了今天再也无法镇定，便来零公里等弟弟。车队下山要经过零公里，他在这里等便不会落空。

李小兵和弟弟李大军的名字，经常被战士们私底下议论，他们说"军"比"兵"大多了，营长应该叫李大军，弟弟应该叫李小兵，营长家的事情怎么是反的？李小兵听到议论只是笑了笑，战士们看见他笑得轻松，也跟着笑。

李大军这次下山后，将复员回河南老家。李小兵这三年不仅没有顾得上探一次亲，也没能让李大军回去，父亲写信骂了他好几次。骂挨得多了，他就想，干脆让李大军复员回去。但是今天早上，汽车营接到藏北军分区的电话通知：昆仑山上的一个边防连缺少人手，让汽车营调整出一百个人，补充上去执行巡逻和守防任务。李小兵接到命令后心中一紧，汽车营调不出来一百个人，老兵们探亲的事，恐怕得延迟。

要评"昆仑卫士"的消息，李小兵在前几天就听说了，他当时很是高兴。在平时，因为昆仑山遥远而偏僻，没有多少人关注昆仑山，更不会有多少人关注昆仑山上的军人。现在要评"昆仑卫士"了，他心里热了，汽车营常年在昆仑山上奔波，而且有那么多的好兵，怎么会评不上"昆仑卫士"呢？所以他心里踏实。但今天早上传来的一名汽车兵被冻坏脚指头的消息，却让他心凉了。

除了心凉，他还有一种挥之不去的恐慌：那个战士该不是弟弟李大军吧？不过山上的人在电话中说得很详细，那名汽车兵只是被冻掉了脚指头，生命并无大碍。他在电话中问那个战士是哪个部队的，名字叫什么，电话中却只剩一阵忙音。他无奈地挂了电话。暴风雪能把人的脚指头冻掉，刮断电话线还不是一眨眼的事情。

李小兵不能肯定，既然有可能是李大军，那么也有可能是别人。不过他不能这样想，哪一个战士不是父亲的儿子、不是哥哥的弟弟？自己不希望弟弟遭遇厄运，难道让别的战士去替换吗？愧疚压着他，他不敢细想。

有人从零公里经过，看见李小兵望着路碑出神，不解地看了他几眼，他便转过身站在路边。

李小兵希望全营的人都平安下山，然后再上山执行任务。昆仑山上所有的边防连，说起来都是让人头疼的地方。他曾在好多个边防连住过，因为缺氧，他整晚上没有合眼，至今对头疼胸闷的情景记忆犹新。现在，上面把命令下给了汽车营，再苦再累也要去完成。

李小兵当兵十六年，上山下山多少趟，早已数不清。他的军衔是少校，职务是营长，也是老汽车兵。如今的他虽然不用亲自开车，却要带领车队上山。一位汽车兵只管一辆车，而带队的李小兵要管几十辆车。一路上，他一会儿看着前面，一会儿从倒车镜中看着后面，眼睛都不敢眨一下，好像眼睛一眨就会出事。汽车兵都说，只要营长带队，一路就会平安。那是李小兵眼睛一眨不眨换来的，他的眼睛盯得累，睁得疼，中途都不敢闭上休息。只有下山到了离汽车营一百多公里的柏油路上，他才能放松下来，眼睛一闭就睡了过去。一个多小时后车队进了营区，他会准时醒来，第一个下车，指挥战士们检查车辆。他眼睛里的血丝，比任何一个战士眼睛里的都多。这些他都顾不上了，现在唯一能做的就是把所有艰辛都扛住，无所畏惧地上山，然后平安下山，人和车都不出事。

现在，李小兵眼前没有军车，只有零公里路碑。

李小兵看着"零公里"三个字，眼睛忍不住眨了一下。这一眨就再也忍不住，眼睛像是刹车失灵的汽车一样，不停地眨起来。他用力一忍，眼睛反而眨得更快，像是眼睛已经不是他的。不一会儿，他就累得打了一个哈欠。待哈欠落下，一股柔软的感觉在周身游动，像是要把他拉入舒适的下坠之中。他知道那是一种极为难得的下坠，每次下山入睡前的感觉就是这样。

李小兵想一屁股坐下，靠着零公里路碑睡一觉。弟弟李大军的影子，在他模糊的视线里闪了一下，转瞬就不见了。他一激灵清醒过来，发软的双腿立刻硬了，也直了。

李小兵站稳，又看着"零公里"三个字。

弟弟的影子再次闪现。李小兵揉了一下眼睛，弟弟的影子又不见了，眼睛也不再眨动。他想起弟弟入伍第一天，看见零公里路碑就跑过去要抚摸一下，结果一跟头摔倒在地。他当时一愣，零公里是新藏公路开始的地方，弟弟在这儿摔倒，让他隐隐不安。他本来不想让弟弟当兵，昆仑山的苦他一个人吃，不想让家里再来一个人。父亲却一定要让他弟弟当兵，他拗不过，只好听从。无独有偶，弟弟新兵训练结束后，居然也被分到了汽车营，变成了他手下的兵。

一晃两年多过去了。

这期间他一直怕弟弟出事，昆仑山上的汽车兵，不出事便罢，一出事便很要命。比如车坠崖、高原反应致死、肺水肿、心脏病突发、脑出血、冻伤、动物侵袭、雪崩、洪水、寒流、冻死、迷路、饿死和渴死等，一不留神昆仑山就会多一座坟茔。

李小兵在路边走来走去，不好的预感越来越强烈。他以为自己还未清醒，便摇了摇头，意欲把不好的预感压下去。偏偏眼前又浮现出弟弟的影子，还是急于去抚摸路碑，要一头栽倒的情景。李小兵一愣，伸出手去抚摸路碑，像是要把栽倒的弟弟拽住。但那是恍惚的幻觉，他的手随即落空。

一阵风吹来，李小兵清醒过来。

心乱了。

今天这是怎么啦？

李小兵觉得自己像是被一只手牵着，不知不觉从营区出来，又不知不觉走到了零公里路碑跟前。

到了这里又能怎样，能把幻觉中的影子一把拽住，不让那一幕发生吗？

不能。

李小兵提醒自己，你是营长，不能这样失态，否则还怎么带兵？

风刮了过来，李小兵转身迎着风，身上一阵凉意。他明白，自己还在担心弟弟。他既希望弟弟尽快回来，又担心从车上抬下来的是弟弟。李小兵觉得有什么在拽他，要把他拽到黑洞中，他不由自主地往下落。那个黑洞深不见底，他既无法挣扎向上，又不能落到底部，只能像风中的树叶一样浮沉。

一个激灵，李小兵又清醒过来。风很大，他身子一歪，差一点像风中的树叶一样飘浮起来。他苦笑了一下，一个讲话时让战士发抖的营长，今天居然如此反常。如果让战士们知道，不知会不会笑话他。

李小兵决定回营区等弟弟。

李小兵刚转过身，看见一团影子又在那片小树林边闪了一下。他愣了一下，那个影子径直向他闪了过来。

是弟弟李大军。弟弟能像影子一样闪动，说明他的脚指头没有被冻掉。

到了跟前，李大军笑了一下，算是给李小兵打了招呼，也算是叫了一声哥。

李小兵放心了，但还是怒斥一声："你躲在树林里干什么？"

李大军咬了咬嘴唇："当年来这里当兵，就想抚摸一下零公里路碑，但三年了都没有顾得上抚摸一次。我这三年忙了个啥呀！现在要复员走了，就想抚摸一下零公里路碑，但是你一直站在这儿，我怕你不同意，所以就躲着，等你走了再出来。"

李小兵不接弟弟的话，而是直接问："什么时候下山的？"

"刚下来。"

"被冻掉脚指头的战士是谁？"

"不是我们营的人。"

"是哪个部队的？"

"是另一个汽车团的人。"

作为老汽车兵，他为那个被冻掉脚指头的战士难过，也为奔波在昆仑山上的汽车兵感慨。这些汽车兵从零公里出发，一路历经达坂、悬崖、冰河、峡谷、风雪、乱滩和泥沙。行进途中的一日三餐，都要自己动手做，很多时候，菜就只有土豆、萝卜、白菜三大样，唯一的调味品是军用罐头，但那样的饭（主食基本上都是面条）却越吃越香。多年后他才明白，因为条件有限，那种香是且吃且珍惜的心理作用。新藏线上海拔最高的地方有六千多米,汽车兵经常被缺氧和高原反应折磨,到达狮泉河后个个满眼血丝,满脸脱皮,嘴唇龟裂。有几句经常被人提及的老话:"死人沟里睡过觉,班公湖里洗过澡。""天上无飞鸟,地上不长草;风吹石头跑,四季穿棉袄。""库地达坂险,犹似鬼门关。麻扎达坂尖,陡升五千三。黑卡达坂旋,九十九道弯。界山达坂弯,伸手可摸天。"汽车兵经常用这几句调侃自己,但说着说着脸色就变了,有的战士还会掉泪。但他们会把眼泪抹去,不会让别人看见。

李大军看着李小兵,一脸茫然。在李小兵手下当兵,李大军一直觉得李小兵不是哥哥,只是营长。

李小兵问李大军:"那个战士是如何被冻掉脚指头的?"

李大军说:"听那位战士讲,他离开车队去提水,突然就下起了大雪,不一会儿又刮起大风,就变成了暴风雪。他起初还提着水桶,心想无论如何要把水提回去,让大家喝上热水。后来发现情况不对,他往前走一步,风一刮就往后退两步,于是他就把水桶扔了,赶紧往车队的方向走。但是暴风雪已经让他迷路了,他以为向着车队的方向在走,其实却越走越远,最后就彻底迷失了方向。他慌了,大声喊叫班长,但风大雪也大,把他的声音淹没了。他又喊叫排长的名字,风仍然大,雪也仍然大,把他的喊叫压得传不出去。他明白喊叫无望,便向着他认为是车队的方向走去。到了一个石缝边,他一脚踩下去,被卡住了脚,死活拔不出来。他挣扎了很长时间,实在没办法了,一屁股坐在石头边又哭又叫。后来叫不出声,也哭不出眼泪,就坐在那儿等人去救他。战士们找了一夜,终于在天亮时找到了他,把他送到三十里营房医疗站。但是他的脚已经被冻坏了,不得不截掉脚指头。"

李小兵唏嘘不已，从弟弟的讲述中，他能想象出那是什么情景。

李大军说："这件事已经在山上传遍了，下山时，连里的人都下意识地看自己的脚，都为自己的脚指头还在而欣慰。"

李小兵本能地去看李大军的脚。

李大军注意到了李小兵的反应，本能地把脚动了动，笑了一下。

李小兵也笑了一下，然后对李大军说："以后上山注意，不要一个人出去，即便是出去也要注意天气，一旦发现不对劲就赶紧归队。"

李大军点头。

"回去吧。"李小兵说着，转过了身。这时候的他既是哥，又是营长，他说什么，弟弟听从便是。

李大军却站着不动。

"站着干什么？上了一趟山傻了吗？"李小兵生气了，但转念想起，上一趟山就变"傻"了的事情确实发生过。有一位汽车兵上了一趟山，下山后总说有人在他耳边说话，大家都诧异，他身边没有人，为什么他觉得有人在他耳朵边说话呢？后来才知道他在山上没有适应缺氧，下山后出现了幻听。这样一想，营长的影子在他身上退了下去，他又变成了哥："好不容易下山了，回去好好休息。"

李大军的脸憋得通红，鼓了鼓劲才说："哥，我想摸一下零公里路碑。"

知道弟弟没事，李小兵的心也安静了下来。他对李大军说："去吧。"

李大军高兴地叫了一声，飞奔向零公里路碑。

风突然刮了起来。

李小兵看见弟弟变成一团影子，向路碑飘了过去。风在刮，呼呼的声音传过来，间或还夹杂着弟弟的声音。他的眼睛又眨了几下，视野变得模糊起来。他一愣，用手揉了一下眼睛，弟弟身上的影子不见了，又变成了敦实的小伙子。他向弟弟喊出一声："慢一点，刚从缺氧的山上下来，不要剧烈运动。"

李大军应了一声。

李小兵看见弟弟的影子飘到零公里路碑跟前，突然歪倒了下去。

风中好像传来一个声音。

李小兵扑过去，一把抱起李大军。李大军脸色苍白："哥，我脚疼。"

李小兵脱下李大军的鞋子，只见弟弟的双脚发青。他问李大军："咋弄成了这样？"

李大军一脸茫然："没咋弄，不知道……"

"一直没有感觉吗？"

"没有。"

"冻了没有？"

"冻了。"

"冻了多长时间？"

"一个晚上。"

"不知冷暖的东西，冻了一个晚上都不知道吗？"

"知道，但是没有顾上。"

"顾了啥？"

李大军便把那位战士被冻坏脚指头，由他的车拉到三十里营房医疗站的过程详细地告知李小兵。最后他说："哥，你刚才问我一晚上都顾了啥，我一晚上都守在那位战士身边。那位战士被冻坏的脚很痛，一路大喊大叫，我一直用毛巾给他焐着。到了三十里营房医疗站，他的脚已经变得乌青，我们把他交给医疗站才下山。"

李小兵想，三十里营房医疗站专门服务于高原军人，应该能治好那战士的脚。这样一想，李小兵手一松，李大军的双脚掉了下去，立即叫出一声："疼。"

李小兵扶弟弟站起，要背弟弟回去。弟弟的脚指头还能感觉到疼，应该不会有麻烦。

李大军却着急地说："哥，等一下，我还没摸到零公里路碑。"

李小兵吼了一句："速去速回。"

李大军蹒跚着走到零公里路碑前，他的手刚刚碰到路碑，整个人就被李小兵背起来，往医院方向跑去……

一周后，李大军的脚伤基本恢复，能自己走路，但两只脚一高一低，极不自然。

5

阳光照在车身上，泛出明亮的光芒。因为是军车，所以全身都是绿色的。这样的车，停着像站立的军人，开起来又像军人在奔跑。如果是全连的车出动，便前后一条线；到了目的地停成一排，又如整齐列队的军队。有人说，军车在这些军人手里，如同指哪打哪的冲锋战士，一身刚烈之气。

李大军是主驾驶员。

汽车营有一个规矩，主驾驶员负责的车，谁也不能动。也就是说，像李大军这样的主驾驶员，是有地位的汽车兵。

一个汽车兵开几年车，驾驶技术过硬，尤其是昆仑山上的汽车老兵，更是技高一筹。李大军便是这样的汽车老兵。

这一趟上山前，李小兵对李大军说，这是你最后一次上山，下山后就复员回河南老家。汽车营转志愿兵的名额少，李小兵不想让李大军和大家争名额，便决定让李大军复员回老家去开出租车。

要评"昆仑卫士"的事，李大军也听说了，他觉得自己条件还不够，肯定评不上。不过，评不上也没有关系，在昆仑山当兵一场，在心里便是永远的荣誉。他看见前面的雪峰在阳光中闪着光，今天到明天，或者今年到明年，雪峰将一如既往闪光，永不改变。

车队离开多尔玛时，李大军向田一禾打了一声招呼，说了一句让大家忍不住笑出声的话："田排长，你下不了山，你对象马静在留守处干等着怎么办？如果需要我去替你做什么，请尽管吩咐。"田一禾明白他是好心，但是在对待马静这件事上，如何让李大军去代替他呢？他于是笑笑，没有说什么。车队出发后驶过一个山脚，那雪峰被遮蔽得看不到了。李大军凄然一笑，复员的事已不可改变，就不要多想"昆仑卫士"的事了。自己得不了，其他战友可以得，大家都是昆仑军人，这本身就是荣誉。

一路上，李大军把车开得很慢。尽管慢，但雪山一转弯就被甩到身后。这一带海拔不高，道路都顺着山势在延伸。如果海拔升高，汽车行驶半天都仍像在山下。

李大军想着心事，车便越开越慢。他一激灵警醒过来，遂提醒自己："李班长，你要掉队了……"这样自言自语，是汽车兵在行车中因为寂寞就自己对自己说话，时间长了便养成的习惯。而他把自己叫班长，也与部队的习惯有关。在部队上,新兵都把老兵叫班长,哪怕老兵不是班长也这样叫。李大军是一班的班长,大家自然都叫他班长;他在行车寂寞时也这样叫,没有人听见,不怕别人笑话。

李大军把提醒自己的话说了出来,他听到了,却没有应声。

车一直在慢行。

李大军有些不舒服,便又对自己说:"李班长,要不你休息一会儿?"

车内只有他一个人,他不应声,便不再有说话的声音,于是便默默往前开车。车外的荒野是苍黄色,雪山是晶莹的白色,两种颜色交织在一起,让看的人心情复杂。

车晃了一下,李大军这才发觉自己的车掉队了。本来他的车就在最后一个,这下落得更远了。他加大油门,把车速快起来,不一会儿就追上了车队。前面的车打了一声喇叭,意思是看见了他的车,李大军也打喇叭回应一声。李大军知道,带队的连长肖凡在前面的那辆车里,肖凡从后视镜中看见他的车跟了上来,应该是放心了。

下了库地达坂,肖凡看了一眼李大军,然后对一位班长说着什么。二连这次上山共有两位班长,田一禾留在了多尔玛,两位班长便担起全部重任。李大军不用猜也知道,连长一定在问刚才车速的事情。班长说了什么,他没有听见,但他听见了连长的话:李大军班长这是最后一次上昆仑山,最后一次去阿里,属于他的汽车兵生涯就要结束,所以他要开慢一点,让自己的心还在路上。

李大军一阵难受,又一阵欣慰。"让自己的心还在路上。"连长理解他,说出了他的心里话。

李大军给水杯加满水,喝了一口便上车出发。行驶不远,他感觉车身晃了一下，方向盘随之一颤，行驶方向偏了一点。他抓住方向盘，车又稳稳地向前行驶。对他来说，这么点意外不算什么，他用习惯动作即可处理。

但是车身又晃了一下。

李大军叫了一声，双手抓紧方向盘。好在车身再未晃动，他悬着的心终于放松下来。

一路顺利，车队回到留守处，李大军洗了把脸，便上床躺下。又一趟任务顺利完成了，但对他而言应该是最后一次，他的心情有些复杂。他躺了一会儿，困意慢慢袭上身，身体犹如陷入了柔软的旋涡，他慢慢睡了过去。汽车兵每次下山，都要这样大睡一场。

李大军睡了三个多小时，醒来后发现班里的人都出去了，从窗户上透进的光束，像刀子似的刺到他脸上，他的眼睛一阵生疼，便起身下了床。他这三年不停地上山下山，现在都快复员走了，都没顾得上再抚摸一下零公里路碑。这样一想，他出了汽车营，恍恍惚惚就到了零公里路碑前。没想到，在零公里路碑前却发现脚被冻坏了，而且哥哥像是早已预料到他会出事一样等在那儿，背起他便往医院跑。在半路上，一位维吾尔族老乡用马车送他们，半开玩笑地说，在山下干事费力气，在山上干事费脚啊！李大军扑哧笑了一下，李小兵却笑不出来。到了医院，李大军向军医询问自己的脚伤原因，才知道当时在山上没有感觉，下山后气温升高、氧气充足，他的脚就有了麻烦。回到连队后，他觉得自己走路很正常，但战友们看他的眼神怪怪的，好像他变成了另一个人，他这才知道自己走路有些不自然。他天天在班里待着，时间长了难免心烦意乱。他听说汽车营要出一百个人，一算汽车营没有这么多人，便吃了一惊，哥哥在这件事上该怎么办？

李大军觉得有什么堵在心上，喝了一口水还是难受。在这样的紧要关头，如果自己不复员，就可以成为那一百个人中的一员了。他觉得脸上有凉意，一摸才发现是泪水。他喃喃自语："李大军，你不能哭。"他抹去泪水，出了门。

吃晚饭时，李大军没有见到李小兵，他知道哥哥一定为不够一百个人的事发愁。有人告诉李大军，所有复员的人明天统一体检，然后休整半个月，该复员就复员。至于不复员的人在半个月后的事，则无人提及一句，但大家都明白，他们在半个月后会上山执行任务。

李大军端着碗的手抖了一下。这个消息让他觉得自己好像已经与汽车营没有了关系。不，是自己的军旅生涯结束了。

吃完晚饭，天很快就黑了。李大军觉得，堵在心上的东西还没有散去。脚冻坏的事、复员的事，像两块石头压在他心上。这一夜，他没有睡好。

第二天一大早，他想出去走走，却又想起昨天他的车曾莫名晃了两次，便觉得应该先去看一下车。作为汽车兵，哪怕车有一点小毛病，也应该立即解决，尤其是自己很快就要复员离开，不能把隐患留下，否则就不能为自己的军旅生涯画上圆满的句号。

李大军想着心事，等反应过来，发现自己并没有检查汽车，而是已经坐在驾驶室里，把车开出了车场。

李大军一阵恍惚，自己什么时候上了车，而且腿脚也不再一瘸一拐，很利索地启动车开出了车场？他慢慢往前开着车，心想在前面的路口掉头，然后开回车场。但那个路口却因为修路掉不了头，他只好把车开出营区。

一出营区，李大军便不想开车返回。以后或许再也没有机会开军车，那就再开最后一次。他一阵欣喜，常年在昆仑山上开车，会让人和车有感应，就让自己最后再开一次这辆车吧，就算是告别。

车慢慢往前行驶，三年当汽车兵的往事，一件接一件涌上心头，而且一件比一件清晰。李大军想，以后就只剩下回忆了，昆仑山、阿里、新藏公路，或许会一次次在梦中出现，梦醒之后恐怕会很失落。他想着这些又走神了，等再次清醒过来，发现车已开出很远。

前面就是昆仑山。每次上路后行不远，就会看见它，这座山早已装在了李大军心里。

他踩下油门，车速快了起来。李大军想开到达坂下面，直到不能再开，在那儿再停车。

很快，就到了库地达坂下面。不能再开了，否则就上了昆仑山。

李大军刚一下车，一股冷风裹住了他。他没有想到达坂下面会这么冷，至少比零公里冷十度。海拔越高，温度会越低，所以上山的汽车兵都带着军大衣，感觉冷就穿上。下山后，直到感到热才会脱掉，心情也会好起来。现在，这样的寒冷让李大军恍惚觉得还在山上，本能地想去取军大衣。但是一愣，又回过了神，车上没有军大衣，忍着吧。

李大军爬到引擎盖上坐下，望着远处的昆仑山。昆仑山是一座雄壮的山，李大军每次走近它，望着那些向天际延伸出去的褐色山峰，便陷入无所适从的惶恐中。这座山像是突然从地上一跃而起，人还没有反应过来，就已经悬在了天上。

李大军记得，有一次他看见山上的积雪，展开了另一种风景，那积雪似乎在向下压着这座狂妄的山，要阻止它离开大地母亲的怀抱。山坡上呈现出一条隐隐约约的痕迹,那是羊群踩出的一条路,羊在上面走来走去,像飘动的白云。牧羊人也同样像白云,长年累月飘动在这条小路上。

还有一次,李大军望昆仑山望累了,目光顺着山势向下,看见凹陷在沙丘深处的村落,周围有白杨树围裹,像一块绿色丝绸。狂妄的昆仑山和恣肆的沙丘被村落冷落在一边,村落像是一位矜持的少女,对一切都不屑一顾。时间长了,这位少女眼里便只有自己,好像别的什么都不存在。那些沙砾随大风向村子涌来,被密集的白杨阻挡在外面,寸步不能入村。而沙砾在每天的风中起伏,每一次风起都像马匹一样疾驰,但最终仍一一溃败,那些堆积在村子周围的沙丘,被白杨树撞翻后一动不动。人住在这样的村庄里,是平静、安全、舒适的,每天的生活都受到这群绿色战士的保护。

去年十月份,李大军开车在昆仑山执行运输任务,汽车营的一辆车抛锚,像是连喘息声也发不出的动物,一动不动趴卧在那里。车抛锚在昆仑山无人救援,只能自己解决。李大军取出自己的备用配件,让那辆车的司机换上后向前开去。但很快他便遇到了麻烦,他的车也坏了,不巧的是也需要更换给了那辆车的配件。他拦住一辆车,让副驾驶员下山取配件,他则留下来看车。然而祸不单行,第二天库地达坂发生塌方,塌陷的上山道路像是被什么一口咬断,没有一辆车能够通过。独自看车的李大军不知库地达坂已塌方,等了两天不见动静,仅有的干粮也很快就吃完了。李大军走出几公里后发现了一个湖。他返回车上取了一把铁锹,对准水中的鱼铲下去,倒也能把鱼铲为两截。他收集柴火和牛粪点火,一边烤鱼一边取暖。那湖中的鱼肉质粗糙,烤熟后难以下咽,但为了活下去，他还是吃了一顿又一顿。好在那湖中的鱼不少，倒也能让他每天都吃上鱼肉。他就那样坚持了十多天。风餐露宿导致他全身浮肿，没有力气走路。他绝望了，遂在烟盒上写下遗书，请求哥哥李小兵把父母二老照顾好，大家不要为他在昆仑山上的遭遇难过。他熬到第十五天，那名副驾驶员终于带着救援战友找到了他。此时的他形同野人，已没有力气站起，亦说不出一句话。他在昆仑山上多次遇到过险情。有一次他和战友们驾车经过西藏和新疆交界的界山达坂，前几天的一场大雪堵死了路，他们必须铲雪开路才能通过。界山达坂海拔六千七百米，人在那里一动不动都会因为缺氧而产生高原反应，用铁锹铲雪则更加难受。但李大军和战友不畏艰难，他们搬来石头放在车轮后面防止滑车造成事故，然后挖雪开路，一点一点往前移动。一天下来只前行了两公里，而且人还得忍受寒冷、饥饿和高原反应。到了晚上则不敢睡觉，因为在海拔那么高的地方，一旦睡过去极有可能再也醒不过来。饿了，他们就用雪水煮干粮吃，困得实在受不了，便吃野山椒刺激自己提神。但干粮很快就吃光了。正在一筹莫展之际，李大军突然看见一只狼咬死了一只黄羊，他开车冲过去吓走了狼，把那只黄羊拉回来，炖煮后饱餐了一顿肉食。之后，他们又一步步开路向前，就那样艰难奋斗了三天三夜，终于翻过界山达坂，开上了平坦的道路。

　　李大军望着昆仑山，想着心事。在多尔玛边防连时，他看见山崖上有"昆仑卫士"四个字，那一刻，他觉得那四个字像火焰，烤得他很温暖。有人告诉他，当年的连长在山崖上写那四个字时，前面三个字都很顺利，到后面的那个"士"字最下面那一横时，却从上面掉了下来。虽然摔得不重，但连长不让任何人再上去，那个"士"字便变成了"十"字，看上去怪怪的。几位老兵商量，那个"士"字不能少一横，否则昆仑精神就变了意思。当晚，他们选出一位身手好的战士，从山顶用绳子把他吊下去，补上了"士"字下面的那一横。第二天，连长因为他们擅自做主批评了他们，但他们却笑了，最后连长也笑了。之后每隔一年，他们便用红漆把那四个字刷一遍，然后全连对着那四个字敬礼。有一位战士说，那四个字是多尔玛边防连的荣誉，连长说那是昆仑军人的精神，属于所有的昆仑军人。

....

李大军想了很久的心事，准备开车回去。转身的一瞬，他感觉昆仑山一下子远了。他愣了一下，自己的军旅生涯在这个早晨，随着渐远的昆仑山，就这样结束了。他想停留一下，但又理智地转过了身——复员的事已经定了，他必须利利索索地走，免得给别人留下磨磨叽叽的印象。

李大军刚上车，前面有一辆车疾驰了过来。天刚刚亮，加之库地达坂险峻，一般没有这么早就过库地达坂开到这儿的车。从它行驶的速度看，一定是出了什么事，要去请求救援。他停住伸向车钥匙的手，打开车门下了车。

那辆车近了，是军车。驾驶员看了一眼李大军的车牌号，着急地问："班长，你是藏北军分区汽车营的？"

李大军从对方的车牌号上看出，是与汽车营相邻的汽车团的车。他问："你这么早就在路上，有急事吗？"

那驾驶员说："有，急得很。"

李大军问："什么事，这么急？"

那驾驶员抹了一把脸上的汗水说："我们的一辆车挂在达坂上了，恐怕一动就会掉下达坂。谁都不敢动它，我要赶回团里，请团领导想办法。"

李大军明白了，那驾驶员说的车挂在达坂上，是指车前轮已经悬在了达坂外面，如果往后退，必须一次成功，否则车身一簸就会掉下去，那驾驶员说谁也不敢动，原因就在这儿。但问题是，库地达坂的路边都是碎石和沙土，车挂在达坂上本身就有重压，时间长了会下陷，掉下去是一瞬间的事。这样一想，李大军问那驾驶员："车挂在达坂上多长时间了？"

那驾驶员说："三个多小时了。"

李大军对那驾驶员说："五个小时是碎石和沙土承受的极限，再加上达坂上起雾泛潮，碎石和沙土会松散和变软，情况很紧急。你赶到团里叫上牵引车，一去一回到库地达坂，至少需要半天，恐怕来不及。"

那驾驶员慌了："那怎么办？"

李大军说："你带我上去，我想办法把那辆车开上来。"

那驾驶员仍有些慌："班长，你有把握？"

李大军说："我有百分之五十的把握，到现场看情况，应该能再加百分之二三十的把握。"

那驾驶员不慌了："那就有百分之七八十的把握，咱们赶紧上去试试。"

李大军没有再说话。哪里是试试，必须一脚把油门踩到底，成功把车退回到路上。

那驾驶员要开他的车，李大军拦住了那驾驶员。李大军想再开一次自己的车，上了库地达坂就等于上了昆仑山。在复员之前有这个机会，他心动了，心一动就控制不了自己，一转身就上了车。那驾驶员跟着李大军上了车，车子启动，轰鸣一声向库地达坂开去。

开着车，一点也感觉不到腿脚有碍，李大军心里一阵欣喜，在昆仑山上开车，能治病呢。

不一会儿，又上了库地达坂。

昆仑山又在前方，又近了。

李大军想起多尔玛的"昆仑卫士"四个字，如果还能上一次山，在那四个字底下照张相，该多好！

到了挂在达坂上的车跟前，李大军吃了一惊。如果这辆车没有及时刹住，再往前一冲，就会掠起一道烟尘直坠下去，变成一堆废铁。他仔细观察，发现两只前轮胎的着地面积比较乐观，只要加足马力后退，能退回到路上。但那是一瞬间的事，如果后退受阻就会有麻烦。不，不是麻烦，是车毁人亡。这辆车的另一位驾驶员看见来了一辆车，先是高兴地叫了一声，然后看见李大军从车上下来，又忍不住叫了一声。他听说过李大军，便看着李大军不说话，在等李大军拿主意。他已经被吓坏了，反倒希望李大军放弃，那样的话至少不会有危险。

那位去求救的驾驶员问李大军："能行吗？"

李大军说："能开上来。"

没有理由，也没有原因，只有这四个字。

李大军是老汽车兵，有多少次去阿里，别人把车开到悬崖边不敢动，是他对众人高叫一声"后事你们看着办"，便只身钻进驾驶室。也怪，每次已悬挂在悬崖边的车，都被他顺利开了上来。

李大军轻轻进入驾驶室，启动了车。他感觉车身颤了一下，这是危险信号，车身震颤必将向下产生压力，前轮胎会因为重压下沉，坠下达坂是一瞬间的事情。李大军自然不会放过这一信号，他挂上倒挡，猛踩下油门。车身又颤了一下，这次的颤动比刚才更明显，传出的震感像一只手，推了李大军一下。这是最关键的一瞬，车震颤后会先向上，然后会因为引力转而向下，那时前轮胎因为受力，会加大对崖边的压力。李大军不会错过这关键的一瞬，他狠踩油门，车身在后轮胎的牵引下，向后退去。

远处的雪峰，在朝阳的映照下，把一丝亮光反射到李大军脸上。

李大军双手紧握方向盘，仍用力踩着油门。

汽车又是一颤，但明显在后退，间或还传出尖厉的声响。李大军感觉到了熟悉的倒车动感，以他的经验，只要再加力，车就会退到路上。但是，汽车发出一声沉闷的声响，突然熄火了。车身又是一颤。虽然两个前轮胎并未压垮崖边的碎石和沙土，但是车仍然在颤动，每颤一下，李大军便心里紧一下，害怕车会坠落下去。

好在颤动越来越轻，慢慢停了下来。

"李班长，你赶快下来吧。"车外面的两位驾驶员，喊声里含着哭腔。

李大军慢慢开了车门，跳了下来。

汽车又是一颤。

李大军坐在地上喘着粗气，他仍然为刚才的情景后怕，刚才的一瞬间，汽车非上即下，他非生即死。但是汽车仍停在原地，他是安全的，汽车也暂时无忧。

那两名驾驶员不知道该怎么办，无奈地看着李大军。

突然，汽车前轮胎下的碎石"哗"的一声，向达坂下滑落。

车身又颤了一下。

李大军站起身，对那两位驾驶员说："拉，用我的车。"那辆车开不上来，只有把两辆车用钢丝绳连接，用他的车把那辆车拉上来，这是唯一的办法。

很快一切就绪。

李大军启动车，从慢到快，钢丝绳拉直绷紧，那辆车却纹丝不动。李大军知道这时候要慢慢拉，让那辆车一点一点受力，才能拉动。如果用力太猛，就极有可能把钢丝绳拉断，还会让那辆车受到震动，会出现坠下悬崖的危险。

终于，那辆车一点点动了。

李大军加大油门，汽车发出"呜"的一声响，向前移动了。

他成功了。

车外的两位驾驶员叫了起来，他们也为李大军的这个办法叫好。

李大军仍然保持匀速，一点一点地拉动那辆车。

突然，他的车又发出"呜"的一声响，车身剧烈颤抖了一下。他的车从来没有出现过这种情况，而且从颤抖程度上看，可能是发动机出了问题。他想起昨天下山时他的车也颤抖过两次，好在后来很正常，直至进入营区也没有异常反应。他本来是进入车场检查车况的，不料因为走神，居然把车开出了营区，后来又因为被复员前的复杂情绪搅扰，忘了再去检查车况。现在，车又颤抖了一下，作为经验丰富的老驾驶员，他断定他的车出了问题，应该立即停下检修。但是，此时他的车拉着另一辆车，如果停止，那辆车就会倒退，就会再次滑向危险的达坂。

雪峰反射出的亮光，又照到了李大军脸上。

李大军一咬牙，把油门向下踩去，汽车发出"呜"的一声响。汽车加油后发出这样的声响是正常的，李大军有心理准备。但是紧接着车身便颤抖起来，像是有什么塞进了发动机中，让它的运转受到了阻碍。

李大军心一颤，但他咬牙紧踩油门，不让汽车停下。汽车颤抖着向前挪动，那辆车被拉了上来。

那两位驾驶员欢呼起来。

李大军一脸汗水。刚才太紧张，他一直屏着呼吸，现在停了下来，人和车都安全了，汗就出来了，脚也似乎隐隐痛了一下。他顾不上脚疼，下车检查了一下车，脸色变了，车的情况比脚疼更严重。但车的情况他没说，脚疼他能忍受，遂示意那两位驾驶员开车下山。

一路无事，顺利到了零公里。

第二天吃过早饭，汽车营的复员老兵集中起来，去部队医院体检。老兵们昨天晚上都没有睡觉，他们早早地收拾好东西，坐到了天亮。到了出发的时间，没有吹哨子，老兵们主动站好队，向连队敬了一个礼。留在连队的战士们望着他们的背影，举手向他们挥别。

李大军对肖凡说："连长，我的车出了问题，能不能让我多留一天，我把车修好，然后赶过去和复员老兵们会合？"

肖凡说："你的车由连队来修，你就放心走吧。再说了，老兵们是统一去体检，谁也不能私自行动。你是班长，要支持连队工作。"

李大军点点头，叹了口气。

走出连队不远，一位老兵对李大军说："李班长，刚才发生了一件事，有一辆车'轰'的一声散架了，报废了。"

李大军眼睛里有了泪水。

那位老兵以为李大军不知道是谁的车，便说："李班长，是你的车，这一趟上昆仑山，你的车被累死了。"

李大军说不出话，泪水奔涌而出。

6

入冬后的第一场大雪,在一夜间落了下来。昨天还是雨,下着下着像是谁在天空中泼了一层墨水,天就彻底阴了下来。天麻麻黑时听不到雨声,大家以为雨停了,出去一看惊得叫起来,这雨怎么变成了雪,正密密匝匝从天空中落下来,像是要把大地砸出坑。

评"昆仑卫士"的事已提上日程,因为汽车营常年跑昆仑山,所以也在征求评选意见的范围内。李小兵写了一份材料,表述了评"昆仑卫士"的意见,但在权衡利弊时犹豫了:出事故的部队,该不该在评选范围内?如果被列入评选范围,这个称号将有失水准;如果不在评选范围,那么汽车营就没有任何希望。他拿着笔的手在颤抖,几次想落笔,却不知该写什么。这样想着,李小兵发现自己已经在意见栏里写了一行字:建议出事故的部队不在评选范围内。他一惊,笔掉在桌子上。

"昆仑卫士"的荣誉好是好,但应该与汽车营没有关系了。

很快,上级下达了命令,那位被冻掉脚指头的战士在三十里营房医疗站完成了初步治疗,现在让汽车营派车上山,把他送到山下进行进一步治疗。李小兵决定,由他亲自开车去完成这个任务。

营部院子里的那棵树上还残留有树叶,被雪一压就落了下来。院子里积了一层薄雪,那些金黄色的叶子落在雪上面,像张望着什么的眼睛。起风了,地上的积雪被刮起,像是又下雪了。待雪落下,那些树叶便会被淹没,院子里一片洁白素净。

　　李小兵无意间一瞥，看见李大军在笑。李小兵心里一紧。弟弟这一批复员的兵体检完返回连队后，都争着抢着为连队干活。但人人都觉得李大军的脚被冻坏了，最多也就帮炊事班洗洗菜，或者去喂猪，再或者干脆在床上躺着，也不会有人说什么。复员老兵哪怕躺上十多天，也不会有人说什么，毕竟在昆仑山上奉献了三年，这三年抵得上别人的十年。李大军却受到了刺激，他总觉得自己的伤脚像一个尾巴，无论他想做什么，这尾巴都横过来挡在他面前，提醒他身有不便，什么也干不了。李小兵也对此为难，作为营长，他希望弟弟像正常复员老兵一样，为自己的军旅生涯画上圆满的句号；但是其他人都觉得李大军的脚毕竟受过伤，所以要区别对待，比如伤残人员或有病的人，就应该少干活，或者不干活。现在，他猜得出李大军一定在想，如果能让他再上一次山，他就能证明自己还行，心里也就不再委屈。

　　但是他的脚能行吗？李小兵为弟弟担忧，一块鸡肉在嘴里，咀嚼不出滋味。

　　李小兵匆匆吃完饭，便去检查车辆。李小兵习惯在出发前检查汽车，只有仔细看过后才放心。他选出一辆车仔细检查，不错，保养得很好，没有任何问题。他准备回去，刚一转身，发现李大军站在身后。他问李大军："你来干什么？"

　　车场没有别人，李大军叫了一声哥。

　　李小兵没有应声。他身上落了一层雪，他用手把雪拍打掉，看着李大军不说话。

　　李大军又叫了一声营长。

　　李小兵应了一声，又问李大军："你来干什么？"

　　李大军说："你去三十里营房，带上我吧！"

李小兵反问:"你去干什么?"

李大军说:"你出了饭堂后,大家都在议论,我在这半个月能干什么。是在炊事班做饭,还是去种菜?最不济也能喂猪。这样的议论像巴掌一样,一巴掌又一巴掌,把我扇得鼻青脸肿。我伤心,就跟了过来。我还没有复员离开部队,我还是汽车营的兵。我是弟,你是哥,你今天给我一句话,我还能不能开车?还能不能上山?"

李小兵有些生气,但不能对李大军发火。他不能答应弟弟,无论战友们对弟弟有怎样的议论,毕竟上山还是不放心,他希望弟弟平平安安复员。于是,他用脚踩了踩地上的雪,对李大军说:"都下雪了,这次上山不是小事,你就不要凑热闹了。"说完,他觉得身上轻了,好像先前有石头压在身上,现在石头掉了下去。

李大军还想争取,李小兵一瞪眼。李大军一脸委屈,转身走了。

雪下得很大,李大军很快被淹没在了迷蒙之中。

李小兵在车场待了一会儿,才回到营部。他申请去三十里营房接人,上级批下来了。但李小兵拿着批示的手却抖了一下,山上的海拔高、风雪大、气温低,此次上去会顺利吗?李小兵在这件事上心里有数,不能让李大军上山,就半个月时间,咬咬牙就让他顺利复员回家。

天很快就黑了。

李小兵倒了一杯茶,却没有开灯,任黑暗慢慢淹没自己。如果这时候有人进来,会以为营部没有人。他正这样想着,外面有人喊报告。李小兵起身开灯,打开了门。

是李大军,他身上有一层雪。

李大军刚要开口说话,李小兵却抢先说:"把身上的雪弄干净。"

李大军笑笑，拍打掉身上的雪。

"你又来干什么？"李小兵的声音带着怒意。说真的，他很矛盾，如果弟弟上山，他和弟弟的面子就不会掉地上；如果弟弟不上山，他则心里踏实。

怎么办呢？

李小兵咬咬牙，准备在弟弟开口的一瞬，就拒绝弟弟的请求。那一刻，他只是营长，而不是哥哥。

没想到李大军却问："哥，你黑坐着干什么？"

李小兵便知道李大军一直在注意他，便问："你盯着我干什么？"

李大军说："我没有盯着你，只是路过营部，看见你的房子里黑着，就知道你黑坐着，就想提醒你早点休息，明天一大早还要上山呢！"

李小兵看了一眼李大军，李大军没有说出让他担心的话，他坦然了。

李大军走了，李小兵关灯，脱衣上了床。明天又要上昆仑山，但愿一切顺利。

第二天早上，他醒来后慢慢穿好衣服。虽然天已经亮了，但还不到起床的时候，战士们都还在熟睡。他打开门，却看见李大军和另一位战士站在院子里，那位战士是他昨天选定的副驾驶员。他们虽然只有两个人，却站成整齐的一队。李大军对他说："营长，今天的路程长，早一点出发，早一点翻过库地达坂。"

李大军的话让他一愣，他想起弟弟内心的纠葛，想起弟弟因为脚被冻伤而觉得低人一等，便决定让他也跟自己一起上山。不过他又想，让其他人上山也会遇到危险，作为营长，他要考虑所有人的安危，而不仅仅限于弟弟一人。这样一想，他心里踏实了。

吃过早饭，三个人出发。

李大军对李小兵说："哥，我来开吧？"

李小兵一愣，"你的脚到底行不行？"

李大军说："哥，你就放心吧！"说完，笑了一下。

李小兵心想，对弟弟来说是最后一次上山了，就让他开吧，便点了点头。

第一天，一辆车紧走慢走，翻过库地达坂后天就黑了。山下在下雪，达坂上却不见一片雪花，看来入冬后的第一场大雪只下在了山下，而山上的雪，不知什么时候才能落下。

第二天一大早出发，傍晚到达三十里营房。西边的夕阳还闪着金光，雪山像是被镀上了一层金箔，一会儿黄灿灿，一会儿又变得雪白。

李大军提着水桶，向河边走去。车在高原上容易开锅（水箱不散热导致沸腾），所以要把水备足，第二天一早就可以上路。

李小兵想叫住李大军，却把话咽了回去。他虽然担心弟弟的脚还没有好利索，但是如果现在叫住他，就等于偏护了他。这个头不能开，以后还有不可预测的危险，如果自己处处偏护他，另一位战士会怎么看？再说了，自己作为营长，应该把所有战士都当作弟弟，至于自己的亲弟弟，反而应该放在别人之后，不可优先考虑。

李大军提着水桶慢慢走远。

李小兵的心悬了起来，好像弟弟只要离开他的视线，就再也不会回来。他叫了一声"大军……"，他的声音很小，只有他能听见。

李大军已走下河堤，不见了身影。

李小兵的头一阵眩晕，他摇摇头才好受了一些。人在高原上不能有心事，否则就会情绪消沉，再加上高原反应，很有可能会一头栽倒。李小兵提醒自己要振作起来，你是营长。这一提醒心里就有了力量，头也不再眩晕。

头不晕了，李小兵看了看远处的雪山，天色已经暗了下来，积雪上面的亮光在迅速变暗，过不了多久就会被裹入黑暗之中。

李小兵吩咐那位战士："可以做饭了。"

早一点做饭，早一点吃完，早一点休息，这是高原军人经常说的三个"早一点"。在这三个"早一点"背后，暗藏着人对自然环境的把握，这是人的生存智慧。天黑了，人不可在荒野中走动，如果迷路，所有的山都是一样的山，所有的荒野都是一样的荒野，很有可能走错方向而走失。所以，天黑了人就躺下，不但省力气，而且也不会有高原反应。至于要干的事情，放到明天去干。

那位战士一阵忙活，菜切好了，面条也拿出来了，却突然停了。

李大军还没有回来，没有水。

李小兵的心更加忐忑。按说，弟弟应该提水回来了，但是他留下背影的河堤上，什么也没有。河堤下面就是河流，他把水桶放入河中盛满水，提起就可以返回。这个过程最多需要几分钟，但过去了这么长时间，他连头都没有冒出来，一定是出了事。真该死，自己刚才晕晕乎乎，以致过去了这么长时间，都没有反应过来。

李小兵大喊一声："去找人。"

那位战士便和他一起往河堤边跑，但毕竟是海拔近三千米的地方，没跑几步就慢下来，不停地粗喘。

突然起风了。

风刮得很大，地上的沙尘被刮起，天色暗了下来。三十里营房的风刮得昏天暗日，让雪山变得模糊，让荒野好像在起起伏伏。其实荒野并没有起伏，只是大风像掀起的波浪，让荒野也有了起伏动荡之感。

李小兵一边跑，一边叫着弟弟的名字。

风更大了，天地之间一片模糊，河堤不见了。

河堤不见了，弟弟也就不见了。李小兵生出一个不好的预感。

李小兵不相信大风会把河堤刮走，便加快了脚步。风太大，他虽然很用力，大风却阻挡着他，他仍然跑不动。他又叫了一声弟弟的名字，用力往前跑，不料脚下一滑，便摔倒了。他想爬起来继续往前跑，双手却无力撑起自己。他一咬牙便往前爬，跑不动但能爬动，他不放弃。

李小兵一边爬一边想，弟弟的脚不利索，大风刮起时，他哪怕想跑也跑不起来，只能找个避风的地方趴伏下去，那样的话他就会安全。

风仍然刮得很大。

弟弟，你坚持住，哥来救你。

风一大，河堤好像不见了；风一小，河堤好像又出现了。不管风大还是风小，河堤都在前方，李小兵只要向前爬，就不会错。李小兵心里一阵欣喜，河堤近了，弟弟也就近了。

突然，李小兵看见一个模糊的东西向他移动过来。

是弟弟。

他用力往前爬，要一把抓住弟弟，再也不松开。

那个移动的东西近了，似乎向李小兵扑了过来。李小兵一阵欣喜，是弟弟，他也在大风中爬着，要爬到我这个哥哥跟前，我们只要手抓住手，就再也不会有危险。

那个移动的东西更近了，李小兵急于要看清弟弟怎么样了。风更大了，那个东西一下子就扑到了他身上。他觉得有什么砸在了头上，风在一瞬间好像停了，连风声也消失了。他觉得自己能够站起，便用手撑着地要站起。一用力，他浑身一阵灼热，紧接着又一软，就什么也不知道了。

李小兵醒过来后，发现自己躺在三十里营房医疗站的病床上。他问守在一旁的战士："我怎么了？"

那位战士说："营长，你被大风中的一块石头砸伤了。"

李小兵的头一阵疼痛，他顾不了什么，忙问："我弟弟呢？"

那位战士忙回道："营长，你弟弟没事，他只是滑倒，掉进了河里。你放心，我们给他房间里生了炉子，很暖和。"

李小兵一声叹息，想爬起来去看看弟弟。

那位战士说："营长，医生说你不能动，还得躺五个小时才能下床。"

李小兵不听，就想去看看弟弟。但他头疼得厉害，浑身使不上一点儿劲。

7

李小兵在昏睡中出现了幻觉。

好像昆仑山压了下来，达坂、冰雪和石头，都在向下滚落。

昆仑山是大山，如果连这样的山都会倾塌，不知这个世界还会发生什么。昆仑山之所以成为高不可攀的高原之峰，是因为几亿年前地壳运动，当时的海洋被挤压，变成了青藏高原。变成青藏高原后屹立了这么多年，难道现在要塌陷了吗？不，不会的，昆仑山也有身体，那么多年早已长得无比坚厚，怎么说塌陷就塌陷了呢？这样一想，像是刮过了一阵风，昆仑山变得模模糊糊，不再向下倾塌。李小兵一阵欣喜，心里也就轻松了，一轻松便清醒过来。

他扭过头向昆仑山方向望，这么一座具有王者风范的山，会有什么变化呢？他笑了一下，提醒自己不要胡思乱想。

"营长，有件事我要告诉你。"李大军走进病房，想对李小兵叫哥，但最终还是叫了一声营长。

李小兵看见李大军安然无恙，便放心了。但是李大军如此郑重，一定有事。于是便对李大军说："有什么事，你就说。"

李大军说："部队鉴于你受了伤，决定先不让那位战士下山了。刚好有一辆车去藏北军分区，就决定先把他拉到藏北人民医院治疗。和我们一同来的那位战士有别的任务，留在山上。这样的话，我们就空车下山了。"

李小兵很遗憾，叹了一口气。

李大军又说："哥，还有一件事，我要给你说。"他这次不叫营长只叫哥，而且不说"汇报"而直接是"给你说"，"我这几年在昆仑山上跑上跑下，每次都在三十里营房停歇，一来二去就认识了一个姑娘。她为了等我复员，去年在三十里营房开了一个饭馆，一直经营到现在，生意还可以。"

李小兵很吃惊："为什么不早一点告诉我？害得我什么也不知道。"

李大军强作镇静地一笑说："你是我哥，但也是营长，我担心别人议论这个事，所以没告诉你，也没告诉别人。"

李小兵叹息一声，他是营长，在他手下当兵的弟弟便不得不如此谨慎。不过李大军马上就要复员了，以后不会有什么议论。一想到复员，他又想到了李大军的去处，便问李大军："你复员以后是回河南老家开出租车，还是上三十里营房开饭馆？"

李大军说："这个事……以后再说。眼下最重要的是，我要带你从三十里营房下山。"

李小兵很诧异："你是不是因为脚不稳掉进了河里？你这个样子开车下山，能行吗？"

李大军说："不是因为脚不稳，是因为石头太滑了，我一踩上去就掉进了河里。哥，你现在成了这个样子，只有我开车送你下山最保险。你知道我的技术，难道你还不放心？"

李小兵知道李大军的驾驶技术过硬，一路绝对不会出现差错。但他还是不放心李大军的脚，于是他对李大军说："部队会安排人送我下山，你不用操心。"

李大军说："我的脚已经没事了，和以前一样好使。我已经决定了，虽然你是营长，但也是我哥，你得听我的。"

话说到这个份上，李小兵还能说什么呢？

三天后，李小兵的头上又换了一次药，可以下山了。出发时，李大军晚来了一个小时，李小兵以为那姑娘的饭馆里有事，便劝他不要下山了，毕竟经营饭馆是大事。李大军一笑说："没事。对象本来要和我一起下山，但是早上却变卦了，怕路上吃苦，不想下山了，害得我耽误了时间。"说完便上车，熟练地打火。

李小兵这一趟真是不顺，弟弟掉进了河里，他又受了伤，但愿下山顺顺利利，平安到达留守处。有一点他很愧疚，他天天忙汽车营的事，对弟弟关心不够，弟弟把复员后的生活都计划好了，自己居然一点也不知道。他掩饰着尴尬说："那你复员后就和你认识的那个姑娘一起开饭馆，我以后上山下山，就有吃饭的地方了。"

李大军想说什么，但最终没有开口。

汽车出了三十里营房，向山下驶去。李大军一脸凝重。他在这条路上跑了几十趟，哪个地方有弯，哪个地方有坡，早已烂熟于心。他把车开得很稳，李小兵坐在副驾驶位置上，一点也不觉得晃。

汽车转过一个弯，李小兵从后视镜中看见，三十里营房一晃就不见了。李小兵觉得这一趟上三十里营房，算是白来了。昆仑山上的军人，经常会面临防不胜防的危险。别人可以选择，唯独军人无法选择，到了昆仑山上，坚守也罢，忍耐也罢，他们都长久沉默，从来都不说什么。他又想到弟弟，不该让弟弟上山，之前的预感那么不好，就那样上了山，然后就发生了大风中的事情。这样想着，他觉得脸上有异样的感觉，用手一抹是眼泪。

汽车已行驶出很远。

李大军一边开车，一边喃喃自语："再也不来三十里营房了……"

李小兵心里一阵难受。唉，弟弟因为年轻，加之不懂得防护，被冻坏了脚，这次又差一点出事。一想到弟弟他就后悔，一则不应该让弟弟上山，二则不应该轻视那场风。昆仑山上的风有多厉害，他是清楚的，但在那一刻为什么就同意弟弟去提水呢？事后他想过多次，唯一的理由是，弟弟马上要复员，他希望弟弟在提水这样的小事上，也仍然像一个兵。那样做是对还是不对呢？他觉得对，又觉得不对，到了最后便没有了答案。

他又想，弟弟不打算回去，在三十里营房开几年饭馆挣上了钱，过几年就不瘸不拐了，倒也好给父亲交代。

没有办法，李小兵只能这样想。

汽车很快开上一个达坂，李大军放慢了车速。李小兵有些疑惑，以李大军的技术大可不必这样，一脚油门踩下去就会开上去。但想到李大军的脚不利索，李小兵不好意思提要求。

达坂不高，汽车爬得很慢，驾驶室里的气氛有些沉闷，人就有些着急。终于，李小兵忍不住了："大军，为什么开这么慢？"

李大军不说话。

李小兵又问："是怕颠着我吗？"

李大军说："是。"但又马上说，"不是……"

李小兵没再追问。

汽车终于爬上达坂，开始向下行驶。李大军仍把车开得很慢，好像下达坂和上达坂一样艰难。车上达坂，发出沉闷的声响实属正常，听起来也不奇怪。但下达坂控制车速，发出的声响便颇为沉闷，像是心上堵了什么，听得人难受。

李大军发现了李小兵的疑惑，但仍然把车开得很慢，好像车一快就会失去控制。

李小兵想，在昆仑山开车的人，一向开车谨慎，除了对生的珍惜，也有对死亡的恐惧。但这辆车上现在只有我们两个人，李大军在担心什么？

达坂顶上有雪，汽车向下行驶，达坂顶上的雪越来越远，也越来越模糊。汽车终于下到了达坂底部，后视镜中便再也看不见雪了。

李小兵问李大军："你怕冷吗？"

李大军想回答是，但犹豫了一下说："不是，我不怕冷，是汽车怕冷。"

李小兵知道，"汽车怕冷"这句话，只有昆仑山上的汽车兵能听懂，山上海拔高、气温低，尤其到了冬天，早上发不动车是常事。所以，汽车兵在野外露宿，宁可把被子蒙在汽车的发动机上，自己也不盖。他们常常说，汽车在晚上被冻"死"了，人的命也就没了。这话不假，汽车发动不了，抛锚在荒野里，人不是被饿死渴死，就是被狼吃掉。昆仑山上的狼觅食极难，见了人会拼命往上扑，到最后不是它们被累死，就是人被它们咬死。但现在不存在这些情况，从三十里营房下山，海拔会越来越低，空气会越来越充足，人的心情也会越来越好。为什么李大军仍然如此谨慎小心，如履薄冰？唯一的可能，就是李大军在昆仑山开车习惯了，不到叶城把车停下，便不会放松。

整整一天，汽车都行驶得很慢。

李小兵已经习惯了车速，有时候睡一会儿，李大军便把车开得更慢，像是怕颠疼了他。他明白了李大军的良苦用心，便一笑，李大军也一笑，遂加快车速。其实只是稍微加快了一点，车不晃也不颠。

天慢慢黑了下来，经过麻扎达坂下面的一家饭馆，李大军将车开进饭馆院里，招呼李小兵："营长，老地方，老规矩。"说着一笑，转身对小饭馆里面喊叫，"老板，两个过油肉拌面。"

汽车营每每上山下山，都在这里住宿吃饭，李小兵自然忘不了这个老规矩。他一笑，随李大军进了饭馆。

吃过饭，天就黑了。

李大军去检查车了，饭馆里没有别的食客，显得格外清静。李小兵走出饭馆，看见李大军点了一支蜡烛，插在了车后厢的缝隙里。他便走过去问李大军："你这是干什么?"

李大军说："没什么，车上多余的蜡烛，不用的话浪费了。"

李小兵觉得李大军举止怪异，他劝李大军回去早点休息，李大军应了一声，二人便进入饭馆旁边的旅馆睡了。

第二天一大早便出发了，翻过库地达坂，到了普萨。这里离零公里只有六十多公里，汽车营的兵在这一段路上会把车开得飞快，以便早一点回去，吃一顿好的，洗一个热水澡，然后倒头就睡。但李大军却仍然把车开得很慢，好像不忍心把这一段路走完。

李小兵想，李大军是最后一次在这条路上开车，他要尽量慢下来，让自己在这条路上多开一会儿车。

突然，车身颤了一下，李大军有些吃惊，方向盘偏了一下。但他很快就稳住了方向盘。

迎面有阳光照过来，但很快又被什么遮掩，消失得无影无踪。

李大军只顾开车，李小兵也不再说话，汽车虽然开得慢，但声音显得很大，像是一头钢铁巨兽在缓慢爬行。

慢慢就接近了零公里。汽车营的烟囱和围墙，都已经看得清清楚楚。汽车再过一个桥，十几分钟就能开到留守处大门口。

突然，汽车颠了一下，然后失去控制，歪斜着冲到了路基下。

李小兵的头撞到车玻璃上，所幸并无大碍。下车一看，汽车已经陷进了路基下的沙子里。他说："咱们这下只有走回去了。"

李大军说:"没问题,咱们能走回去,但是还有一件事要办。"

"什么事?"李小兵问李大军。

李大军说:"有一个人的遗体在车上。"

"什么?"李小兵吃惊不小。

李大军一字一顿地解释:"营长,在三十里营房搞建筑的一个施工队有一个农民工前天得病死了,他们在山上没有办法处理,我看着不忍心,就把他的遗体拉下山了。他的遗体这一路一直和我们在一起。这个季节除了咱们的军车,已没有上山和下山的车。如果我们不管,施工队的人没有任何办法。我之所以没有事先给你说,是担心你受伤了的身体,不想让你操心太多……这是最后一次上山了,就让我给老百姓做一件好事。"

李小兵慢慢挪向车厢。不是他走不动,而是他的脚步很沉重,每挪一步都很艰难。他没有想到,李大军悄悄地把一具遗体装在了车上,李大军这一路把车开得这么慢,原来是为了不让这具遗体受颠簸。

李大军打开车厢遮布,那具遗体躺在车厢里,看上去像是睡着了。

李小兵想爬上车厢,把那具遗体背走,但是他的头又是一阵疼痛,没办法用劲儿。

李大军把李小兵扶到一边,然后说:"我来吧。"说完,他上车将那具遗体背下来,向着叶城县城方向走去……

第二天,李小兵接到了调往另一部队的命令。

临行前,李小兵再次找到李大军,问他:"复员后,你准备先去三十里营房吗?"

李大军说:"不去了,这辈子都不去了。"

李小兵很诧异，本以为李大军肯定要先去三十里营房找那个姑娘，便问："为什么?"

李大军苦笑一下说："送你下山时，我去找那个姑娘，她说她要离开，去外地了。三十里营房已没有什么让我牵挂的了。至于去哪里，现在还没有想好，过了这个冬天再说吧。不过你放心，我暂时还不能回老家去，怕咱们的老父亲受不了。"说完，就转身走了。他的腿一瘸一拐。

李小兵一阵难受，对着李大军的背影说："大军，我帮你在留守处附近开个饭馆，或者联系出租车公司，在留守处附近开车挣钱，行不行?"

"不急。"李大军背对着李小兵挥挥手，径直走了。

第三章　遥远的约会

8

田一禾在快下山时给马静发过一封电报，马静接到电报后，就从兰州出发了。相隔越远，思念便越激烈，一有想法便再也按捺不住，心就飞了。心飞了，人就跟着心走，哪怕再远也不怕。马静不知道，她乘坐的火车上，有常年分居两地的军人和家属，像她一样不是来就是去，在奔赴一场场遥远的相聚。有一位昆仑山上的军人两年没有回去，好不容易回去了，却因为在山上被强烈的紫外线照射，加之又掉发秃了顶，他的妻子和女儿去火车站接他，没有认出他来。他走到妻女身边叫她们，她们以为他是陌生人，对他置之不理。他一阵难过，只好报上自己的名字，妻女才反应过来，三人随即抱在一起，又悲又喜。

马静一路幻想着爱情的甜蜜情景，无法想象昆仑山上的艰苦。火车奔驰得很快，她的心比火车还快，早已飞到了零公里旁边的留守处。

其实，马静出发后不久，田一禾就到了多尔玛。田一禾接到要在多尔玛边防连停留几天的通知后，托人带话给战友李鹏程，委托他接待马静，自己完成任务后马上下山。李鹏程应诺，一定照顾好马静。

马静快到时，留守处主任和政委觉得她一路劳苦而来，便决定让她先休息一天，第二天再将田一禾留在多尔玛的消息告诉她。这一任务落在了李鹏程身上，他在负责接待马静的同时，还要做好安抚工作，毕竟人家是不远千里专门来见田一禾的，而田一禾则因为留守多尔玛不能下山。这样的事在昆仑军人中司空见惯，但对于马静这样的年轻人来说，一定不能理解。所以让她先缓一缓，适应了留守处环境，并了解一些昆仑军人的事情后，再告诉她实情。

马静一路上不容易，她从兰州到乌鲁木齐，坐了两天一夜火车，买上去叶城的票后，才知道从乌鲁木齐到叶城，又是两天一夜。真远啊！田一禾在一次通信中引用了一位新疆诗人的诗："为了爱情，博格达不嫌远。"她为了爱情也不嫌远，但漫长的旅程仍让她焦灼。到了乌鲁木齐，她看了一眼耸立在这座城市一隅的博格达雪峰，她觉得它像一顶洁白的王冠，反射着肃穆圣洁之光。怪不得诗人会那样写呢。站在乌鲁木齐街上一抬头就能看见博格达雪峰，要上去却并非易事。但是既然诗人那样写，就一定有人上去过，以后如果有机会，和田一禾一起去一趟博格达雪峰。她在乌鲁木齐的一家招待所住了一晚，第二天一大早就坐上夜班车前往叶城。

到了叶城，马静出了车站，看见一位军人匆匆向她走来。是田一禾吗？她是奔着田一禾来的，来接她的人，不是田一禾还会是谁呢？突然刮过来一阵风，让马静皱起了眉头。她一路奔波而来已被折腾得疲惫不堪，加之风刮得这么大，她便站在那里等那人过来。风很快掠起灰尘，呛得马静一阵咳嗽。向她走来的那人突然不见了，难道看错了，刚才的那个人不是田一禾？马静揉了一下眼睛，哦，那人还在，刚才有几个人路过，挡住了他的身影。待那人走近，她才看清不是田一禾。虽然她和田一禾自从高中毕业后再未见过面，但是来人的个头和体形，与她记忆中的田一禾完全不同。也就五六年时间，田一禾不会变化这么大。

马静更不想动了。

来人刚到车站就刮起大风，而且灰尘久久不散，马静用手捂着嘴，来人在她眼里变得模糊起来，甚至周围的人都只是轮廓。

马静想对来人打个招呼，她刚要开口，却发现来人头一扭转身而去。马静一阵懊丧，来人不是来接我的。她用手扇了扇灰尘，又捋了一下头发。她刚捋了一下，风又把灰尘掠起，她也变得模糊起来。风很大，灰尘一层又一层被掠起，周围的一切好像在，又好像已被什么吞噬。马静一惊，仔细一看，才发现那人为了避灰尘，躲到了一棵树下，那棵树的后面有一堵墙，风小，灰尘也薄一些。马静正疑惑间，那人却走过来对马静说："请问你是马静吧？我是田一禾的战友李鹏程，田一禾让我来接你。车停在外面，咱们出去才能上车。"

马静问李鹏程："田一禾为什么没有来？"

李鹏程说："田一禾还没有下山，你在留守处等几天。"这几句话他已经在心里练习了好几遍，此时说出，虽然心有些慌，但语调还算正常。马静听后倒也平静。

到达留守处后，马静觉得这里不像部队，而像家属院。她一眼看过去，这个部队大院里女人多，兵却很少。远远地有几个穿绿军装的人,她以为是兵,走到跟前发现还是女人。她打听后才知道,昆仑山上条件艰苦,藏北军分区成家的军人,便都把家安在留守处,他们上山后,家中便只有家属,所以留守处的女人便多。至于兵少,是因为过冬的兵都不下山,而汽车兵最后一次从山上下来后,大多数人都回家探亲了,大院里便见不到几个穿绿军装的兵。

马静想上山去找田一禾。都跑了这么远的路,哪怕再跑两天一夜,她也不在乎。田一禾曾在信中说,他们汽车兵之所以驻扎在山下,是为了方便运送物资,其实他们一年有半年时间在昆仑山上。马静很想看看昆仑山,而且她觉得上山与田一禾会合,然后和他一起下山,等于把他从山上接了下来,多浪漫。

李鹏程听了马静的想法后,面露难色不说话。

马静见李鹏程不说话,再次问道:"我想上山去,行不行?"

李鹏程醒过了神,赶紧告诉马静:"太远了,你去不了。"留守处主任和政委千叮咛万嘱咐,等到明天告诉她田一禾留在山上的事,如此这般怎么能考虑让她上山呢?所以,他只能以太远为由,让马静打消念头。

马静不知道此时的李鹏程因为田一禾在山上下不来,心里已五味杂陈,翻江倒海。她问李鹏程:"上山有多远?"

李鹏程说:"一千多公里。"

马静说:"一千多公里不算啥,无非在路上多费一些时间。"

李鹏程说:"这一千多公里,可不是平常的一千多公里。"

马静问:"为什么?"

李鹏程说:"这一千多公里,不是雪山就是冰河,还要经过很多海拔在四五千米的地方,高寒缺氧不说,而且一路上风餐露宿。你一个人根本上不去。"

马静不甘心,又问:"有别的办法吗?"

李鹏程心里一抽,但脸上没有暴露出什么:"只能在留守处等。"

马静便只好等。

李鹏程安排马静在留守处的内部招待所住了下来。马静是中午到留守处的,李鹏程一直陪着马静说话,说累了,没话再说了,就带马静出去走走。汽车营虽然习惯上叫藏北军分区汽车营,却因为军分区远在藏北的狮泉河,所以划归给留守处管理。留守处也叫藏北军分区留守处,负责藏北军分区的后勤保障,把汽车营划归到这里合情合理。留守处有一个特点,人员变化大,昨天住在这里的人,也许今天就离开了。人常说铁打的营盘流水的兵,这句话在留守处或许应该改一改,说成是铁打的留守处流水的家属。马静是第一次来,自然没有人认识她,李鹏程倒也不怕会走漏风声。留守处是一个不大的院子,他们二人很快把能看的都看了,便坐在路边的椅子上说话。马静问李鹏程:"鹏程大哥,你有对象吗?"

李鹏程脸色就沉了,"你来的前一天,我刚把对象送走。"

马静有些惋惜,"如果她多待一天,我就能见到她。"

李鹏程面露难堪之色,"她一天都不愿意待了……"

马静不好再问什么,看来,李鹏程和他对象之间出问题了,二人极有可能刚刚分手。她想安慰李鹏程,却不知该说什么,便那样默默坐着。阳光很明亮,不一会儿便照得她身上一阵暖意。她抬头往头顶的树上望去，那上面有一个鸟巢，一只鸟儿落下后，另一只鸟儿跟着也落了进去。她想，那应该是恋爱中的两只鸟儿，一只在哪儿，另一只必然会跟随其后。这样一想，她便为自己感叹，她千里迢迢从兰州来到留守处，连一只鸟儿也不如。但她又提醒自己，鸟儿也有不在一起的时候，它们能一起回到这个巢中，也许等待和盼望了很长时间。她劝慰自己再耐心等几天，田一禾就从山上下来了，那时候的她和他，就是两只自由快乐的鸟儿，可以天天待在一起……马静的脸红了。马静担心李鹏程会发现她的内心活动，便低下头去。

过了一会儿，李鹏程说："我送你回去。"

马静点点头，李鹏程便跟在她身后向招待所走去。到了招待所门口，马静愣了一下，李鹏程感觉到了什么，便停住脚步，却没有要返回的意思。马静只好没话找话："在昆仑山上当兵的人，都不好找对象吧？"

李鹏程说："不好找。"

马静又问："有对象的人，都是怎么样找上的？"

李鹏程的眉头皱了一下说："只能靠碰运气，碰到了就拼命地追。"说完不好意思地笑了笑。

马静想起收到田一禾突然表白的那封信时，她被吓了一跳。田一禾在她的印象中还是高中时的样子，她对他一无所知，所以她觉得田一禾很唐突。但不知道为什么，她却像被一只手紧紧抓住一样，心里就有了田一禾。她不知道田一禾的具体情况，于是就想象着田一禾，时间长了连想象也变得特别美好。现在听李鹏程这样一说，她就理解了田一禾，在昆仑山连女性都见不到，找对象确实是难事，而一旦把一位姑娘锁定为追求目标，难免会冲动。她想问问李鹏程女朋友的事，又觉得不妥，便把到了嘴边的话咽了下去。

李鹏程接着说："山上的军人普遍大龄未婚，有的人四十多了还没有对象。就拿我来说，今年都三十岁了才谈了个女朋友，没想到很快又回归到了没有对象的队伍中……"

马静不知该怎么安慰李鹏程。他还没有走出失恋的阴影。

下午，李鹏程没有来。

马静觉得孤独，却只能一个人待着。她倒希望李鹏程来看她，和她说说话，但李鹏程没来。

时间过得很慢，只有孤独和寂寞。

马静内心安静下来，她往昆仑山方向看，看一会儿，时间也就过去了。马静觉得田一禾在山上一定很辛苦，缺氧、寒冷、吃不上蔬菜、紫外线强烈、看不上电视……相比起来，自己在山下要好得多，有什么可伤感呢？这样一想，她不再孤独，心想她的心与田一禾的心在一起。她向着昆仑山方向念叨，田一禾，你在下雪天要多穿衣服，不要冻着；天晴了，你要出去走走，晒一晒太阳。她隐隐感到田一禾也在对她说话，于是在出门时念叨一句，田一禾，我要出去转转，去的地方都是你熟悉的。回来进屋，她又念叨一句，田一禾，我今天看到的都是你看到过的。

时间长了，马静便感叹，田一禾啊，我们谈恋爱，是通信恋爱；我来看你，也只能幻想我们在一起。这样的恋爱方式，在别的地方根本见不到。一切都因为昆仑山，它太高，很多事情都会被改变。

这样想着，马静又是一愣，咱们虽然恋爱了，却还没有见面；但尽管如此，我们的事情不会被改变。

屋子里很静，炉子里的煤在燃烧，间或发出"呼呼"的声响。因为无事可干，马静便把炉子烧得很热，屋子里很暖和,有时候会让她出汗。

田一禾在山上会不会也是这样?山上的条件虽然艰苦,但是保障很到位,在这样的天气一定有足够的煤取暖。

马静只能想象出大概,比如:田一禾在执行什么任务?是艰苦还是轻松?他待的地方海拔高不高?氧气是否充足?她想象不出具体的境况,便心里没底,只能暗自希望田一禾平安,只要平安,哪怕吃再大的苦受再大的累,人还在,就一切都在。

这样一想又让马静一愣,她暗自责怪自己,你不能胡思乱想,在这儿耐心等待,过几天田一禾就下来了。下来了会怎么样?她心里产生了一个想法,一见面就给田一禾一个大大的拥抱。她内心的某个隐秘的门被打开了,好像有一个小动物窜来窜去。她想把它按下去,它却反而变得更激烈,让她一阵眩晕。她觉得一股热流在身体里涌起,她的脸一下就红了,呼吸也变得不自然。她咬了一下嘴唇,起身一口气喝掉整整一杯水,才平静下来。

她有些羞怯,但又觉得幸福。

有车进了留守处院子,她便从窗户往外看,期待是田一禾坐车下了山。车上下来的人中没有田一禾,她失望了。她看着那几个人提着行李,各自向不同的地方走去。有一个小伙子,看上去二十多岁,朝马静住的这边看了一眼。她产生了幻觉,好像田一禾在他们里面,马上就要向她走过来。那小伙子却只是随意看了一眼,就去了别处。马静失望了,随即也清醒过来。她看着那小伙子,心想他如果有女朋友的话,一定是去看她了。他们分开多长时间?半年还是一年?听李鹏程说,他们上山最短半年最长两年,至于一年的则比比皆是。那么这个小伙子最少有半年没见女朋友,他看上去要急于回去，他的女朋友也一定在急切地等待着他。马静这样想着，不由得叹息了一声。她不知道那小伙子有没有女朋友，她把他想象成了田一禾，把自己想象成了他的女朋友。

房间里很安静，时间长了，马静待不住，便走出留守处，往库地方向走去。李鹏程的话并没有打消她想上山的想法，加之一个人待得太郁闷，她更想上山。她知道没有人徒步翻越库地达坂，她走不了多远就得回来。但是她想走走，如果田一禾刚好在这个时候下山，就能看见沿着马路行走的她。那样的见面该有多好。但是她不能肯定事情这么巧，她只想走走，走到哪算哪，然后就回来。

身后好像传来一个声音：别走远了，早点回来。马静回过头，却没有人。她苦笑一下。她又想起山上的战士，他们常年待在孤独和寂寞的环境中，又该如何忍受？边防总得有人守，山上总得有人待，他们一年又一年地待在那儿，不知道山下的世界是怎样的，山下的人亦不知他们过着怎样的日子。也许，只有他们的亲人了解他们。"亲人……亲人……"她反复念叨着这两个字，停住了脚步。以后，她会成为田一禾的妻子，会成为他的亲人，也会成为最了解他山上生活的人。田一禾在信中对昆仑山所提不多，所以她从兰州出发时也不清楚昆仑山，更不知道田一禾在山上是什么样子。现在知道了，她心里有复杂的滋味。但是她不怨田一禾，只是想以后在一起生活，她要多担待一些，不要让田一禾分心。

想着这些，马静不知不觉已走出很远。

前面就是库地达坂，马静看见达坂顶的积雪闪着光，像是无数刀子在闪动。积雪下面，是那条像盘龙一样的路，那就是延伸向昆仑山的新藏公路。其实，马静出了留守处，一脚踏上的就是新藏公路，但从来没有人像她这样走向库地达坂，只有汽车营的车会开上去——没驶出多远便是人烟消弭的大戈壁，孤寂却又宽敞。过一会儿，大戈壁慢慢向上隆起，就看见无数座山峰连绵成了一座大山，在天空下透迤成一片。昆仑山就这样一点一点袒露出来。马静想，田一禾就是坐着汽车营的车，上库地达坂去了昆仑山。

天有些昏暗，马静觉得凄冷。但这种凄冷很快就消失了，有两辆汽车从她身边经过，发疯似的往公路深处驰去，很快就出了黝黑发亮的柏油路，冲进了戈壁中的沙子路。在褐黄苍凉的戈壁上，柏油路一断，一条沙路就出现了。沙路才是大戈壁真正的脚掌，加之沙子散发出的气味，让人觉得沙路有隐隐向前迈动的感觉。这条沙路延伸到库地达坂上，盘旋回绕而去。马静看见那两辆车在库地达坂上慢了下来，像是终于领略到了昆仑山的厉害。她有点眩晕，觉得那两辆车被一根细发垂吊着，一不小心就会掉落下达坂。好在那两辆车爬了一个多小时，慢慢到了达坂顶，然后一晃不见了。马静看着积雪的达坂，感到透过来一阵阵寒气，袭她魂魄……

马静转身往回走，想起中午时，李鹏程对她说过一件事。有一次汽车营上山送完冬菜回来，走到库地达坂半山腰，山边突然坍塌。怪得很，李鹏程的车子前后全都落了石头，堵得死死的，就他的车好好的。他一下子就愣了，进不能进，退不能退。前后的战友都停下来帮他，但谁都不敢动车。山上还在落着细土和石头，启动马达，也许会把山坡上松散的石头震下来。他们无可奈何，在旁边傻坐了半天，等到山坡上没有再落下石头，大家才开始把车子前后的石头和沙土挖掉。挖完之后，小心翼翼地启动车向前开动。最后一辆车刚通过，就听到山上一声巨响，一块比汽车大好几倍的石头落下来，路当即被砸断。当时的情景很吓人，一条路露出一个大口子，像恐怖电影里食人兽的大嘴。那块石头一直滚到沟底，后来修路的人听说了，用十公斤炸药把它炸碎后铺了路基。其实，这样的事在昆仑山上有很多。人家说，库地达坂是昆仑山的门户，你只要翻过库地，就等于被关在了里面，一切听天由命。

马静感叹一声，哦，门户，田一禾一上了达坂，就进入了昆仑山的大门。她细看库地达坂，它真像一块门板，毫无表情地耸立着，沉重而又冷酷，傲慢而又孤独。

一阵寒气袭来，马静觉得有一只大手将什么推了过来，还裹挟着要将她淹没的气息。她想，自己日思夜想的田一禾就在她身后，那是早已关上了门的昆仑山。

心情不好，马静便转身返回。

9

天黑后，马静发高烧昏睡过去，做起了混乱无序的梦。

梦中，马静看到身边有很多人，像风一样一闪，就跑出很远。他们跑到远处，和树木混淆成模糊的影子。他们为什么奔跑？他们难道不知道奔跑到最后，就变得非人非树，犹如陷入大雾中无力自拔吗？马静好像知道答案，又好像不知道。后来，和树木混为一体的人，还有模糊的影子，都一一消失了。太阳出来后，明亮的阳光刺过来，让马静的头眩晕，眼睛也一阵生疼。她很难受，便用手去揉眼睛，一揉就醒了过来。

清醒后，马静仍被高烧折磨了一番，她觉得浑身发烫，好像有火在身上烧。她起床洗了脸，好受了一些。她靠着枕头半躺在床上，心想，田一禾在山上会不会发烧？如果他发烧了，恐怕会因为山上缺氧，在短时间内难以好起来。她希望田一禾不要生病，连感冒都不要得，在几天后原模原样下山来。这样一想，她叹了口气。她心里的田一禾还是上高中时的样子，高个子，清瘦，嘴唇上有细微的胡须。现在的他，该不会是大胡子吧？不会！她今天在留守处看见，所有的军人都不留胡子，看上去很精神，田一禾应该也不会例外。

马静笑了一下，这两年只顾着通信，怎么就没有让田一禾寄一张照片给我呢？

夜慢慢深了，马静的眼皮越来越沉重，似乎有两只手向下压着，她很快便睡着了。又做梦了，她恍恍惚惚看见一个影子在窗户上闪了一下，很快就不见了。她看见那是田一禾的影子，从窗户移到门口，然后就进来了。

虽然是在梦中，但马静的意识很清醒，影子往她跟前凑了凑，她便看清田一禾还是上高中时的样子。

马静问田一禾："你什么时候下山的？"

田一禾说："你很快就会知道我下山的消息。"

马静一愣："你还没有下山，为什么你的影子在我跟前？"

田一禾的影子晃了一下。

马静急了："你为什么只有影子，而且还会说话？"

田一禾的影子只是晃，不出声。

马静急得叫了一声。

田一禾说："我的影子是自由的，再加上它也急着想见你，就到了你跟前。"

马静想起身，把田一禾的影子看个究竟。

田一禾却用手势拦住她："你好好休息，我很快就会下山，我们很快就能见面。"说完，田一禾的影子一闪，就不见了。

马静大叫："一禾，你不要走。"

那影子一晃，停在原地。

马静还是不清醒，"我跑这么远，好不容易到了留守处，你都不让我看看你、不陪我说几句话吗？"

那影子又一晃，"我委托李鹏程照顾你，他一定会把你照顾好。"说完，便不见了。

马静伸出手要去抓住那影子。她伸出的是真实的手，但那影子是虚幻的影子，她抓不住。

马静的手尚未落下，又一个影子飘进来，慢慢移动到了她跟前。马静虽然醒了过来，但意识还在梦中，还以为田一禾的影子又回来了，便又要伸手去抓。但那影子却迅速躲开，屋子里静了下来。过了一会儿，那影子犹豫着往马静跟前凑了凑，但还是保持着距离，然后说："马静，你病了吗？"

马静听出是李鹏程的声音。

是李鹏程来了。

马静看不清李鹏程的具体相貌，好像李鹏程面对着她，又好像背对着她。她想努力看清，却只有一个影子。

"是鹏程大哥吗？"马静问。

"是我。"那影子回答。

其实马静从声音便知道，进来的是李鹏程。她又问："你明明人就在留守处，为什么出现在我面前的也是影子？"

那影子说："我不是影子，我就是李鹏程。"

马静仍看不清李鹏程的具体相貌："我看不清你，只看见一个影子。我这是怎么啦？眼睛出了问题吗？"

那影子说："你太累了，不要再说话，好好休息。"

听对方这样一说，一阵困意骤然袭来，马静挣扎了几下，觉得先前压着她的那两只手，更猛烈地向下压来，便沉沉睡去。

马静醒来时，发现自己躺在军队医院里。军医告诉她，是李鹏程发现她发高烧昏迷，把她背到了医院，她已经输了五个小时的液。窗户上透进一束光，刺得她的眼睛不舒服，她便翻了个身。她想着昨晚与田一禾的"见面"，才知道自己当时因为高烧，迷迷糊糊产生了幻觉。不过她对幻觉中的情景记忆犹新，田一禾说他很快就要下山。她很高兴，终于可以和他见面了。她一着急，甚至想马上出院。

李鹏程送来了饭，却没有进病房，而是委托护士送给了马静。

马静一愣，想起她昨晚清醒时，看见窗前闪过一个影子，当时她曾冒出一个念头，那是李鹏程，心里还产生过复杂的滋味。她后来就高烧昏迷了，不知道李鹏程什么时候发现她高烧，把她背到了军队医院。她想，等自己好了后，去找李鹏程说说。但是说什么呢？她心里犹如一团乱麻，捋不出头绪。

第二天，马静高烧退了。

留守处的主任和政委来到她面前，将田一禾留在多尔玛边防连的事情如实告知了她，并告诉她，田一禾一时半会儿下不了山。马静万万没有想到，自己那么远从兰州来叶城，田一禾却留在了多尔玛边防连。

马静心里有些不好受，但没有哭，也没有说话，只是在那儿坐着。这一切都不真实，从田一禾和她通信谈恋爱起就不真实。但她和田一禾已经开始，一步步走到了现在。也许，不真实的开始，注定会有不真实的结局。

后来留守处的主任和政委走了，马静才忍不住哭了。不是那种撕心裂肺的哭，而是一声不响，默默流泪的哭。昨天，马静幻想过她可以和田一禾手拉手，从县城走回留守处，或者从留守处去县城，一路上会说很多话。现在，这一切都变成了泡影，她不知道田一禾什么时候才能下山。

天黑了，又是一个不眠之夜。马静觉得很陌生。一切都变了，昨天的她还在盼望着田一禾，心里是满的。现在，田一禾不能下山的消息让她心里空了。

马静没有发烧，也没有出现幻觉，一整晚都很清醒。事情变了，一下子让马静觉得希望变得模模糊糊。这件事让她沉到了激流最低处，石头落下来得她自己扛，洪水涌过来也得她自己泅渡。

第二天，马静又听到一个意外的消息，田一禾的父亲来部队看田一禾，途经乌鲁木齐时突然犯心脏病住进了医院。这样的事在以前曾发生过多次，藏北军人离家远，太久没回家，亲人忍不住思念来探望，却难以抵挡长途颠簸。新疆太遥远，从新疆之外的任何一个地方前往新疆，长则四五天，短则两三天。这才只是到了乌鲁木齐，要去北疆还得一天，而去南疆又得两三天。人常说，不到新疆不知中国之大，不到南疆不知新疆之大，只有到过乌鲁木齐又到过南疆的人，才会对此有真切的感受。

田一禾的父亲来不了，马静不知道该返回兰州，还是在留守处等待田一禾下山。

留守处考虑到马静见不到田一禾，不知从哪里找到了田一禾的一张照片。马静看了看，田一禾已没有一点高中时的样子。因为长年缺氧，加之又被强烈紫外线照射，田一禾整个人看上去很沧桑。

田一禾的几位兰州籍战友安慰马静。马静向昆仑山方向看了一眼，突然号啕大哭："我和田一禾谈了一场恋爱，连面都没有见，连手都没有拉过一次……"

大家劝马静不要担心，田一禾一定会很快下山。

马静突然想对田一禾说几句话。多尔玛的军用电话目前因故障不通，所以没办法打电话。她只有委托李鹏程，请他托人把她想说给田一禾的话带给田一禾。有人告诉马静，李鹏程的女友来留守处大闹，李鹏程赶过去处理，可能一时半会儿回不来。

马静没有说什么，转身返回招待所。

10

李鹏程来看马静，马静问李鹏程和女友的事怎么样了，李鹏程却避而不谈，好像事情难以启齿。马静又问一遍。李鹏程憋了好一会儿，才对马静说："有一件事，我现在告诉你。"

马静见李鹏程如此严肃，便说："你不要为难，有什么事就说吧。"

李鹏程咬咬牙，好像在心里下了很大决心："我和女朋友的关系一直存在隐患。一开始我就担心因为我在部队，而且一年的大多数时间都在山上，而她是要去乌鲁木齐那样的大城市的，所以我们迟早会走向两个方向。现在果然到时候了，无论我们多么相爱，但我们之间有像昆仑山一样的隔阂，注定要分手。"

马静有些吃惊，李鹏程的事让她联想到自己的遭遇，便一阵难受，"你们已经分手了？"

李鹏程说："其实我们之间的感情还是很深的。当时，那个女孩随单位慰问团到我所在的边防连慰问,不料一夜大雪封死了下山的路。她在边防连待了一周,我们就彼此有了好感。确立恋爱关系相处下来后,我发现她的情绪波动很大,她一直向往大城市的生活,而我只想留在汽车营,不想离开部队去别的地方。她为此对我大发脾气,在留守处大闹过几次。留守处的主任和政委很恼火,命令我把这件事处理好,不可再给留守处添乱。时间长了,我们的关系就淡了。但没想到她还会到留守处大吵大闹,怪怨我对她的感情不负责,辜负了她。"

马静没想到会发生这样的事情。田一禾在山上不能下来,李鹏程情感上的无力,都让她觉得留在他们身后的事,就像昆仑山的风雪路一样,在迷茫模糊中无声延续,而作为事件中的主人公,却不能把握事态发展。

路过汽车二连大门口,李鹏程建议马静进去看看田一禾生活的地方,那样的话,马静的心里会好受一些。

马静却没有进去。

她看了一眼二连大门,眼泪差一点就下来了。如果说,之前的田一禾是希望和期待,那么现在看着田一禾所在的连队,想到田一禾仍在千里之外的昆仑山上,她感觉田一禾已变得模模糊糊,并且遥不可及。她咬咬牙,对李鹏程摇摇头,便转身而去。

到了招待所门口,李鹏程停下,目送马静进了门才转身离去。其实马静心里很难受。为什么与昆仑山的军人谈恋爱,就这么难呢?她自从知道田一禾不能下山后,一直在琢磨这件事。最后终于明白,身处昆仑山这样的特殊环境,不做出常人难以做出的选择,不付出常人难以付出的代价,就无法完成自己的使命。这也许就是昆仑山军人的命运,也是他们实现自我价值的唯一方法。她同情那个女孩，如果可以的话她愿意和那女孩聊聊，也许她会打消那女孩的顾虑。李鹏程好像觉察到她要做什么，一转身就走了。马静直至进入房间仍有些恍惚，不知道自己在什么地方，在干什么。稍待清醒后，田一禾不能下山的事实，像石头一样又压在了她心里。她感觉到脸上有冰凉感，一摸才发现是泪水。她心里一阵难受，索性放声痛哭，哭声犹如暴风骤雨，房间似乎都在颤抖。

先前的几天，田一禾不能下山的消息是猝不及防的打击，让她在一瞬间觉得与他的距离无比遥远。现在，好多事情已风平浪静，她才发现自己像掉入了冰窟，不论摸向哪里都冰凉沁骨，让人心生绝望。她从那么远的兰州奔赴留守处，而且这是他们明确恋爱关系后的第一次相会，却连面也见不了。她要继续承受思念的煎熬。

马静哭了一会儿，声音哑了。

她心里仍然悲伤，肩头一耸一耸，像一个人要努力站起，最终仍软软地塌了下去。

后来，她的肩头不再耸动，像是在刚才的痛哭中已用尽了力气。

马静哭累了，趴着就睡着了。到了半夜，因为双手被身体压得发麻，她醒了过来。她起身活动了几下手臂，才舒服了一些。

第二天，马静昏睡了一天。她很疲惫，打不起精神，索性倒头大睡。睡着了，就暂时脱离了现实，不悲伤、不难受，像树叶在无序的梦境中起落沉浮。

睡醒了，天又黑了。

马静想，如果田一禾能在短时间里下山，她就在留守处等。如果时间太长等不了，她过两天就返回兰州，他俩之间的缘分可能就只到这儿了,以后可能一辈子都不会来这里。

简单吃了一点东西,她想躺下。但理智告诉她,如果早睡,要么失眠,要么半夜醒来,睁着眼到天亮的滋味不好受。还是熬一熬,困了再睡。

夜完全黑了,马静觉得黑暗像巨大的暗流,一经涌动过来便淹没了她。黑暗大得无边,足以装下所有没有答案的事情。

马静心里一酸,泪水差一点涌出来。田一禾迟早会下山,她和他迟早会见面,但是将会有一个多长的等待呢?

11

身后的大门一下子就关死了,虽然没有声响,马静却在心里听出了那声脆响。田一禾短时间不能下山,她要走了,那声脆响是在为她送行,这一送就再也不会回来。这样想着,她回头看了一眼,却发现留守处的大门洞开,两边的哨兵肃穆站立,大门根本没有关上。田一禾下不了山,是我在心里把希望的大门关死了。马静这样想着,擦去泪水转身上路。

马静决定返回兰州。

从叶城到乌鲁木齐需要坐"夜班车",两位司机轮流开,白天黑夜都跑,用两天两夜才能到达。然后在乌鲁木齐休息一天,再坐火车到达兰州。算起来,从叶城到兰州最快也要一周。

不料,当天去乌鲁木齐的车票却已经卖完。

马静央求售票的维吾尔族姑娘:"能不能想个办法,给我买一张站票?"

漂亮的维吾尔族姑娘一笑:"乌鲁木齐太远了,夜班车要跑两天两夜，一个人一个铺躺着都难受，你能从叶城站到乌鲁木齐？"

马静以为能争取到站票，便说："能，我能从叶城站到乌鲁木齐。"

维吾尔族姑娘又一笑："你能，我不能……"

马静不明白维吾尔族姑娘的意思。

维吾尔族姑娘给马静解释："我的意思是，你虽然能从叶城站到乌鲁木齐，但是夜班车没有站票，你让我给你弄一张站票，用什么办法弄？"

说了半天，还是没有票，没有票就上不了车，上不了车就去不了乌鲁木齐。马静无可奈何地说："那我买明天的票。"

维吾尔族姑娘还是笑着对她说："明天的票也没有了。"

马静急了："为什么？"

维吾尔族姑娘说："一般都是前一天卖第二天的票，今天已经把明天的票卖完了。"

马静更急了："那怎么办？"

维吾尔族姑娘说："你只有明天早一点来，买后天的票。"

没有办法，马静闷闷不乐地出了客运站。

第二天，马静终于买了一张去乌鲁木齐的车票。车票仅为一张纸，很轻，马静却觉得重，手一松就掉了。掉落的车票仍然是一张很轻的纸，飘着落到马静脚边。马静弯腰把车票捡起，仍然觉得重。车票怎么会重呢？是自己的心情沉重，就有了这样的感觉。

捏着车票，马静一阵伤心。如果田一禾已经下山，他和她会在留守处至少待十天；如果领导批准，他和她或许能一起回兰州。但田一禾留在了昆仑山。她的心空了，空得连一张车票都装不进去。她向四处看了看，车站里都是陌生人。不陌生才怪呢，自己来这里不到十天，怎么会认识这里的人。她是奔着田一禾来的，现在田一禾与她远隔千里，似乎变成了再也不会认识的人。

马静往外走，旁边好像有人，又好像没有人。她的心空了，一切都好像存在，又好像不存在。

田一禾……马静默默念着田一禾的名字，眼泪就流了下来。

马静想起前一天有人说，汽车营的人都要上昆仑山，田一禾有可能会直接留在山上执行任务。她想，不管有什么任务等着田一禾，他都应该先下一趟山，哪怕与她只见一面也行。毕竟她那么远从兰州到了留守处，这谈何容易呢？她问留守处的人，田一禾能不能先下山一趟，然后再上山？留守处的人没有给马静答案。马静突然觉得自己还不能走，她只有等到了田一禾才能离开，否则她和田一禾的这一场恋爱就会这样不了了之。

马静立即去退票。售票员认出马静是好不容易才买上票的那个姑娘，便问马静退票原因。

马静却说不出话。

售票员看了几眼马静，不再问，给马静退了票。

走出车站，强烈的阳光迎面照过来，马静觉得刺眼，便低下头往前走，走了几步却停住。我这是去哪儿呢？回留守处会伤心，她不想回去。

不去留守处又能去哪儿呢？

马静想了想，觉得还是留在叶城县城。做出这个决定，她才知道自己要长时间等待田一禾。留下来，能做的也就是这件事。她听说藏北军分区有很多这样的事，丈夫上山时活蹦乱跳，安慰妻子在家好好待着，只要守防任务一完成，他就下山。到了下山的日子，妻子却等来丈夫受伤或者死在山上的消息。她相信田一禾不会有事，这是她坚持等下去的理由。

想着这些，马静恍恍惚惚。在县城中心看见一家招待所，她不想再走了，便住了下来。

第二天，马静又去了叶城县的货运站。这家货运站有专门发往狮泉河的汽车。马静想去询问有没有座位，让她坐车上山去见田一禾。她进入货运站大门，从门卫房走出一位老大爷，问马静："丫头，你是干啥的？"

马静为自己贸然进入货运站感到有些不好意思，说："我……我进去看看。"

大爷问："你想看啥哩？"

马静说："我进去看看这家货运站有没有上山的车，能不能给我一个座位。"

大爷说："这家货运站是专门往山上运送货物的，驾驶室一般也就两个人，经常捎带拉一个人。不过丫头，你是女人，不知道人家方不方便拉你。你进去问问吧。"

获许后，马静进入货运站。她逐一询问司机，才知道货运车因为入冬不上山了。

马静不死心，又去找司机说情。但已经停运的现实，没有任何人能够改变。马静忙了一上午，军人伤亡的悲痛事件，像洪水一样在她面前起起伏伏，让她觉得自己被淹没了。一阵阵悲怆让她几近窒息。她想转身离开，却挪动不了脚步。

半天过去了。

下午，她又去货运站询问，还是没有上山的车。

一下午又过去了,马静往货运站外走时,才发现太阳已经落下,最后的夕阳把远处的雪山照亮,泛着一层金黄的光。马静觉得奇怪,雪山是白色的,却在夕阳中变成了金黄色,像是夕阳洒下了金黄色的流苏,让雪山也变了颜色。不,不是雪山变成了金黄色,是夕阳的光彩是金黄色的,照到雪山上,雪山就变成了金黄色。这样一想,她才想起那是昆仑山,田一禾在夕阳的金黄色中走动过,他一定也是一身金黄。

夕阳越来越浓,昆仑山被金黄色裹了进去。

马静从货运站出来后,大爷问她:"找到有座位的车了吗?"

马静说:"没有。"

大爷叹息一声说:"这个季节上山,一路的安全不好保证,不要强求上山。"

马静说:"我上不了山,山上的人又下不来,没有办法了。"说完,马静的眼泪就下来了。

大爷说:"你明天再过来看看,看看有没有临时抽调上山的车。"

马静听大爷这样一说,觉得又有了希望,于是谢过大爷走了。

身后,传来大爷的一声叹息。

马静在街上吃了一盘拌面,回到招待所坐了一会儿,天就黑了。昨晚没有睡好,今天又走来走去这么长时间,腿脚有些酸,她想早一点睡觉。她躺下后想,但愿明天能有好运气,碰到一辆上山的车。

招待所的枕头很软,马静靠着枕头,泪水直流。泪水流多了,眼睛就模糊了,屋子里变得朦朦胧胧,好像她正处于陌生的世界。她揉了一下眼睛,视线清晰起来,屋子里却仍然模糊。她这才发现没有开灯，于是起床打开灯，屋子里倏然变得明亮。她回到床上又靠着枕头半躺着，呆呆地望着墙上的一幅摄影作品。画面内容是边防军人在昆仑山上巡逻，山坡上是厚厚的积雪，而且很陡，五位军人正弯着腰，向山冈上爬行。马静看了一会儿，突然产生一个强烈的感觉，画面里有一位军人是田一禾，是他和战友在巡逻。这个念头一产生，她就躺不住了，遂起身去近看。画面里的人都是背影，她无法断定哪一个是田一禾。她呆呆地看着，泪水又流了出来。泪水让她的眼睛模糊，画面里的人随之也模糊起来，好像他们从她的视野里走远，很快就消失了。

马静擦去泪水，回到床上准备睡觉。

这时，响起了敲门声。马静问："谁？"

外面的人回答："是我，李鹏程。"

马静一愣，看来李鹏程知道了她的行踪。但不知为什么，她不想开门，便问："你有事吗？"

李鹏程在外面说："你不用开门，我有几句话，就在门外跟你说。"

马静"哦"了一声。

李鹏程说："我知道你想上山去见田一禾，但留守处领导有更慎重的考虑。我今天来是代表留守处领导劝劝你，你一个人上山不安全，一定不要冲动冒险。你从兰州这么远来，真是不容易……但是这个事情得从现实考虑，你考虑好了给我一个明确意见，我好报给留守处领导。"

马静说："知道了，谢谢你。"她想起身去开门，门外的脚步声却已经远去，李鹏程已经走了。

马静这次从兰州来新疆，没有见到田一禾，接触最多的是李鹏程。李鹏程做事细致认真，有些事该当面说，他会给你说得清清楚楚；有些事不好当面说，他会委婉告诉你，让你明白后却不难堪。他做事也很有分寸，譬如她几次在留守处走动，甚或一个人往库地方向走，他都远远关注着她。如果有什么事，他一定会立即出现。

一阵倦意袭上身，马静便躺下睡了。

第二天，马静一大早就去了货运站。她一夜辗转反侧，最后还是想争取机会。思前想后，她觉得只要给司机做通工作，其他的一切就都好办了。于是她又来了货运站。门卫大爷不在，她便站在门口等。货运站大门两边栽了不少树，虽然在这个季节树叶落尽，一派萧条，但马静能想象出货运站在春天时的样子，那时所有的树都发芽，长出绿色叶子，会让货运站显出生机。到了夏天，便生机盎然。

马静等了一个多小时，大爷来了。马静向大爷打招呼："大爷您好，我今天还得到货运站去一趟，您看行不行？"

大爷一声感叹："你是一个好丫头……"

马静说："大爷，给您添麻烦了。"

大爷说："没有添麻烦，你进去吧。"

马静向大爷道谢后，慢慢进入货运站。在货运站里面转了一圈，马静做通了一位司机的工作。司机的姐姐是一位军嫂，所以他答应了马静的请求，但前提是马静要上边防，必须征得留守处领导同意。

马静从货运站出来，看见一只鸟儿飞来，落在树上鸣叫了一声。鸟儿的叫声清脆亮丽。

马静默默说，田一禾，咱们有希望见面了，你就做好准备吧。这时，鸟儿叫了一声。她把鸟叫声听成了田一禾的回应。

那只鸟叫过一声后，飞走了。

马静看着鸟儿飞走,心里默默念叨,田一禾,明天我就去找留守处领导。

那只鸟儿又飞了过来,在马静头顶鸣叫了一声。

马静想,这只鸟儿是替田一禾来告诉她,她说的话,田一禾在山上感觉到了。她抬起头,看见那只鸟儿是波斑鸦,身上的羽纹很好看。她已经憋了好几天,现在再也憋不住了,便对着在空中盘旋的鸟儿说:"请你给田一禾带个话,我很快就上山和他见面。"

鸟儿鸣叫了一声。

马静觉得鸟儿听懂了她的话。

远远地,马静又听见了门卫大爷的叹息,依然夹杂着哭腔。她有些疑惑,难道门卫大爷是一个易于伤感的人,听她讲了她和田一禾如此艰难的会面之事,便忍不住叹息和哭泣?她后悔了,不应该把她和田一禾的事告诉门卫大爷,他年龄大了,不应该让他如此伤感。

马静决定回去,晚上李鹏程还会来,她会把做通那位司机工作的事告诉李鹏程。今晚一定要请李鹏程进屋坐坐,他为了田一禾的事操了很多心,如果还隔着门说话会很别扭。她记得李鹏程说过他的眼睛不舒服,好几次要看的人明明在眼前,却突然变得模糊起来,需要揉几下才能恢复。马静在当时问,眼睛的问题和上山有关吗?李鹏程说应该和上山无关,但也不好说。上山留下的后遗症,短时间不会暴露,时间长了不痛不痒就成了病。李鹏程经常在山上,当时眼睛没事,下山过一阵子就出了问题。眼睛是很脆弱的器官,不容出任何问题。马静决定今晚见了李鹏程,劝他去医院检查治疗,千万别耽误了眼睛。

走到货运站门口,马静听见门卫大爷在哭。门口站着几个人，也在流泪。气氛突然变得沉闷起来，马静意识到出了什么事，否则门卫大爷不会这样哭，也不会有人站在门口，一脸悲伤的样子。马静问其中一人："怎么啦？"

那人说："大爷家出事了。"

马静忙问："出了什么事？"

那人说："大爷的儿子出了车祸。"

马静问："什么时候的事？"

那人说："昨天晚上的事。"

马静暗自感叹，门卫大爷是好人，却偏偏遇上这样的事，真是让人伤心。她想进去安慰一下门卫大爷，就随口问了一下那人："大爷的儿子是干什么的？"

那人说："当兵的。"

马静又问："在哪个部队？"

那人说："在留守处。"

马静一愣，又问："门卫大爷的儿子叫什么？"

那人说："叫李鹏程。"

马静一惊，怎么会是李鹏程呢？昨天晚上他来找她了，叮嘱她在上山去见田一禾的事上多和他沟通，仅仅过了一个晚上，他就出事了。她问那人："李鹏程是怎么出车祸的？"

那人说："昨天晚上，李鹏程来了一趟县城，回去的路上碰到一辆车悬在路边，下面是深沟，当时的情况十分危急，旁边人都吓得不敢看。李鹏程不听别人劝阻，只说了一句'遇上这样的事，军人不上谁上？'他让大家都让开，然后把那辆悬空车中的孩子和妇女一个一个抱了出来。他是十多年的老汽车兵，本打算把人全部转移下来后，再想办法把那辆车倒回路上，不料那辆车却在最后一个孩子被抱出来后，咣的一声向深沟滑了下去。李鹏程使劲把那个孩子推到了路上，而他因为来不及离开车,被车带着跌下沟去,左腿不幸被压坏了……"

马静的头"嗡"的一声响,她想起李鹏程是为了她来的县城,心里一阵难受。

那人叹息一声,走了。

马静一阵心酸。昨天晚上,李鹏程来了她住的招待所,与她隔着门说过一番话后,就返回了,不料在半路出了事。他是因为她出的事。她已经为田一禾颇为伤心,现在又加上李鹏程出了车祸,她觉得有什么压在身上,让她双腿发软,几乎要跌坐在地上。

安慰门卫大爷的人,陆陆续续都走了。

马静抹去泪水,进入门卫房。她觉得有什么压在了身上,很沉重,让她每走一步都吃力。本来,她与李鹏程之间没有瓜葛,但现在有了。李鹏程因为她的事才来了县城,最后出了车祸。她站在大爷面前,要担负该担负的责任。门卫大爷还在哭,马静递纸巾给他擦泪水,说:"大爷,对不起。李鹏程是因为我出了车祸。对不起……"

门卫大爷很是诧异:"丫头,你在说什么?"

马静扶门卫大爷坐下,把昨晚的事一一告知门卫大爷。

说完,马静觉得自己又陷入一个眩晕的深渊。得知田一禾下不了山后,她有过这种挣扎。现在又遇到李鹏程出车祸,她觉得再也不能承受了,心里一酸,便一阵啜泣。

门卫大爷想要过来安慰马静,但因为抽泣而导致剧烈的咳嗽让他迈不开脚步。他身体伴着咳嗽一抽一抽的,像随时会断的线。他倚在门口望着马静,嘴唇翕动着,像是说出了什么,又好像什么也没有说。

一只鸟儿叫了一声,声音像是被突然划了一刀,甩出一丝颤音，然后就消失了。

马静擦去泪水，突然对门卫大爷说："大爷，我不上山了，留下来照顾李鹏程，让他把伤养好。"

门卫大爷说："这不妥吧？"

马静说："大爷，没有什么不妥，他是因为我出车祸的。"

门卫大爷说："你留下来，我心里过意不去。"

马静说："我愿意，您不要有什么顾虑。"

门卫大爷说："我儿子是部队的人，这个事情，多多少少得留守处领导说了算。"

马静说："我去找留守处领导。"

马静去了留守处。主任说得知她没有离去，正要派人去找她，但因为李鹏程的事，一时没有顾过来。

马静将打算留下来照顾李鹏程的想法，如实告知了主任。她说："李鹏程受田一禾委托，一直在关心我。如果不是因为我，他就不会去县城，不去县城就不会出车祸。现在，既然田一禾一时半会儿下不了山，就让我留下来照顾李鹏程。"

主任没有想到事情是这样。他眼圈红了，转过身去揉眼睛。少顷，他说："这个事情我没有意见。你做出的决定，一定有你的道理，我尊重你的意见。"

马静出了留守处，一只鸟儿飞过来，在她头顶盘旋。她默默祈祷，田一禾能够得到下山的机会，让她和他见面的那一天早一点到来。这样想着，她心里生出一股暖意，她知道那是希望，只要有希望，心里就不会空。她抬头看那只鸟儿，它飞过几圈后，身影一滑飞走了。

第四章　领命上山

12

藏北军分区的正式命令下来了，汽车营调出一百个人，在一个月后出发。

这一百个人可能要在山上待一年，上级让大家有思想准备。

接到命令的这一天，一场雪落了下来。这场雪下得有些奇怪，好像汽车营的大门是专为飞雪敞开的，外面的雪吹进来积了一层。雪不是从天上落下来的吗？为什么却从大门往里面涌？一位战士气咻咻地说："汽车营的路被堵死了……"大家都用责备的目光瞪他，他吓得不敢再出声。

上山命令引起的波动，很快就冲淡了那场雪，以至第二天雪霁，大家也没多大的反应。

接到命令后，教导员丁山东心中一紧，汽车营的人要做好在山上待一年的准备，而且目前没有一百个人，怎么办？前几天，藏北军分区政治部一纸命令，将李小兵调往另一个部队，汽车营便只剩下丁山东一个正营级主管干部。此时的汽车营，一大半人都回老家探亲了，剩下的人，加上修理连和各连的炊事班，如果全都上山，汽车营就空了。这只是一瞬间的自问。很快他便感叹一声，没有这么多人也得想办法，上山的任务不可改变。

丁山东也知道了评"昆仑卫士"的事。在这件事上，他认为应该区别对待，对那些表现突出的汽车兵，应该以个人名义去参评；至于汽车营能否以集体名义被评上，则与其他部队同一个标准。这样想着，丁山东的目光落在了上山命令上。命令是一份红头文件，他一阵恍惚，居然看成是"昆仑卫士"通知，那上面的"汽车营"几个字，仿佛在说，汽车营已作为集体被评上了"昆仑卫士"。他拿起那页纸，很快又清醒过来："昆仑卫士"还没有评，摆在他面前急需解决的问题是安排一百个人上山。

看来，剩下的人都得上山。

上山的命令，让丁山东觉得今年会被拉长，汽车营将忘记季节、忘记自己，把一个任务从今年延续到明年。他从窗户向外看去，雪已经停了，几位战士正用铁锹把大门口的雪铲出去。出出进进营部的人不少，必须把大门口收拾利索。一连的大门口前几天堆了垃圾，丁山东把一连训了一顿。一连当天大扫除，环境面貌焕然一新。快入冬了，可不能一副松松垮垮的样子。不过，今年要在山上过冬，目前还不知道在哪个边防连，海拔是高还是低，风是大还是小。不管怎样，都要把卫生做好，不能因为环境不好就有所懈怠。丁山东甚至想，在山上过一个冬天，到了明年春暖花开时，也许就要公布"昆仑卫士"，那时候汽车营一来迎来下山的日子，二来捧回"昆仑卫士"证书，就是双喜临门。

高兴归高兴，幻想归幻想，现实仍然摆在丁山东面前。

丁山东的身体不好，要上山过冬，那他就得去医院看一下，如果哪个地方不好，提前诊治一下，以防在山上出现不测。不料检查结果让他大吃一惊，他的心脏很不好，不宜到缺氧的高海拔地区去。他捏着检验单，手不停地抖，似乎捏的是一块炭火。怎么办？自己不带队上山，谁去？手抖了几下，他把手握成拳头，检验单就变成了纸团。他一甩，纸团落进旁边的垃圾桶。但他不敢马虎，又从垃圾桶中把检验单捡起来，办了住院手续。

住院后，丁山东躺不住，总觉得有两只手在拉扯他。一只手从上山的事中伸来，要让他尽快去安排人；另一只手则被他的病情推着，直挺挺地伸到他面前。他一急，对医生说："能不能把药一次性给我，我带回去吃？"

医生问丁山东："你把药带到什么地方去吃？"

丁山东说："我要上昆仑山，带上去吃。"

医生摇头。

丁山东急了："不就是药吗？在哪吃不是吃？"

医生又摇头，说："不只是吃药的事情。"

丁山东更急了："那还有什么？"

医生说："你不仅需要吃药，还要输液。"

丁山东的希望落空了。以前，他的身体一直都很好，三十多岁的人，跑五公里越野经常是第一名。这些年，他除了上山，每天都跑一个五公里越野，再累都不气喘。但最近一次跑，却出现了眼前发黑的情况。即使是那样，心脏并没有感觉到有什么问题，之后也没有在意。

这次一查，心脏的问题已很严重。

心脏病是慢性病，从此他会成为医院的常客。

医院里的一切都很有规律，医生巡完诊，护士让患者吃完药，然后输上液，病房里就安静下来。因为患者少，丁山东一人住一个病房，护士离去关上门的一瞬，他觉得一切都被隔断。心脏病像一只威风凛凛的巨兽，让他不得不屈服。他知道不能再像以前一样不在乎了。这时候，他又觉得有两只手在拉扯他：昆仑山上的任务在等着他，因此有一只手在拽他，要把他拽到山上去；而他的心脏不好，另一只手也在拽他，要把他拽到离昆仑山远一点的地方，最好一步也不上昆仑山去。

两只看不见的手，在他心里打架。

是上山，还是留在山下？

病房里除了他之外没有别人，更没有什么声音。他打开窗户想透透气，一股冷风灌进来，他打了一阵寒战。他避开风头让风往屋子里吹，以便改变屋子里的沉闷。在昆仑山上，哪怕天再冷风再硬，大家每天都要开一会儿窗，让风加快空气流速，让氧气充足一些。现在在山下，他依然习惯这样做。昆仑山让军人养成了独特的生活习惯，走到哪里都改变不了。

过了一会儿，屋子里有了寒意。丁山东准备关上窗户，却发现窗口闪出一团影子，像是有什么要扑进来。

丁山东定睛一看，是窗户前面的树在摆动，划出了模糊的影子。

起风了。

昆仑山上也刮风，但山上的风与山下的风不一样。山上的风一年四季都刮，战士们从未体验过不刮风的日子，被风刮着，时间长了也就习惯了。而山下的风，开春时持续刮十几天或一个月，一下雪则会停止，风停了就是雪的世界。

丁山东把窗户关好，风的声音、树摆动出的影子，便被关在了外面。

风是雪的前兆，刮这么大的风，看来又一场雪就要落下来了。丁山东想，这雪要是再下大了，弄不好会阻碍汽车营上山。他必须尽快出院，尽快把上山的准备工作做完，以便在下大雪前上山。

外面的风小了。

丁山东知道，风刮起来断断续续，有时候会停几天，人们以为风停了，冷不丁又会刮起来。风刮一天停一天，前一天晃出亮色，第二天又甩出暗色。到了最后，天空像是被撑破的大口袋，漏下白花花的雪片。

丁山东坐不住了，想马上出院。他找到医生说明出院的理由。医生在前一天刚劝过丁山东，没想到过了一夜，他又提出要求。看来这个教导员是铁了心要出院，但是医院有规定，他不能答应丁山东的请求。

丁山东急了："你的这个不答应，我也不答应。"

医生愣了一下，才明白了丁山东的意思。难缠的患者他见多了，所以他一笑说："这件事，你做不了主。"

医生把情况反映到留守处，留守处主任很快就到了病房里。丁山东向主任求情，希望主任给他说说好话，让他早一点出院。他末了又补上一句："快下雪了，汽车营必须在下雪前上山。不然大雪一下起来，上山就困难了，弄不好得等到明年春天才能动身。"

丁山东以为他的理由很充足，不料主任马上压过来几句话："必须？什么必须？我问你，你是什么职务？"

丁山东知道主任后面有话等着他，但还是老老实实回答："报告首长，本人丁山东，是汽车营的教导员。"

主任面露怒色："教导员？你还知道自己是教导员？我看你连一个新兵都不如。"最后这句话，像沉重的拳头砸了过来。丁山东只觉得一阵眩晕，好像他在这一刻从教导员变成了新兵。不，照主任的话说，他连新兵都不如。他憋得脸通红，咬了咬牙迸出一句话："主任，快下雪了，汽车营必须在下雪前上山。"

主任脸上的怒色厚了一层："必须？你为什么总是以你为主，不断地强调必须？你是在命令我吗？"

丁山东再也说不出话。

主任压了压怒火，然后说："既然你知道自己是教导员，还喜欢一口一个必须，那我现在就告诉你，你进了医院的门，就必须听医生的。还有，哪怕只穿一天军装，也必须听领导的。"

丁山东说出的"必须"，这次压在了他身上。

主任接着说："现在我告诉你，你必须要做好一件事，就是必须配合医生好好治病。"主任急了，一连说了两个"必须"。

丁山东又说不出话了。

留守处主任的话就是命令，丁山东找不出反驳的理由。

主任担心丁山东不放心上山的事，又对丁山东说："你要这样想，上山的事是很重要，但是你的身体要跟得上。身体跟不上，这不是胡闹吗？再说了，你也要为自己负责，为你家里人负责。如果你上山后出了事，对得起你的老婆孩子吗？"

丁山东说："我已经给家里人做通了工作，心脏病就是慢性病，平时多注意就是了，家里人在这个事情上不会有问题。再说快下雪了，汽车营只有在下雪前上山，才能完成上级下达的任务。"他这次很清醒，没有说"连队必须在下雪前上山"。

主任看丁山东的态度好多了，也就有了劝说的耐心。他说："下不下雪，是老天爷的事，谁也说不准。但上山的事，我们可以掌握。如果到了上山的时候，医生认为你的身体还是不行，我们可以协调另外一位教导员带队上山。"

主任把话说死了，丁山东再也找不出争取的理由，便沉默了。

沉默就是服从命令。

主任走了，丁山东坐在病床上，感觉心里的那两只手又在打架。上山还是不上山？他又处在两难之中。照主任的意思，他上山的希望很渺茫，只能服从命令。

天色暗了下来。

这一天，丁山东在艰难之中挣扎，一会儿觉得有希望，一会儿又跌入失望的深渊。他觉得时间过得很慢，感受到了抉择的艰难。

丁山东走到窗前，看见远处的天际已裹上黛色，过不了多久，天就黑了。黑夜里更容易起风。至此，丁山东才发现自己还没死心，盼望着大风赶紧刮，把天刮得阴下来，然后下一场大雪。只要大雪下起来，上山的任务就变得紧迫，他就有了上山的理由。

但是，外面很安静，丝毫没有要刮风的迹象。

病房里更安静，丁山东都能听到自己的呼吸。他倒了一杯水，喝了一口仍不能平静，便举起杯子一口喝干，然后默默地把杯子放在桌子上。

没有办法，只能听从医生的话。

丁山东躺下，希望能够入睡。他希望在睡梦中放松。梦是自由的，也许在梦中他能够上山，体验一番带队执行任务的感觉。

他却睡不着。

一点困意也没有。

病房里静得出奇。丁山东的呼吸越来越粗重，像是有什么在身体里憋了很久，在用力往外挤。如果他受不了吼一声，那往外挤的东西一下子就出来了。他再也躺不住，便起身坐在椅子上，让自己安静下来。

丁山东的呼吸变得轻缓从容，病房里又安静下来。其实丁山东不喜欢这种安静，他总觉得这种安静会让他下坠，掉入一个再也爬不出的深渊。但是如果他在病房里都待不下去，就再也没有地方可待。

丁山东觉得寂静在慢慢扩大，要变成一个巨大的壳，然后把他装进去。这时候却传来一个声音，无比清晰地灌入他的耳朵里。寂静之中的任何声响，都会像锐利的尖刺，一下子刺痛人的神经。尤其是一个人已无法忍受寂静时，传来的声音一定会吸引他，让他为之动心。

那个声音是从隔壁病房里传来的："我明天就上山了，谢谢你治好了我的病，让我又能回到昆仑山。"

接着传来另一个声音："上山后多注意身体，明年要下来检查身体。"是给丁山东治病的那位医生的声音。

丁山东听到"又能回到昆仑山"这句话，心里一动，是什么人在这个季节也要上山？与我们的任务有关吗？

过了一会儿，外面传来脚步声，丁山东知道那位医生走了。他动心了，决定去隔壁病房看看，聊聊天，一来把事情弄清楚，二来也好打发时间。敲开隔壁病房，丁山东看见一位穿着洗得发白但没有肩章和领花的军装的老人。不用问，他是一位老兵，虽然离开部队多年，但仍然喜欢穿军装，而且身上有军人的气质。丁山东觉得老人眼熟，仔细一看便认出来了，是吴一德。

吴一德像是认识丁山东，又像是不认识。他对丁山东笑了笑，示意丁山东坐。

丁山东便坐下，问吴一德："您老人家身体还好吗？"

吴一德又笑了笑："老了，身体不行了，总是犯病，一趟一趟地下山，下山就进医院。刚才医生对我说，以后我每年必须下山一次，把身体检查一下。"

丁山东想起来了，眼前的这位老人从十几岁开始，在昆仑山的三十里营房兵站一直待到现在，已经快八十岁了。三十里营房自古就是兵站，亦是一个军事重地。新中国成立后，有一个人留在三十里营房兵站，为过往军人烧火做饭数十载。

这个人就是丁山东眼前的吴一德。

丁山东与吴一德闲聊，说到吴一德的经历。吴一德不说话，只是低头听着，好像丁山东说的不是他，而是一个他不认识、与他不相干的人。其实，他的事在昆仑山人人皆知，上昆仑山和下昆仑山的兵数不胜数，只有他没有挪窝，就这样干了几十年。正因为如此，大家都称吴一德是"昆仑之父"。吴一德听到丁山东说起这些便不好意思，抬起头看了一眼丁山东，又低下头去。

丁山东又与吴一德聊到了进藏先遣连，吴一德的眼睛一下子亮了。他问丁山东："你怎么对先遣连的事知道得这么多？"

丁山东说："我爷爷也是先遣连中的一员，我小时候听他讲过先遣连的很多事。"

吴一德问："你爷爷叫什么名字？"

丁山东说："丁大程。"

吴一德吃了一惊："你是丁大程的孙子？丁老哥他还好

吗?"

丁山东听到吴一德把他爷爷叫老哥,便知道吴一德与爷爷认识。这件事太意外,以致让他不敢相信。他便问吴一德:"吴班长,您认识我爷爷?"

吴一德兴奋起来:"当然认识。当时我们那一批壮兵被解放后,我申请加入中国人民解放军,留在昆仑山。你爷爷是当时的团政治处主任,是他给我办的手续。他们先遣连在三十里营房停留了几天,因为要去解放阿里,就匆匆走了。你爷爷走的时候与我约好,下山时我们在三十里营房见面,但他一去再也没有回来,我们也就一直没有见上面。"

丁山东说:"我爷爷是从阿里到拉萨,然后从青藏线那边去了青海,所以你们没有见上面。"

吴一德"哦"了一声,不再说话。一个数十年的等待,在这一刻终于有了结果。他先是释然,继而又陷入难适的惶惑。

丁山东觉得不能再叫吴班长了,便改口说:"吴大爷,我爷爷爽约了,我替他给您道歉。"

吴一德一笑说:"没事。谢谢你告诉我这个结果,我这么大年龄了,知道了结果也就没有遗憾了。"

丁山东问吴一德:"吴大爷,您这么大年龄了,还上昆仑山啊?"

吴一德说:"在昆仑山一辈子了,对别的地方不习惯,所以明天出院就上山。"

丁山东又问:"吴大爷,您一辈子都没有想过成家吗?"

吴一德说:"能不想吗?但是我在昆仑山待了一辈子,连个见女人的机会都没有,跟谁认识?跟谁结婚去?"

丁山东不好再说什么。

外面好像刮风了，但只传出细微的声响，很快又安静下来。

沉默了一会儿，吴一德对丁山东说："这没准儿是我最后一次下昆仑山了，上去后可能就不下来了，以后死了就埋在山上。"

丁山东不知该说什么，在昆仑山上待久了的人，活着时属于昆仑山，死了也要成为昆仑山的一部分。对于吴一德来说，更是这样。

丁山东又与吴一德聊了一些别的，就告辞了。出门后，他觉得吴一德在看着他，那是一双看昆仑山看了几十年的眼睛，从明天起又将回到山上，又将凝视昆仑山。

第二天，吴一德出院走了。

丁山东在焦虑中度过了一天。医生来看他时，又和他说了吴一德更多的经历。医生说，有一年，兵站领导把一位怀孕的军人家属带到吴一德面前，让他送那女人下山。当时的交通工具只有骆驼，兵站领导交给吴一德两峰骆驼，让那女人骑其中一峰骆驼，另一峰驮她的衣物和路上所需的食品。吴一德牵着一峰骆驼在前，那女人骑着另一峰骆驼在后，就那样上路了。白天，吴一德不说话，只有驼铃在响；晚上，骆驼也走累了，便卧下休息。那女人怕冷，便背靠骆驼坐着，一则避风，二则借骆驼的体温让自己暖和一些。吴一德还是不说话，挨过一夜，天亮了又上路。就那样走了十多天，直到把那女人送到了叶城，两个人一句话也没有说。过了十几年，一位妇女带着一个小姑娘来兵站，向吴一德谢恩。但吴一德认不出那女人是谁，对满怀热情的她更是无动于衷。那女人说，吴大哥，你难道想不起来了吗？我当时怀着孕，如果不是你牵着两峰骆驼送我下山，不知道我在昆仑山能不能活下去，更不知道会把女儿生在哪里。吴一德想起了十几年前的那件事，但是因为他在当时没有看一眼那女人，所以他一脸茫然，好像那件事只是女人的讲述，他并未亲身经历。那女人的丈夫后来在昆仑山上不幸命殁。她说，我要跟昆仑山斗一斗，我丈夫在昆仑山上殁了，我要让昆仑山还我一个丈夫。她还说，吴大哥，你救过我们母女的命，你又还在昆仑山上，我要让你当我的丈夫。吴一德一听她的话就跑了，之后再也没有和她见面。再后来那女人老了，让她的女儿在昆仑山上当了兵，并把一只驼铃送给了吴一德。吴一德在兵站的那个屋子里，经常把那只驼铃拿出来抚摸一番，神情颇为复杂。别人问他为什么不同意，他不说话，避开众人的目光躲进了屋子里。

丁山东心中的那两只手又开始打架了，一只要把他拽回昆仑山，另一只要拽他留在原地。要把他拽回昆仑山的那只手，只会给他带来高寒、缺氧和痛苦。而要拽他留在原地的那只手，虽然会让他享受充足的氧气，不会再经受高原反应的折磨，但是离开昆仑山，他去干什么？他找不出答案。

丁山东在焦虑中度过了几天。

医生又告诉丁山东："我知道吴一德一件事，是大家都不知道的。他为什么在三十里营房待了一辈子？这里面有原因。他二十多岁那年，有一支队伍经三十里营房去阿里，计划住一宿，在第二天一早出发。吴一德打算第二天凌晨三点起床，给他们蒸一锅馒头，再烧一锅开水，让他们带上以备受困时救急。不料他因为年轻、瞌睡多，居然睡过了头，等他醒来时部队已经走了。他隐隐有些担心，他们没有带上干粮和水，万一被风雪困在半路，就会有麻烦。果不其然，那支队伍过一个达坂时遭遇暴风雪，天气寒冷，又加上迷路后缺少食物和饮水，整个队伍差一点牺牲在达坂之上。那场风雪在第三天下午停了，那支队伍才判断出正确方向，找到了正确的道路。但因为缺少食物和饮水，他们只好退回到三十里营房，等吴一德准备好东西后才再次上路。这件事让吴一德羞愧难当，如果那支队伍牺牲在那场暴风雪中，他就是罪人。此后，他担心因为自己的疏忽导致上山下山的军人出现意外，几十年都没有离开过三十里营房，一辈子就这样过来了。有人问他，这样过一辈子，也没有成家，遗憾不遗憾？他说有时候会遗憾，但是只要不因为自己的原因导致上山下山的军人出现意外，就知足了。你看，从三十里营房往昆仑山高处走，一路上有什么？除了一动不动的石头，就是呼呼刮个不停的风，这时候如果出现一个人，尤其是像吴一德这样可以给上山下山的人提供补给的人，无疑会带来生命的希望。"医生说完这些，又一番感慨，"这就是吴一德一直不下山、一辈子没有成家的原因。"

丁山东唏嘘不已。

医生说："昆仑山太高太大，任何一个人到了昆仑山，就与昆仑山分不开了，昆仑山会影响他一辈子。"

丁山东心里的那两只手，一只手被另一只手压了下去。是让他去昆仑山的那只手，压住了拽他留在山下的那只手。

第二天，丁山东坚持出了院。他找到留守处主任说："我还是要上山，除非你撤了我的职。"

主任说："你这身体，还是不要上山了。我前几天在医院已经跟你说了，你身体的事，还得回去和家里人有个商量。你家里人的意见很重要，你要把这个事情处理好。"

丁山东却摇头。

主任急了："你说话，不要总是摇头。"

丁山东这才开口说:"我不放心山上的事,还是让我上去吧。我已经给家里人做通了工作,请领导放心吧。"

主任说:"你这头犟驴。"

丁山东面无表情,却说了一句很逗的话:"你这句话已经说过十次了。"

主任说:"你这头犟驴,已经在我跟前犟了十次了。"

丁山东仍然面不改色:"这次是最后一次。"

主任这次笑了:"算了吧,你如果说话算数,就不是犟驴了。"

说说笑笑,主任算是勉强同意了丁山东上山的事情。

丁山东暗自唏嘘,其实他压根儿没有给家里人做工作。他不知道妻子欧阳婷婷在这件事上,会不会同意。就连住院,他也没敢跟家里人说。

13

几天后,汽车营传开一个消息,丁山东的妻子欧阳婷婷想丁山东了,要丁山东赶快回家。

汽车营一时炸了锅。

丁山东很生气,吼道:"我老婆是讲道理的人,不可能说这样的话。"话音落下,似乎在地上旋出几丝颤音。

丁山东的家就在留守处,但他半个多月没有回去,这好像让人难以置信。起初,欧阳婷婷打电话问他哪天能回家吃饭,他说过几天。后来欧阳婷婷又问哪天回家,他还是说过几天。再后来欧阳婷婷不再问了,他也没有顾得上给欧阳婷婷打电话。丁山东在琢磨如何安排好那一百个人,人还没安排够数,这个传言却给他泼了一盆凉水——虽然是军人,也不能只顾部队，你还有老婆呢；你忙得顾不上想老婆，老婆会想你的！他相信欧阳婷婷不会说那样的话。丁山东用拳头砸了一下桌子，茶杯盖子跳动着发出一串脆响，然后复归平静。这个传言犹如巨大的漩涡，把丁山东和欧阳婷婷都裹了进去。他不知道汇成这个巨大漩涡的洪水，是从什么地方来的，很显然它们像是长了眼睛一样，死死地盯着他和欧阳婷婷。他赶紧打电话回去。没有人接听。他准备骑自行车回去看看，但是汽车营的两个连回到了营地，他便又不得不留下来听他们的汇报。

这是今年最后一次上山，按照往年惯例，完成这次任务后大部分人将回家探亲。汽车营的兵经常在嘴上挂着"春夏秋"三个字，这三个字代表这三个季节里，上山的道路不受风雪干扰，是汽车营拉运物资的黄金季节。入冬后冰天雪地，就不能再上山了，所以汽车兵都利用冬天探亲，只有少数人留在营里过冬。今年不一样，已经探亲走了的人，不可能叫回来，而尚未动身和刚刚下山的人，又得上山。藏北军分区给大家明确，上山完成任务后，把耽误大家的假期并到一起，让大家一次全部休完。

丁山东的吼声落下后，院子里的白杨树簌簌飘下树叶，被风一吹，落进一摊水中，像小船一样漂着。丁山东又吼道："谁弄一地的水，赶紧给我收拾干净。"

之前，丁山东已请好假，打算带欧阳婷婷和女儿回老家。当时，欧阳婷婷对丁山东说："部队的事，自然会有人处理，咱们还是回老家去吧。"

丁山东说："我听到一个消息，军分区让汽车营选一百个人上山，我这时候走了，怎么能行？"

欧阳婷婷说："你的假都已经批了，不应该在一百个人里面。再说咱们都五年没有回去了,部队应该从别的地方协调一个带队领导。"

丁山东一愣说:"昆仑山上的事情,谁能在事先预估到结果?你看看康西瓦烈士陵园,里面躺着那么多牺牲的军人,如果有人能事先预估到结果,他们能牺牲吗?再说,如果没有他们的牺牲,咱们国家的边防还在吗?"

现在,欧阳婷婷到底说没说想丁山东那句话,大家不再议论。如果因为工作被教导员吼几句,倒也说得过去,但是在这样的事情上惹教导员生气,那就太没眼色了。于是,大家都躲着丁山东。

树叶迅速发黄,风一吹便落下一层,然后又迅疾地被风吹得晃出一团幻影。

丁山东叫来几名战士:"你们几个,把树上的黄叶子弄干净,免得落个不停,总是扫院子。"

那几名战士用棍子把树枝敲打一番。叶子都落了下来,被装入麻袋拎出了汽车营。

丁山东知道他们要把树叶送给附近的维吾尔族老乡,这些树叶可被老乡用于烧火。那几名战士出了营区后,一只鸟儿飞过来要落到白杨树上,不知为什么盘旋了几圈,却鸣叫一声飞走了。战士们因为刚下山,这会儿都在休息,营区不见走动的人,也没有声响。丁山东也觉出有困意,但他不想休息。欧阳婷婷一直都很支持他,新婚第二天,他就因为执行任务离开了欧阳婷婷,欧阳婷婷也没有半句怨言。半年后任务提前完成,他比预定日期早三天下山。欧阳婷婷还以为他开小差跑回来了,说我等你三天没问题,你是军人,如果你开小差偷跑回来,那就是耻辱,连我也不答应。欧阳婷婷通情达理,怎么会说那样被人笑话的话呢?不,绝对不会。

丁山东对欧阳婷婷有信心，更对婚姻放心。这样一想，他放松了，困意也袭了上来。

丁山东躺下，却睡不着。

丁山东虽然半个多月没有顾上回家，但每隔两三天要打一个电话回去，问问女儿的学习情况，也问问家里的事。欧阳婷婷知道部队有纪律，从不问丁山东的事。今天早上，欧阳婷婷给他打来电话说，能不能和她去一趟叶城的部队医院。他觉得奇怪，欧阳婷婷去医院干什么？他很快便想起，还没有将自己心脏有问题的事告诉欧阳婷婷，便一下子紧张起来。如果欧阳婷婷知道他心脏有问题还要上山，一定会阻挡他；但多年夫妻，她一定知道阻挡不了他，便要去医院问清楚，找到理由来要挟他打消上山的念头。

丁山东躺不住了，一骨碌爬起。这时，门外响起值班排长伊布拉音·都来提的"报告"声，他让伊布拉音·都来提进来。这个肩扛少尉军衔的维吾尔族小伙子是刚分配来的排长，英俊潇洒。丁山东问伊布拉音·都来提有什么事，伊布拉音·都来提说："教导员，嫂子来了。"

丁山东见伊布拉音·都来提身后没人，便问："她人呢？"

伊布拉音·都来提说："嫂子在营门口，她说不能影响你的工作，叫你出去说。"

丁山东便赶紧出门，走向营区门口。他心里忐忑不安，他的脚步一会儿快一会儿慢，犹豫着不想往前走。

但他还是走到了欧阳婷婷跟前。

欧阳婷婷站在一棵树下，一脸不高兴。看来事情正向不好的方向发展，只是欧阳婷婷还不知道，她随意说出的那句话，已经传遍了汽车营，她更不知道那句气话的尾巴很长，一摇或者一甩，就会带出一长串麻烦。但是丁山东不能责怪欧阳婷婷，欧阳婷婷可以说气话，可他不能。所以他强装出笑脸问欧阳婷婷："你从叶城回来了？"

欧阳婷婷看了一眼丁山东："回来了。"

"什么时候回来的？"

"刚回来。"

"传言是怎么回事？"

"怎么回事？还是你说吧，你能说得清楚。"

"我……"

"你做了什么，不清楚吗？"

丁山东知道自己应该说什么，但是他开不了口。他想让欧阳婷婷开口，便去看欧阳婷婷。欧阳婷婷却不与他对视，似乎一对视她就得让步。

丁山东转过身，不再说话。说什么呢？天已经黑了，月光照在那棵树上，使树枝显得冷硬粗糙，像是正在经受着磨难。

欧阳婷婷走到丁山东跟前，瞪着丁山东。丁山东一副若无其事的样子。她就又生气了："你居然这么多天不回家，我有急事找你，都急死了，不得不到营里来找你。"

丁山东看了一眼欧阳婷婷，犹豫了一下没有开口。记得欧阳婷婷第一次听到丁山东的名字时说，你又不是山东人，为什么叫这么个名字？丁山东说，他的名字是父亲起的，他出生时父亲没有多想，给他起了"丁山东"一名。后来丁山东长大，谁也没觉得这个名字不好，更没想过要改名。欧阳婷婷心想，名字归名字，丁山东这个人机灵靠谱，跟他结婚应该会很幸福。但她想错了，丁山东在婚后第二天就上山执行任务了，而且一走半年后才回来。她是在他回来后才知道，他是主动申请上山的。领导说他刚刚结婚就不要上山了，但他还是执意上了山。欧阳婷婷气得发抖，难道我这个刚结婚的新娘子不称职，一点都不吸引他吗？两个人吵了一架，丁山东才说出原因。连长的心脏不好，如果让连长上山，恐怕上得去下不来。他的身体好，所以就替连长上了山。他那样一说，欧阳婷婷理解了他。后来又有一次，丁山东带车队在山上跑了一个多月。欧阳婷婷起初是天天盼他早一点下山，后来见盼望无果，加之心里总是产生不好的预感，便天天祈祷。她不知道祈祷有没有用，但一想到丁山东带着车队从神山冈仁波齐底下经过，便心中一动，觉得神会保佑丁山东，她的祈祷也一定会有用。于是便天天祈祷，心也随即安静下来。但是丁山东下山后居然不回家。她备了一桌菜，左等右等不见人，就去车场找丁山东。别人都休息了，他居然躺在一辆车下面，在研究车轴出问题的原因。她气不打一处来，大叫一声，车重要还是家重要？丁山东不好意思地从车底下爬出来，用手去擦脸上的汗，他不知道手上有油，顿时就变成了花脸。她气得一笑，拉着他去洗脸，气也就消了。这么多年，丁山东一直是这样，人是这个家的人，却总是神龙见首不见尾，让欧阳婷婷独自承受了很多孤独和无奈。昨天中午在楼下，她问女儿，想爸爸了吗？没料到女儿却反问她，你想了吗？她心中一动说想了。不料这句话被一位多事的女人听见了，于是便迅速传开，人人都知道欧阳婷婷想丁山东了，让丁山东赶紧回家一趟这样的话。

原来是这样。丁山东虽然有些尴尬，但松了口气。不过他还是不放心欧阳婷婷去医院的事，便试探着问欧阳婷婷："你去医院有什么事吗？"

欧阳婷婷回："我前几天在电话中给你说过，我要去烈士陵园扫墓。"

丁山东说:"对,你确实说过要去烈士陵园扫墓,去了吗?"

欧阳婷婷说:"去了。"

丁山东问:"用了多长时间?"

欧阳婷婷说:"一个小时。"

"那今天去医院干什么了呢?"憋了好一会儿,丁山东终于问出了这句话。他很紧张,既想知道答案,又希望没有答案,那样的话就不会发生他担心的事。

欧阳婷婷说:"有一件事……"

"什么事?"

"我昨天从烈士陵园出来后,遇到了一件事,所以今天就又出门了。"

"发生了什么事?"

"昨天我遇到一位维吾尔族老乡,他家有紧急的事。"

"什么事?"

"他家的儿媳妇要生孩子,可是家里没有男人。"

"生孩子这事,你也帮不上忙,去叫医生呀!"

"去叫了医生。"

"这就对了嘛!"

"可是医生来了后,说有麻烦。"

"什么麻烦?"

"医生说他没有办法接生。"

"那怎么办?如果不在医院,是不能私自接生的。"

"那位医生建议把产妇送到乡医院去,可是那老乡家里没有人。"

"你送呀!"

"我送了。刚开始是用马车拉着送的,不料在半路马车散架了，没办法修，我们就用树枝做了一个简易担架，把产妇抬到了乡医院。"

"这件事做得好，军嫂嘛，遇到这样的事要有担当，不能不管。"

欧阳婷婷说："我在当时想回来叫你帮忙，但是那位产妇疼得呼天喊地，我一看时间来不及，就擅自做主去送人。我想，你一定会同意我那样做的。"

丁山东微微一皱眉头，欧阳婷婷把他该说的话抢先说了，他还能说什么？不过他不生气，欧阳婷婷做得对，应该表扬她才对。

欧阳婷婷却说："我又不是你手下的兵，你不用表扬我，我也做了错事。"

"做错了什么事？"丁山东一愣。

欧阳婷婷不好意思开口，犹犹豫豫地看着丁山东。

丁山东对欧阳婷婷说："犹豫什么？说吧。"

欧阳婷婷面露难色，又犹豫起来。

丁山东用眼神示意欧阳婷婷，但说无妨。

欧阳婷婷这才说："我回来时，碰到了汽车营的志愿兵丁一龙的妻子宁卉玲。她说军分区边防营的一位副连长和丁一龙是同年入伍的老乡。那位副连长的对象从陕西汉中来新疆要和他结婚，但是他在昆仑山上下不来，没有人帮他对象收拾房子。宁卉玲本来想去帮忙，但是她一个女人家哪里忙得过来。而且，那位副连长的对象生气了，说那位副连长连结婚都下不了山，便打算返回陕西，这婚不结了。我一听便决定和宁卉玲一起去收拾房子，用了一下午才收拾完。"

丁山东说："你和宁卉玲做得对，应该帮那位副连长的未婚妻。"

欧阳婷婷说:"那个房子小不说,还有两个地方漏风。我和宁卉玲堵了堵,算是勉强堵住了风。"

丁山东有些吃惊:"没有更好一点的房子了吗?"

欧阳婷婷说:"那位副连长的未婚妻说了不结婚的气话,但是她在对待这件事情上还是很开通的。她说不要给部队领导提要求,有那么多人等着分房呢!藏北军分区的军人都把家安在留守处,真的是人多房少。"说完,欧阳婷婷意味深长地看了一眼丁山东。

丁山东明白欧阳婷婷的意思,房子小而且破,只要有人收拾就会变好。他想,就让自己来处理这个事情。

丁山东突然想起马静,便叮嘱欧阳婷婷这几天去看看马静,她一个人在这儿举目无亲,心里一定很苦闷。

欧阳婷婷说:"听说田一禾和马静只是通信谈恋爱,虽然确立了关系,却至今没有见面。田一禾什么时候能下山?"

丁山东叹息一声,没有回答。

欧阳婷婷走后,丁山东沉默了。那位副连长这两天就下山了,一回来看到结婚的新家是那样,会是什么心情?他喊来排长伊布拉音·都来提说:"给你一个任务,明天去和宁卉玲一起修房子,一天不够就两天,两天不够就三天,直到修好为止。"

"是。"伊布拉音·都来提应了一声。事情全部说完了,他准备回去,走到门口,又转身回来对丁山东说,"教导员,汽车营要派一百个人,在一个月后上山,但是咱们营人手不够,怎么办?"

丁山东皱起了眉头。

伊布拉音·都来提试探着说:"教导员,有几个人正准备探家,要不要把他们留下?"

丁山东的眉头拧了起来，他可以改变探亲的计划，但不忍心让那几个人改变行程。"算了，让他们回去探亲吧，上山的人我再想办法。"

伊布拉音·都来提走了。丁山东想出去走走，但这时熄灯号响了。熄灯后，任何人都不准随意走动。丁山东打消了出去走的念头。

丁山东默默念叨一句，脱衣上床躺下。欧阳婷婷并不知道他心脏不好的事，他心里一阵欣慰。他想起那个传言，仅仅半天时间，这个传言就消失得干干净净，好像原本没有人提过一样。欧阳婷婷……想我了……丁山东觉得有一种毛茸茸的触感，自心里浸向全身，让他有了异样的体验。

明天回家一趟吧！

睡意蒙眬间，他心里冒出这个甜蜜的念头。

14

一只大手落下来，一把就抓住了丁山东。那只手很大很烫，仅仅抓着他就让他觉出一股灼热感。我这是在哪里？这只手为什么要把我抓住？丁山东想挣脱那只手。他心里刚有了想法，那只手就松开了他。不是他挣脱了那只手，而是那只手放弃了他。这只手要干什么？丁山东搞不清楚，只觉得被松开后很舒服，一股清凉感自头部浸遍全身，让他昏昏欲睡。他想好好睡一觉，但这样一想反而没有了睡意，一睁眼就看见满屋子的光亮。周围的人见他醒了过来，都松了口气。丁山东于是明白，他因为发烧昏睡了一天一夜，在这个黄昏好不容易才清醒过来。

他记得在发烧之前，他列出了上山的名单，却总也凑不够。他一着急,便觉呼吸紧促,浑身燥热。他知道自己的心脏不好,但不至于如此反常,一下子就好像置身于火炉之中。醒了过来后,他得知仅仅是发烧,并且没有人发现他心脏有问题,便放心了。

第二天,丁山东去部队医院看了一下。这次发烧导致昏厥,多少与心脏有关系。这是很不好的征兆,而且这是在海拔1000多米的山下,到了高海拔的山上,他的心脏会越来越不好。医生对丁山东千叮咛万嘱咐,不要把身体不当事,回去按时吃药。丁山东便提着一袋药从医院出来,叫了一辆维吾尔族老乡的马车就上路了。从叶城到汽车营不足十公里,马蹄清脆,在路面上传出一连串好听的声响。路两边的杨树虽然都落尽了叶子,但枝干却清晰细长,在半空密布出一派好看的景象。一场雪过后天就冷了,间或还刮起"呜呜"的寒风,让行人都行色匆匆,不愿在寒风里多待。赶马车的维吾尔族老乡头戴毡帽,穿着袷袢大衣,看上去并不冷,所以马车行驶得并不快。

丁山东有点冷,便对老乡说:"能不能把马车赶得快一点?"

老乡说:"如果是马,就可以快。但是马车快不了,只能这样跑。"

丁山东不好再催,便靠在马车上看天空的云朵。看着看着想起昆仑山上的云,昆仑山上的云与山下的云不一样,站在任何一个地方都看得清楚。有时候太寂寞,就看云朵,一看就是很长时间。山上的云朵离山很近,有时候就在山冈上,像是与山冈在交谈。细看之下,就会发现云朵既厚实又细腻,既轻盈又凝重。有时候一阵风就让云朵不见了,有时候一天都不动,像是长在山冈上。其实云朵离山冈很远,只是因为昆仑山太高，就感觉人和山、山和天，一直在一起。现在看着山下的云朵，觉得天空很空旷，云朵很遥远。在山下看昆仑山，觉得它也很遥远，云朵离山更遥远，不注意看甚至发现不了。相比之下，还是山上的云朵更好，让人始终觉得和云在一起。

"丁山东，看来你想昆仑山了。"丁山东喃喃自语。

说完，丁山东又自己回答自己道："在昆仑山上当兵的人，在山上时都盼望着下山；下山了又怀念昆仑山，想着上昆仑山。"他一回答自己，好像他不是丁山东，而是另一个人。

"丁山东，看来你想回昆仑山？"丁山东继续对自己说话。

然后，他又自己问自己："营里上山的人不够，大家都急得像热锅上的蚂蚁，你能坐视不管吗？"上山的人不够，这件事像石头一样压在他身上，所以他又把自己置换成另一个人，想用自问自答的方式找到答案。

没有答案。

"丁山东，你的心脏不是小事，现在你最要紧的是养病，至于上山的事你就想都不要想了。你身体是这样的情况，上去是走着上去，下来恐怕会被抬下来。"丁山东继续对自己说话。不过这样说，他却无法回应自己。先前他软磨硬泡让留守处主任同意了他上山，不料心脏病却死死地拦住了他，让他再次犹豫了。

赶马车的维吾尔族老乡见丁山东不喃喃自语了，便问："解放军，你刚才在悄悄说什么呢？"

丁山东醒过神，一笑，说没有说什么。

马车的声音变得更清脆，像是谁喊了一句，又回答了一声。

很快就到了留守处。

丁山东从马车上下来，给维吾尔族老乡付了钱。老乡问丁山东："你还回叶城吗？如果回的话，我在这儿等你。"

丁山东一愣，回还是不回，他拿不定主意。如果回，那他就是去医院住院；如果不回，那就要上昆仑山。但他很难在短时间里做出决定，一时不知该如何回答维吾尔族老乡。

维吾尔族老乡问他："你有什么事吗？"

丁山东没有回答维吾尔族老乡，却在心里想，我有什么事吗？本来我这会儿应该躺在病床上治疗，为什么却要回来呢？回来，就是上昆仑山，除此之外还有什么事呢？

维吾尔族老乡在等丁山东回话，丁山东一急，便对维吾尔族老乡说："你先回吧，我不回叶城了。"说完，他转身向留守处走去，边走边自问，丁山东，你下决心要上昆仑山了吗？

你不管自己的身体了吗？

欧阳婷婷和女儿怎么办？

你这一改主意，怎么向她们交代？

丁山东无法回答自己。

不知不觉，丁山东的脚步踏入留守处大门。哨兵给他敬礼，他才反应过来，进了留守处大门，就不能改变主意，这一趟上昆仑山的一百个人中，一定会有他的名字。

丁山东没有想到，欧阳婷婷很快就知道了他心脏病的事，坚决不同意他上山。

丁山东刚回到家，欧阳婷婷一看见丁山东，就气呼呼地一挥手说："丁山东，你去医院，去好好治病，其他的事都不是事。"

丁山东一看欧阳婷婷这个态度，好像他一下子在欧阳婷婷面前变矮了。在昆仑山上时,他经常会有被山压得直不起腰、喘不过气的感觉。不论你是多大的军官、多老的兵,都不能人压人。昆仑山上人少,每天都因为缺氧和高原反应难受,谁也不忍心给别人制造痛苦。丁山东觉得欧阳婷婷不理解他,他一着急便喊道:"人数不够,我是教导员,我不带头上山去怎么能行?"

欧阳婷婷被问住了。

丁山东也为自己的话吃惊,他原本担心自己的身体上不了昆仑山,怎么一张嘴好像就非去不可呢?话一出口就不能改变,因为在昆仑山上当兵的人,没有话一出口就反悔的。况且,在欧阳婷婷跟前说出这样的话,无异于就是表态。

欧阳婷婷看着丁山东问:"丁山东,你上山,暂且不说我和女儿怎么办,你的心脏是什么情况,你不知道吗?"

这一刻的丁山东,犹如正在山坡上打滑,如果脚下站不稳就会一头坠入坡底。而欧阳婷婷的话,好像一把抓住了他,要把他拽入另一个地方去。他感觉此时拽他的就是欧阳婷婷的手,很有力,一拽住就再也不会松开。

欧阳婷婷见丁山东不言语,便又说:"你不好开口,我去找留守处领导说明情况。"说着就要走出家门。

丁山东相信欧阳婷婷说得出,就一定能做得到,那样的话,上山少一个人的难题,就变成了压在留守处领导背上的石头。

"家属最好不要出面参与汽车营的事,那样的话我会很没面子。至于我上不上山,还有时间,让我考虑考虑再说吧。"丁山东装出若无其事的样子,连哄带推把欧阳婷婷送进了房间。

丁山东想去连队看看,又觉得大家都在准备上山的事,他上山还是不上山，连主意都拿不定，回去干什么呢？于是，他转身向留守处大门走去。出了留守处大门，就只有去叶城，去叶城就只有去住院。

不去！

好像欧阳婷婷的手在拽着他，要让他转身去医院。但是他轻轻一用力就挣脱了欧阳婷婷的手。挣脱后再也没有人阻拦他，他一转身，又进了留守处大门。

丁山东向汽车营的车场看了一眼，有十辆车已蒙上帆布，呈一字形停放得整整齐齐。如果按一辆车坐十个人算，这十辆车刚好送一百个人上山。他记得营里有三个人本来准备探家的，但他们得知了上山的任务，就主动放弃了假期。他是教导员，他们是战士，在这种时候他更应该做出表率。他的脚步迈不动了，便站住愣愣地看着车场里的车，好像只要那十辆车从车场开出，就会把他抛弃。

但是欧阳婷婷的手，好像仍紧紧拽着他。

丁山东一犹豫，便犹如真的被拽动了，向留守处大门走去。他想起欧阳婷婷的笑脸，很亲切，很可爱，好像欧阳婷婷一直在对着他笑，只是因为他太忙，一直到现在才被触动。他不再犹豫，自己的心脏自己清楚，还是先把病治好，至于上山的任务，赶不上今年的，明年还有嘛！

丁山东的脚步快了起来。

第二天，丁山东在营部桌前打开花名册，开始挑选上山人员。丁山东先是挑选身体好、素质高的战士，只选出八十八人。他一咬牙再次挑选，选出九十六人。这九十六人是没有探家、留守在汽车营的全部人员。

怎么办？从探家的人中选出四个人，发电报让他们提前归队？

不忍心。丁山东遂打消念头。

外面的风大了,有雪花被刮到窗玻璃上,掠出一团幻影。丁山东头疼,便放下花名册,走到窗前往外面看。又下雪了,而且比先前的雪大了很多,加之风又大,便被刮了过来,像是要扑进屋中来。丁山东想,如果大雪真的扑入屋内,落到自己身上,他就会一身白。落到身上的雪会融化,但落到心上的雪,该怎样承受?

丁山东为四个人的名额一筹莫展。

偏偏在这时候,藏北军分区来电话,催丁山东上报一百个人的名单。丁山东虽然心里吃紧,但还是表态一小时后上报。他放下电话,在纸上想写出他印象深刻的四个战士的名字,那样就能凑够上山的一百个人。笔落下去,写的是"丁山东"。他用细密的线条把"丁山东"三个字画掉,再写,还是"丁山东"三个字。

笔掉在了桌上。

又有飞雪落到窗户上,弥漫出一团暗影,屋子里暗了下来。以往雪停后,丁山东都会出去走走,享受一下晴天的快乐,但现在他没有心情,便不想出去。雪停了,汽车营的一百个人就得动身上山。

窗户变得更加幽暗,像是有一块黑布在涌动,要把屋子遮得严严实实。

这时候,门外有人喊"报告",丁山东应过一声后进来了三位战士。他们已经到了喀什,听说汽车营上山的人员不够,就奔波三百多公里折返回来了。丁山东的眼睛有些酸,他揉了一下眼睛,拿起笔写下他们三人的名字。然后,他让通信员通知炊事班,晚饭加大盘鸡、羊肉和牛肉三个菜,大家好好吃一顿,明天一早检修车辆,做好上山的准备。这场雪下得不是时候，必须把车检修好，才可以放心上路。

很快，命令明确了，汽车营的人被分配到了多尔玛边防连。

开饭前，丁山东宣布了一百个人的名字。

风已经停了，所有人都很安静。

念了九十九个人，到第一百个人的名字时，丁山东的声音颤了一下，然后他咳嗽了一声。所有人都一片唏嘘。丁山东的心脏不好，不应该上山，那一片唏嘘就是这个意思。但是丁山东很快就念出了自己的名字，于是丁山东便在上山的名单之中。

密集的大雪陡然落了下来。

丁山东宣布完，所有人进入饭堂吃饭。

丁山东带着汽车营的人，用了三天时间，到达了藏北军分区所在地狮泉河。

第二天早上刚吃完饭，丁山东突然听见有人在喊他的名字，他扭头一看，藏北军分区司令员已站在他身后。司令员叫："丁山东。"

丁山东答了一声"到"。

司令员又叫了一声："丁山东。"

丁山东不解司令员为什么连叫两次他的名字，犹豫少顷，又答了一声"到"。

司令员生气地说："丁山东，你身体有病，不如实向组织汇报，你想干什么？"

丁山东支支吾吾："司令员，一百个人的名额还不够……"

司令员打断丁山东的话，"不够一百个人……你就要让自己死扛吗？"

丁山东不知说什么好。

司令员果断地说:"丁山东,你现在马上到军分区卫生所治病。少你一个人的事好办,你们营的老兵丁一龙不是借调到军分区机关了吗?现在借调结束,让他把你的名额顶上,这样就还是一百个人。"

丁一龙就站在司令员旁边,对丁山东笑了笑。

司令员说:"多尔玛本来就是边防连,让汽车营二连的连长肖凡带队去就可以了。你的身体好了以后,就暂时留在军分区机关,另有任务需要你去完成。"

丁山东知道,军分区领导已经知道他的心脏有问题,所以要把他留在军分区机关。他一阵恍惚,觉得自己走完了九十九步,现在却不得不把伸出的脚收回来,踏上别的方向。

军令如山,一切都得服从。丁山东是老兵,自然知道这些道理。

老兵丁一龙将丁山东送到军分区卫生所后,就一个人返回了。

很快,十辆车向多尔玛边防连开去。

丁山东站在卫生所病房的窗户前,看着车队开出军分区大院,眼睛禁不住有些湿润。

第五章　山崖上的光芒

15

　　多尔玛边防连背后的山崖上，有"昆仑卫士"四个字。排长伊布拉音·都来提第一眼看见那四个字时，它们裹在一片红光中，一晃好像要涌到他面前，转瞬却还在原来的位置。"昆仑卫士"四个字本身很红，哪怕是没有阳光的阴天，也能发出强烈的红光。

　　伊布拉音·都来提一阵激动，这四个字不仅有颜色，好像还有呼吸，让人心潮澎湃。

　　伊布拉音·都来提是维吾尔族人，从军校毕业后分配到汽车营，已经当了两年排长。

　　汽车营的兵到了多尔玛边防连，因为原多尔玛边防连的连长和指导员都外出培训了，肖凡便任了连长，下成刚任了副连长。汽车营的其他几位排长，又相继任了边防连的排长，伊布拉音·都来提任了一排的排长。肖凡对伊布拉音·都来提说，一排长很重要，如果连队领导不在，一排长就要肩负全连重任。

伊布拉音·都来提一下子觉得，肩上压上了很重的东西。

那十辆汽车闲了下来，一字形停在连队外面的空地上，像一排整齐的队伍。战士们路过汽车时会说，方向盘啊，我们暂时就不摸你了，现在我们要操枪弄炮，戍边守防。

在昆仑山上，多尔玛不怎么出名，但"昆仑卫士"四个字人人皆知。这么多年了，这四个字已经替代了多尔玛，和这四个字有关的故事，也流传甚广。如果有人突然提到多尔玛，人们会蒙圈，要仔细问问才知道是什么地方。

伊布拉音·都来提盯着山崖上的"昆仑卫士"四个字，看了很久。这四个字前不久刚刷过新漆，远远地就传来肃穆之感。多尔玛边防连的战士们，每天都习惯看几眼这四个字，好像只要这四个字在，他们的依靠就在。这四个字在山崖上已有十多年，每批兵服役三年，前后有四五批兵，来了就看着这四个字在这里生活。这里的生活，说白了就是熬，熬缺氧和高原反应，习惯了就能待得住，心态也会平和。心态对这里的人很重要，它能让人把很多事情都想通。比如别人都不愿意到这里来，边防连的人就来了，来了就要有来了的样子，否则哪里谈得上军人使命？更别说保家卫国的责任了。

在这十多年，前后走了四五批兵，每一批至少在这里度过三年时间，复员的那天都舍不得走。问及原因，他们说离开多尔玛去别的地方，虽然生活条件会好很多，但看不见"昆仑卫士"这四个字，会迷失方向。真正离开的时候，他们会在这四个字下面排列成队，然后敬礼。举行了这个仪式，他们就把这四个字装在了心里。心里装下这四个字，一辈子都有用。

伊布拉音·都来提听人说，最初准备在山崖上涂的字，并不是"昆仑卫士"，而是"昆仑精神"。有一位排长说"昆仑精神"好是好，但是它说的是方向，不能具体到人，要不改成"昆仑卫士"，让人一看这四个字就会想到人，而具体的人不就是我们嘛！没有一个人反对。大家一致认为"昆仑卫士"四个字属于昆仑军人，除了他们再无他人可以使用。于是山崖上很快就有了这四个红色大字。十几年过去了，山崖岿然不动，这四个字一直都在。

伊布拉音·都来提没有再揉眼睛，径直进了院子。战士们都在训练，虽然海拔高，但军事训练不可少，因为他们上山来是为了守防，没有过硬的军事素质，又怎能完成任务。说起来，汽车营在平时基本上没有军事训练，他们训练的是汽车技术，现在一下子转了行，很多人拿枪的姿势不对，站立和运动的动作也不规范。伊布拉音·都来提笑笑，纠正了几位战士的动作。他想，还有时间训练，大家一定都会合格。

进了房间，伊布拉音·都来提一阵头痛。刚才一直在走动，加之缺氧，头就开始疼了。多尔玛是海拔最高的边防连，人在这里经常会有高原反应，尤其是剧烈运动后，会不停地粗喘，头也会剧烈疼痛。昆仑山上的边防连，要么海拔高，走几步头疼胸闷，气喘吁吁；要么海拔并不高，不缺氧也没高原反应，但是水质却有问题，饮用时间长了会掉头发、掉牙齿。昆仑军人里里外外忍受的，都是常人难以理解的，有多少酸甜苦辣，只有他们清楚。

伊布拉音·都来提一阵难受，他悄悄走到多尔玛一侧的山冈上，看着对面山崖上的"昆仑卫士"四个字，觉得这四个字像昆仑山一样大，想要把这四个字扛住，不知要付出多少艰辛。现在，更应该把这四个字扛住。

回到连队，电话响了。伊布拉音·都来提听出是军分区政治部打来的，但因为线路不好，只听出"昆仑卫士"四个字，然后就断线了。伊布拉音·都来提在值班日志上做了记录：军分区政治部来电，因线路问题只听出"昆仑卫士"四字，其他不详。然后，伊布拉音·都来提把值班日志拿给连长肖凡，肖凡便猜会不会是要开始评选"昆仑卫士"了，让各部门准备申报材料。

桌上的电话再也没有响起，像一个丧失说话能力的人，悄无声息地趴在那儿。也许军分区政治部在不停地拨打电话，但是线路出了问题，电流在某个地方像是从穿行的隧道滑出，坠入了风雪山谷。从多尔玛到藏北军分区路途遥远，但军分区一定会派机务连的人检修线路，最多两三天就通了，上级到底要说与"昆仑卫士"有关的什么话，到时候会清清楚楚。

那就等。但是也不排除线路会自动恢复，说不定电话丁零一声就响了。这些年，这部电话一直都时好时坏，有时候一两个月不响，大家都以为它坏了，但突然有一天它就响了，会带来意想不到的消息。于是大家都知道，不是电话坏了，而是没有需要电话通知的事。那么，如果现在有事要通知，它就迟早会响，必须派人守电话，一响就接听，把事情听得清清楚楚，然后去执行。

这个任务落在了伊布拉音·都来提身上。

他准备好了纸和笔，一旦接通电话，就详细记录上级通知。

汽车营的人到多尔玛已有三天，本来上山一路很辛苦，加之多尔玛的海拔这么高，每个人都疲惫不堪，三天都缓不过劲来。伊布拉音·都来提带一个班在边防连四周只走一圈，却用了三个小时。那三个小时，就像背着沉重的东西，一步一停，气喘吁吁。更要命的是，头很疼，感觉迎面吹来的风里面，还有呼吸的空气里，都有看不见的刀子，一扎就扎到最难受的地方，让人痛不欲生。本来他们对多尔玛的海拔有心理准备，而且已有多次高海拔的经历，心想能扛住；但是没想到多尔玛的海拔犹如洪水猛兽，一下子就把他们压垮了。他们真切地体会到，在这里拼命，就像只能扛一百斤，却有两百斤的东西在等着他们，扛得动还是扛不动，都得扛。扛了三天，所有人都没有了力气，说话也声气幽幽，好像前半句属于人，能把它说出来，而后半句则属于一个说不清的东西，被它一口吞掉后就没有了声息。所以这三天，是前所未有被折磨的三天，人人都已筋疲力尽。

伊布拉音·都来提也是如此。

守电话是轻松活，不走也不动，人会好受得多。但是坐着坐着就困了，先是眼前的电话机变得模糊起来，然后是屋内的光线暗下来，像是要把人拉进幽暗的世界。伊布拉音·都来提没有忘记任务，在心里挣扎了一下，感觉眼睛上像是压了东西，一塌下来就会舒展成一种甜蜜，在柔软的睡意里滑行。这次的睡意来势汹涌，像是先前所有的难受都是绳索，在紧紧绑扎着他，这一刻被突然抽走，让他在柔软和舒适中缓缓下沉，然后进入美好梦境。

疲惫到了极点，一下子就睡了过去。

睡踏实了，就容易做梦。伊布拉音·都来提梦见多尔玛边防连修建了氧气房，人待在里面与山下一模一样，再也不缺氧、不产生高原反应。给高原边防部队修建氧气房的事，已经传了好几年，高原官兵天天盼，渴望能住到氧气房中去，现在终于实现了。多尔玛边防连有四座平房，外加一个餐厅和炊事班，都——接上氧气变成了氧气房。战士们纷纷对伊布拉音·都来提说，伊布拉音排长，到我们班里坐坐吧。他便进去坐，和大家聊一些无关紧要的事。梦是无序的世界，太过平静便无法持续下去，一定会在扭结和错乱中延伸到另一件事中。不知伊布拉音·都来提和战士们聊到了哪里，就听得外面有人喊他，他起身应了一声，出门向院子里走去。梦在这时戛然而止，一阵剧烈的声响像石头一样砸了过来。伊布拉音·都来提在甜蜜睡眠中自由舒展的身体，被突然响起的声响砸得一阵痛，然后就醒了过来。

外面刮风了，窗户被刮得发出剧烈声响。

伊布拉音·都来提以为是电话响了，待稍清醒才发现不是。他起身揉揉眼睛，又揉揉腰，清醒了过来。短暂睡眠并没有让他迷失，而是像在附近游走了一番，便及时止住脚步返回了。

他看了一眼电话，它仍然像有气无力趴着的人，一点儿都不打算爬起来。

外面一直在刮风，窗户像是承受不了大风，要飞过来砸在伊布拉音·都来提身上。伊布拉音·都来提下意识地往安全的地方挪了挪，哪怕窗户真的飞过来，也不会砸到他。他往窗外看，没有树也没有草，风刮得再大也只是声音，不见什么被刮得乱飞。到多尔玛三天了，风刮了三天，刮着刮着就好像小了下去。其实风并没有小，只是人听得麻木了，风大风小，风在或者不在，都已习惯。

又一阵风猛烈刮过来，窗户颤了几下，然后发出一连串脆响。伊布拉音·都来提一愣，不对啊，窗户为什么会发出这样的脆响？哦，是电话响了，它的铃声与外面的风声混合在一起，几乎要被风声淹没。

伊布拉音·都来提颤着手拿起电话，喂了一声。

电话还是军分区政治部打来的，对方告知伊布拉音·都来提，因为有紧急事情要通知多尔玛，所以派出机务连的人沿着电线杆子一路检查，找到线路问题处理完毕后，终于把电话打到了多尔玛。

伊布拉音·都来提拿起笔后对对方说："首长请通知，我已做好记录的准备。"心里的小精灵好像又蹿了一下，让他有了美好的预感。

对方说："可能你们已经听说了部队要评'昆仑卫士'的事，说起这个事，还与你们多尔玛边防连有关。当时研究时，一直找不到合适的名称，最后一位将军想起多尔玛边防连背后的山崖上有'昆仑卫士'四个字，马上拍板用'昆仑卫士'作为荣誉称号。"

伊布拉音·都来提对此事烂熟于心，便说："首长，有这个事，多尔玛边防连的人都知道。"

对方说："现在'昆仑卫士'被用作荣誉称号，这是一件很严肃的事，领导们讨论研究后决定，多尔玛边防连背后的'昆仑卫士'四个字，就不要再留了。我今天代表政治部打这个电话的意思，是通知你们把山崖上的'昆仑卫士'四个字去掉，以后那四个字就专属于称号了。"

伊布拉音·都来提的脑袋里轰的一声响，好像那个精灵变成石头，砸进了他心里。

对方见伊布拉音·都来提没有反应，喂了一声后问："你在听吗？电话线不会有问题吧？"

伊布拉音·都来提忙说："在听。"

对方问："把山崖上的'昆仑卫士'四个字去掉，你们需要多长时间？"

伊布拉音·都来提一愣说："三天。"

"三天够吗？"

"够了……"

"好的，三天后政治部领导去检查，这之前你们有什么事，随时汇报。"

"好的。"

挂了电话，伊布拉音·都来提才想起没有问对方，什么时候开始评"昆仑卫士"。他有一种强烈的预感，把山崖上的"昆仑卫士"四个字去掉，多尔玛边防连就与"昆仑卫士"无关了。上级之所以要把山崖上的"昆仑卫士"四个字去掉，是因为那四个字在以后属于获得荣誉的所有昆仑军人。如果评完"昆仑卫士"，那四个字还在多尔玛边防连，会让人误解"昆仑卫士"只属于多尔玛。

伊布拉音·都来提把电话内容仔细记录，交给了连长肖凡。

以后，多尔玛没有"昆仑卫士"四个字了，他感觉自己眼中有眼泪，擦了几下，发现脸上并没有泪水。这种想哭却哭不出来的滋味，真是让人难受。

出了连队大门，伊布拉音·都来提又扭头去看对面山崖，那上面的"昆仑卫士"四个字，在夕阳中闪着光芒，看一眼就舒服。他本来想去仔细看看"昆仑卫士"四个字，但他的脚步一下子沉了，好像前面已被大雾笼罩，去与不去都无路可走。

风终于停了，天黑了下来。

16

万物寂静，夜已经深了。山崖上面的"昆仑卫士"四个字，也已被夜色淹没，再也看不出它红彤彤的浓烈色彩。其实夜是一点点黑下来的，那四个字先是变暗，然后就慢慢不见了。那只黑色大手能把一座山崖甚至昆仑山都一把握住，四个字又何尝不在它的把握之中。有一只鸟儿叫了一声，看不到它的身影，不知道它在山崖之上，还是在山崖之下，或者就在那四个字跟前。它在白天看习惯了那四个字，而此时却一个字也看不见，浓厚的夜色压下来，它承受不了，便叫了一声。

伊布拉音·都来提也想看见那四个字。

什么也看不见。

能多留一天就多留一天，让战友们再看看，直到把那四个字装进心里，以后想了就往心里看。

明天早一点起床，最好是天不亮就起来，看着山崖上的"昆仑卫士"四个字，在晨光中一点一点清晰，然后被阳光一照，又显出红彤彤的赤烈之色。这样，多尔玛的一天又开始了，那四个字还在，所以这一天与以往的任何一天没什么两样。

原来，看上去平静而安宁的日子，却蕴藏着如此真切的滋味。

但是这种真切一旦被打破，大家才会知道将要失去的是什么，尤其是把"昆仑卫士"四个字从多尔玛涂抹掉，就好像把战士身上的荣耀取下，从此让他们的心空空如也，不知身在何处。

伊布拉音·都来提一夜无眠。

第二天却起晚了，睁开眼一看天已大亮，看不到山崖上的"昆仑卫士"四个字从幽暗到清晰、从清晰到赤红的过程了。伊布拉音·都来提向肖凡汇报抹掉那四个字的方法——让战士们从一侧爬到崖顶，然后用绳子垂吊下来，就可以把崖壁上的四个字涂抹掉。字是用红漆刷上去的，用汽油反复擦就可以去掉。当初刷这四个字时人人精神振奋，现在要把它们涂抹掉，心里不好受。

电话在这时响了。

伊布拉音·都来提一阵恍惚，该不会是军分区政治部改变了主意，不用涂抹掉那四个字了？电话铃声一阵紧似一阵，伊布拉音·都来提心里乱窜的想法，被铃声一碰就软软地瘫下去，转眼就无影无踪。他不敢耽误，便拿起电话喂了一声，电话中传来急切的喊叫："快来救我们……"

有人在半路上出事了。常年跑昆仑山的军人都有一个习惯，上路时总带一副攀爬电线杆的脚镫，还有一个步话机。在路上遇到解决不了的困难，就爬上电线杆把步话机接上电线，向沿途的部队打电话求救。因为是直线直拨，所以接通的是最近的兵站或边防连。这次多尔玛离出事者最近，所以电话便打到了多尔玛。伊布拉音·都来提不敢马虎，马上问对方："你们在什么位置？"

对方说："在小孜达坂上。"

伊布拉音·都来提头皮一阵发麻，小孜达坂海拔五千一百多米，车在那里只想尽快通过，人在那里一步也不敢停留。虽然小孜达坂离多尔玛只有二十多公里，但这之间的路很陡峭，无论是开车上去还是下来，都并非易事。伊布拉音·都来提随即问："你们几个人？"

"两个人。"

"多长时间没吃饭了？"

"早上从军分区出发得早，就没吃东西，现在饿得前胸贴后背了。"

"车出了什么问题？"

"轮胎爆了。"

"小孜达坂上的天气怎么样?"

"天晴着,天气还可以。"

"好,你们不要动,在原地等我们。"

放下电话,伊布拉音·都来提准备了干粮和方便面,又加一个热水保温瓶,以便到了那二人跟前,让他们先吃一顿热饭。然后又准备了备胎和军大衣,就带领丁一龙开车出发了。丁一龙是服役十一年的老志愿兵,驾驶技术过硬,干救援是最佳人选。

雪山迎面射过来一束光,刺得人睁不开眼,汽车似乎也颤了一下。一上路,走阿里高原的感觉,就像老朋友见面了似的,这种快感如此迅速地布满了身心。伊布拉音·都来提小心开着车,向小孜达坂方向驶去。车速有些快,像一个着急的人,跑出第一步就飞了起来。丁一龙想提醒伊布拉音·都来提放慢速度,但是一想到被困在小孜达坂上的人,就没有说话。

转过一个弯,汽车便开始向上爬。

这里是老孜达坂。

所谓达坂的老与小,实际上是旧与新的对比。老孜达坂因为海拔稍低一些,所以好走和被人们熟悉,在人们心中是旧的感觉,就被叫了老孜达坂。而小孜达坂因为难走,除非不得已,很少有人走,在人们心中是陌生的感觉,就被叫了小孜达坂。伊布拉音·都来提开车从老孜达坂上走过多次,很熟悉路况,所以并不发愁。他发愁的是小孜达坂,那里的路太陡,很难上去,上去了又很难下来。现在,有人困在了那里,再难也要开上去把他们救下来。

想着心事,不知不觉就翻过了老孜达坂。

小孜达坂就在眼前,它比老孜达坂还高,望一眼就让人心生畏惧。伊布拉音·都来提见多了这样的地方，所以一脚油门踩下去，就又开始向上爬了。有风从车窗中吹进来，浸出一股凉意。其实风不大，因为海拔太高，他便觉得风刮得很大。会不会下雪？在昆仑山上，风和雪是双生子，有风便必然有雪，有雪则少不了刮风。但是他很快又清醒过来，向前面仔细看了看，天气没什么变化，应该不会下雪。

汽车继续向前。

好像有风刮了过来，车身隐隐颤了一下。但是阳光明媚，远处的雪峰晶莹洁白，不会让人去想不好的事情。所以车身隐隐颤了一下，可能是被小石头颠了一下车胎。

不远处就是小孜达坂顶部，到了那里就可以下去了。但是等待救援的人在哪里呢？该不会在达坂半中腰吧？那样的话恐怕很难把车停住，更别说帮助他们修车，让他们吃东西了。伊布拉音·都来提心里紧张，一到小孜达坂顶部便向下看，希望能看见那辆被困的车。

风好像大了，并隐约传出沉闷的声音。

"我们在这儿，我们在这儿……"还是刚才的声音，像是被什么拨动了一下，就由闷响变成了人的声音。在达坂顶部一侧，一辆吉普车趴在那儿，像是再也没有力气爬起来。喊出声音的是县武装部政委，因为风大，他的声音变得很小，前半句听不清，到了后半句，才听得清楚。

政委从分区开完会，一大早就往回赶，到了老孜达坂下面，心里有不好的预感，但是别无选择，就把吉普车开了上来。快到顶部了，车却陷进沙土中。政委和驾驶员脱下衣服，一趟一趟揽沙子垫车，一点一点往上开，心想只要到了达坂顶部，就可以一口气下到札达沟，然后在多尔玛边防连吃中午饭。不料很快车胎又瘪了，他们二人轮流给车胎打气，不料却把车胎打爆了。他们只好打电话向多尔玛求救。

伊布拉音·都来提让丁一龙给政委和驾驶员泡方便面,让他们先吃热东西暖暖身体,他则给吉普车换了轮胎。政委和驾驶员吃完方便面,伊布拉音·都来提问他们:"先歇一歇,咱们再下山?"

政委说:"不歇了,这地方多一分钟都不能待,走!"

那就走。

两辆车顺着来路,向达坂下面开去。风更大了,好像隐隐有鸟儿在叫,车里的人都不再相信真的有鸟叫,小孩达坂太高,哪怕是风声,或者别的什么声音,都会变成鸟叫声。其实不是别的声音变得像鸟叫,而是人的耳朵在高海拔地方,会因为幻听而把别的声音都听成鸟叫。就让虚幻的鸟叫声留在小孩达坂上吧,该走的人,尽快下达坂。

但是身后的鸟叫声响成了一片,好像有一大群鸟儿落了下来。不,不会有一大群鸟儿,一定是风刮得更大了,但稀薄的空气像要把呼呼的风声死死箍住,就变成了像鸟叫一样的声音。其实像鸟叫一样的声音也不难听,尤其是在让人头疼胸闷的小孩达坂上,有声音总比没声音强,如果连一点声音都没有,那就是地狱一样的世界。

汽车要下达坂了,伊布拉音·都来提忍不住回头看了一眼。身后的声音太大了,他在昆仑山上跑了这么多年,都没有听到过这么大又这么怪异的声音。他只回头看了一眼,便惊得一脚踩死了刹车,短短几分钟时间,达坂顶部已经变了天,浓黑的乌云像是要砸下来一样,在地上投下巨大的阴影。还有那巨大的声响,并不是人幻听时的鸟叫,而就是大风发出的,呼呼呼的,像是要扑过来吃人。

伊布拉音·都来提和丁一龙同时惊呼:"要下大雪了。"

政委的车在前面，也发现了身后的变天情况，便对突然停住车的伊布拉音·都来提按响喇叭，意思是这样的大风大雪，就是昆仑山杀人的刀子，咱们赶紧走。

伊布拉音·都来提不敢怠慢，便开车向达坂下面驶去。隐隐的，汽车似乎被什么拍打了一下，发出沉闷的声响。这次不用回头看，一定是大风扑了过来。

一口气把车开到达坂底下，他们才松了口气。这一路是被大风追赶下来的。伊布拉音·都来提始终觉得大风会拍到车身上，然后扬起一团灰尘，向达坂下面滚去。但他没有慌乱，只是微微把油门踩下，汽车的速度便快了不少。汽车快，大风也快，刚到达坂底下，灰尘就呼的一声扑了下来，车身一颤，然后一团模糊，什么也看不见。伊布拉音·都来提以为大风裹挟的是灰尘，少顷后才发现有雪。那雪在大风中狂跳乱舞，闪出一团团幻影。昆仑山上有一句话：山上要变天，短短一瞬间。刚才如果慢几分钟，就会被困在达坂顶上，也许是一两天，或者很多天，那时候人会变成冰雕，汽车会变成冰疙瘩。

现在已经到了达坂底下，赶紧往回走吧。

没走多远，风雪还是跟了上来，很快超过汽车跑到了前面，汽车只能在风雪中跑了。雪是从天上落下来的。这些小精灵在天空中胡闹一番，把天空折腾得不像样子，才慌里慌张落了下来。

伊布拉音·都来提稳住车，缓缓向前行驶。

行进一个多小时，走了十多公里，至少还有七八公里等着他们。

伊布拉音·都来提向前面望，一号达坂清晰地耸立在蓝天下，就连突兀刺出的岩石也清清楚楚。看来一号达坂没有下雪，那么一号达坂下面的多尔玛边防连，也一定是晴天。仅仅隔了七八公里，便是完全不同的两重天，这就是昆仑山的秉性，没有任何规律，就像你一转身，要么轻轻抚摸你，要么狠狠给你一拳。

突然，伊布拉音·都来提看见一团红光，在飘飞的大雪中闪了一下，等到大雪落下，便清晰地出现在他的视野中。

是"昆仑卫士"那四个字。

伊布拉音·都来提紧盯着那四个字，对丁一龙说："快看……"

丁一龙喘着粗气回答："看见了，是'昆仑卫士'那四个字。"

伊布拉音·都来提说："这四个字好清楚啊！"

丁一龙似乎有些激动，沉思了片刻说："大雪淹没不了它们。"

伊布拉音·都来提问丁一龙："因为它们是红色的吗？"

丁一龙点头。

雪越下越大，伊布拉音·都来提和丁一龙一直盯着那四个字，汽车便像是驶入了固定轨道，不偏不倚，向着多尔玛驶去。

天色越来越暗，远处的山只剩下大致的轮廓，近处的荒滩则像是被拉长，变成了永远都走不完的路。伊布拉音·都来提咬着牙驾车，汽车发出沉闷的声响。伊布拉音·都来提知道，这时候虽然看不清路，但到达多尔玛最多还有五公里，顺利的话半小时就够用了。

伊布拉音·都来提本能地踩下油门，车速快了起来。车窗外弥漫起了雪雾，是车轮碾过积雪，又将其带起飘出来的。平时的雪，从天上落下，在地上静静地积成一层，从不会这样上下翻飞，更不会甩出如此罕见的癫狂之态。他看着前面的"昆仑卫士"四个字，便觉得这样的雪雾是应着那四个字，在吹奏一曲行进之曲。

伊布拉音·都来提说："不仅仅因为它们是红色的，最重要的是它们被写对了地方。"

丁一龙有些不解："在多尔玛这样的地方，把'昆仑卫士'四个字写在任何一个地方，大家都能看清楚。"

说完，丁一龙就知道自己说错话了。

因为怕汽车打滑歪向路边，伊布拉音·都来提不得不放慢速度。速度一慢，路好像就更长了。其实路还是那么长，是人慌了，就觉得短短的路也很难走完。更要命的是雪越下越大，很快就在路上积了厚厚一层，车速就慢了下来。

如果雪再大一些，车就不得不停下来。这时候的"昆仑卫士"四个字，也不能让车速快起来。

伊布拉音·都来提在开车的间隙，瞥了一眼那四个字，脸上就有了欣慰的神情。他扭头看了一眼面带疑惑的丁一龙说："因为它们被写对了地方，所以才在这时候出现。"

丁一龙明白了："它们能给我们指路吗？"

伊布拉音·都来提说："能。"

丁一龙激动起来："那就朝着那四个字开车，它们被写对了地方，我们便不会走错路。"

伊布拉音·都来提没有再说什么，两眼看着"昆仑卫士"四个字，缓缓开车前行。

汽车行驶不远，不得不慢下来。雪太厚，如果再这样向前，汽车会熄火，很快就会被大雪覆盖成一个雪堆。但是慢车比快车更难开，开快车是靠着惯性往前跑，只要路好就不会有麻烦；而开慢车则要把握好速度，而且要观察周围环境，因为这时候的车像是被众多无形的手抓着,稍不留神就会被一把拎起,扔进再也爬不出的深渊。

突然,丁一龙惊叫起来:"伊布拉音排长,快看,多尔玛边防连到了。"

还有七八百米,就是多尔玛边防连。刚才,伊布拉音·都来提只顾着开车,没有注意周围的变化,没想到汽车刚转过一个弯,就到了多尔玛边防连。

汽车行至边防连大门口,伊布拉音·都来提抬头去看"昆仑卫士"那四个字,它们显得更高、更加红艳,即使大雪纷飞,也把一股热流送下来,注到他心里。

17

天很快就黑了。

风仍然在肆虐,把地上的积雪刮起,旋飞几下又落下。这是孤独难耐的时刻,风和雪似乎不愿就这样把白天放过,更不愿就这样轻易进入黑夜,所以要把纠缠不清的闹剧持续下去。

伊布拉音·都来提很疲惫,但躺下后却睡不着。这一趟去小孜达坂,一路都好像有什么在后面追着,会一把将汽车掀翻在地。他的高原反应也很厉害,好像有一只拳头在不停地捶着脑袋,到边防连下了车,人差一点就瘫在地上。吃完晚饭,伊布拉音·都来提就躺下了,睡意好不容易从什么地方爬过来,先在眼皮上压出沉重感,后又钻入身体,让他觉得一张柔软的大网裹住了他,然后让他进入甜蜜的梦境。

这时却突然传来一个声音,像刀子一样把黑夜划破,然后就漏出了杂七杂八的余音。那余音像是雪霰在地上滑行,忽高忽低，忽大忽小，把寂静的夜晚撞出一丝痛感。

是什么？

谁也不知道。

是昆仑山的野兽，在大雪中转了一天，没有找到吃的，便不得不接近边防连找吃的来了？

谁也不能肯定。

伊布拉音·都来提爬起来，想拿枪，但又改变了主意。哪怕是野兽，也不至于用得上枪，这么多人还吓唬不走它？如果不是野兽，而是山上的石头塌落，或者发生了雪崩，就更用不上枪了。再说，多尔玛离边界线这么近，又怎能开枪？这都是常识。但高原反应把人弄得像溺水一样，冒出头就清醒，沉下去则糊涂。

出了门，外面没有一个人。伊布拉音·都来提有些纳闷，刚才的声音那么大，连里的人都没有听见吗？不过在这样的夜晚，寂静似乎是一层巨大外壳，人被裹进去便昏昏欲睡，外面有什么动静，听不见也是常理。

伊布拉音·都来提往山崖上的"昆仑卫士"四个字的方向无意一瞥。夜晚好像潜藏着一股暗光，如果有人走动，便死死按捺住不动；如果寂静无声，那一股暗光便慢慢游移出来，找到能让它们发挥能量的地方，进行一场黑夜中的秘密舞蹈。

"昆仑卫士"四个字，就是它们的目标。

伊布拉音·都来提仿佛看见"昆仑卫士"四个字先是被黑暗遮蔽得严严实实，但在一瞬间，像是有一只手悄悄摸上去，把黑暗的鳞片一一揭掉，就让那四个字露出了红色。然后，夜色就像变成了流苏，慢慢流下山崖，那四个字清清楚楚展露在了山崖上。黑夜中的这四个字，与白天迥然不同。白天的它们如同毅然伫立的哨兵，守在哪里，哪里便不容你接近一步。而黑夜里的这四个字，则如同沉静的守望者，在默默看着白天走过的路，也看着时间中的事物更迭。

它们会不会也在看着自己？

伊布拉音·都来提觉得这四个字已在山崖上十多年，一定预感到了自己的命运变化，或者也已经知道经由它们，引发了一连串有关荣誉的事。因为"昆仑卫士"荣誉太大，必须要让它高耸，所以与它有关的叫法，包括山崖上的四个字，都要服从荣誉所需，不能只属于多尔玛。明天，这四个字将被涂抹掉，从此"昆仑卫士"会走到更远的地方，属于更多的人，让他们身罩光环，骄傲自豪。不能忘记，这四个字是从这里出发的，这里是它们成长的摇篮，也是它们的故乡。

给这四个字敬个礼，就算是最后的告别。伊布拉音·都来提心里这样想着，却发现自己已经站在山崖底下。哦，心里有了想法，双脚就已经动了，人的意念和动作惊人地一致。此时的"昆仑卫士"四个字，无比清晰地贴在山崖上。大概它们也知道了自己的命运，便在黑夜亮起来、清晰起来，让更多的人看见它们。

其实没有更多的人，只有伊布拉音·都来提一人站在山崖下。

一个人就一个人吧，给"昆仑卫士"四个字敬礼，诉说内心的话，倒也方便自在。

但是伊布拉音·都来提估计错了，此时的山崖下面并非他一个人，而是还有一个人。就在他举起手准备向"昆仑卫士"四个字敬礼时，旁边的雪堆里突然传出沉闷的声音。那声音传出得很突然，像是话已到了嘴边，但一直紧紧用牙咬着，到了现在再也咬不住，一松口就吐了出来——"救命！"

伊布拉音·都来提一惊，手落了下来。

雪堆模模糊糊，虽然传出了人的声音，还是看不见人。是人被埋在了雪堆里，还是人在雪堆之外？空气这么稀薄，无论从哪个方向传出的声音，都让人觉得是从雪堆里传出的。靠猜测解决不了问题，那就走近去看看。伊布拉音·都来提径直走到雪堆跟前，喊了一声："谁在那里？"他的声音闷闷的，一出口就好像被风雪吞没了。但还是有人听见了，雪堆旁边蜷着一团黑乎乎的东西，像是被他的话一把抓住，就要爬起来。但毕竟在雪地趴了这么长时间，而且都快要变成雪堆了，怎么能说爬就爬起来呢？只听得那团黑乎乎的东西，发出奇怪的声响，就又倒了下去。伊布拉音·都来提跑过去摸索着抓住一只手，一拉一抱，就让那团黑乎乎的东西站了起来。

是一个人。

没有穿军装，看不出是什么身份。伊布拉音·都来提把自己的军大衣脱下，要给那人穿上。那人却连连摇手拒绝。伊布拉音·都来提有些不解："你不冷吗？"

那人缓过来了，用手拍打着身上的雪，嘟囔道："你啊你，又逃过一劫。"语气间充满惊恐又庆幸的样子。

伊布拉音·都来提明白，此人的惊恐，是因为大雪和高原反应，让他在一瞬间就倒在了地上；庆幸的则是没有窒息，刚好伊布拉音·都来提及时出现了，他才没有被冻死。伊布拉音·都来提怕他出意外，还是把军大衣披在他身上，然后问他："你是谁？从哪里来的？"

那人重复了一遍伊布拉音·都来提的话："你是谁？从哪里来的？"却不给伊布拉音·都来提答案。

伊布拉音·都来提便不问了，心想此人被冻坏了，还是把他带到连队，让他烤火，给他吃一些热饭，让他缓过来再说。

于是便对那人说:"这里天寒地冻的,你不要在这里待了,你跟我走,去烤火、吃热饭,先把身体缓过来。"

那人便跟着伊布拉音·都来提往连队走。

伊布拉音·都来提心想,这人挺正常嘛!能不正常吗?在雪地里趴了那么长时间,差一点被冻死,现在听到有火烤,有饭吃,没有不动心的道理。

到了班里,战士们把炉子生旺,很快又弄来吃的,那人顾不上洗手洗脸,端起碗就吃。伊布拉音·都来提这才看清:那人的穿着很时髦,衣服是新款式,布料精致,只不过被雪和泥巴浸湿,弄得像是有人把一桶垃圾倒在了身上。那人意识到了伊布拉音·都来提目光中的疑惑,便使劲抖了抖身体,像是要把身上的污物抖搂干净。其实没有那么大的雪堆,只是战士们平时把垃圾都倒在那里,慢慢就堆得像一座山,再加上大雪一下,就变得像一个大雪堆。那人倒在雪堆上那么长时间,身体把积雪压融化了,然后又压在了垃圾上,垃圾的脏污就沾在了他身上。

过了一会儿,那人缓过神,才给了伊布拉音·都来提答案:"你刚才问我是谁,从哪里来的。我现在告诉你,我以前是多尔玛边防连的兵,在这里待了三年,这四个字就是我们当时写的。自从连队背后的山崖上有了'昆仑卫士'这四个字,大家早上出操时看,上午训练时看,下午巡逻时也看,看着看着就看进了心里。有一位战士说,把'昆仑卫士'四个字看在眼里,人就会充实和振奋,因为我们在这里找到了自己的精神;把这四个字看进心里,它们就会变成人的筋骨,变成人的力量。十多年了,多尔玛的战士就这样过来了,'昆仑卫士'四个字早已成为他们的凝望、呼吸和倾听。但是前几天我听说,要把'昆仑卫士'四个字涂抹掉。作为当年亲手写下这四个字的人的其中一员，我坐不住了，就上了昆仑山，看能不能劝劝部队领导，把这四个字留下。到了狮泉河，我听说部队要评'昆仑卫士'，为了让这一荣誉体现出权威性，所以决定把多尔玛的这四个字涂抹掉。我已经离开部队十年了，留不留这四个字与我已没有关系，我只是珍惜它们能留在我心里，给我内心注入力量的这种感觉。这么多年，我是靠着心里的这四个字活下来的。但是我很清楚，这四个字无论如何是留不住了。它们没有了，我的心恐怕就会空掉。这样一想便一阵心痛，就一头栽倒在狮泉河街头。我的心脏不好，晕倒是很危险的事。好在被好心人送到医院，得到了及时救治，才逃过了一劫。我决定来多尔玛弥补一个遗憾，十多年前没有条件，居然连一张照片也没有拍，我这次来一定要站在这四个字下面，拍几张照片。不料我刚开车到多尔玛，高原反应就把我击倒了，下车后刚走一段路，我就一头栽倒在一个雪堆上。在倒下的那一刻，我好像看见'昆仑卫士'四个字还在山崖上，又好像不在。那四个字到底还在不在呢？我一定要看清楚，哪怕看清楚后就死也值得。就是凭着这么一口气，我一直撑着，有时候好像快要断气了，心想一定要看清那四个字还在不在山崖上，就又喘上一口气。因为心有不甘，一直挺到了你出现，你才把我从鬼门关上一把拉了回来。"

那人的话里，一会儿有闪光的星星，一会儿又有翻滚的乌云。是光芒，让人振奋；是乌云，又让人低落。

不早了，大家让那人洗澡，然后就休息了。

伊布拉音·都来提这才感到疲惫，而且比吃完饭刚躺下那会儿更累。能不累吗？本来海拔就高，又是这样一番折腾，浑身早已没有了力气。没有力气的身体好像不属于自己，他刚躺下，心想刚才在外面那么一会儿，身上就落了厚厚一层，看来外面的雪下得挺大的。如果明天还是这么大的雪，恐怕很难完成涂抹掉那四个字的任务。这样想着，他觉得自己躺不住了，想早点起身。他好像能起来，又好像起不来，加之头一阵痛，很快就酣睡了过去。

太累了，伊布拉音·都来提入睡后没有做梦。

并不是没有梦的睡眠就不会受干扰，伊布拉音·都来提睡得正香，却被一个声音弄醒了。那个声音很小，却像是盯紧了他，呼的一声飞到了他的耳边。就响了一下，伊布拉音·都来提便听出与先前那人在雪堆上发出的声音一模一样。也许是因为熟悉，才没有被风刮走，没有被大雪压低，扰醒了酣睡的伊布拉音·都来提。伊布拉音·都来提有些愣怔，不会是那个人又出去了吧？他起身向旁边床铺一看，那人不见了，床上空空如也。他赶紧穿衣下床，出门去找那人。昆仑山上的人都知道，到了晚上，尤其是风雪之夜，便不会有人走动，因为那样容易迷路，更容易被冻死。还有狼，在晚上活动频繁，遇上人会发疯似的扑过来。那人在多尔玛待过三年，应该清楚这些情况，为什么还独自出去？伊布拉音·都来提疑惑着往前走，他有一个强烈的感觉，那人会去山崖下。这感觉一经在内心产生，便像是用力拽了他一把，他就向连队后面的山崖走去。

大概已经到了半夜，地上的雪又厚了，一脚落下去，像是被踩疼了似的发出簌簌响。雪厚，就得用力走，否则会越来越慢，最后就走不动了。伊布拉音·都来提迈出第一步，就被一个东西绊了一下，差一点摔倒。那个东西也被绊出反应，接连响了两声。是刚才扰醒伊布拉音·都来提的那个声音。他听了第一声，就觉得很像，听了第二声马上断定就是那个声音。伊布拉音·都来提弯腰下去，一眼看出是那人，他又是一头扎进了积雪中，像是再也没有力气让自己爬出来。他跑出来干什么呢？伊布拉音·都来提来不及捋出答案，赶紧把那人扶起，掐他的人中，在背上轻轻拍。那人慢慢醒了过来。

伊布拉音·都来提在扶那人回去的路上，忍不住问他："深更半夜的，你跑出来干什么？"

那人苦笑一下，然后说："前面我栽倒在雪堆上时，好像看见了山崖上的那四个字，又好像没有看见，所以我躺不住，就想出来看个究竟。尽管下这么大的雪，又是这么黑的夜，但这次我看清楚了，那四个字与十多年前一模一样。我一阵激动，这一趟总算没有白来，这四个字在黑夜里都如此清楚，到了明天会变得更加清晰，到时候我好好看看，把它们装在心里。这样一辈子就够用了。我看好了准备回去，没想到高原反应又把我放倒了，而且一下子就昏了过去。幸亏你及时赶出来又救了我一次。"

脚下的雪好像不那么厚了，走起来也不再吃力。

很快就到了连队大门口。

因为天黑前扫过一次雪，所以地上的雪不厚。

进了屋，伊布拉音·都来提安顿那人躺下，那人却睡不着："你说我老是栽倒，在鬼门关打转转，是不是命？"

伊布拉音·都来提说："不是命。"

那人问："那是什么？"

是什么，伊布拉音·都来提也说不清楚。

没有话，睡意就来了，二人很快都睡去了。

第二天早上，伊布拉音·都来提睁开眼，对面床铺上又空了。他一惊，莫非那人又出事了？这时，他看见桌上放着一部照相机，下面压着一张纸条。伊布拉音·都来提拿起纸条，只见上面写着：战友们已经帮我拍了和"昆仑卫士"的合影，我已把合影的胶卷取出带走。相机里装有新胶卷，留给你们用。

伊布拉音·都来提扭过头从窗户里看见，山崖上的"昆仑卫士"四个字，在晨光里熠熠生辉，闪着一片光芒。

18

积雪也会变成红色吗？一夜大雪，把多尔玛边防连周围、一号达坂，以及达坂下面的荒滩都涂成了白色。好一场大雪，趁着悄无声息的黑夜，在天地间肆虐了一番，到天亮才把巨大身躯散落在角角落落，不再有任何动静。但是太阳一出来，就照亮了"昆仑卫士"那四个字，它们反射出的红光，像是要把地上的积雪一把揪住，随着那片红光幸福地舞动。

战士们先是为红色的积雪惊讶，后又为"昆仑卫士"那四个字而震惊。它们在平时没有这么红，只有雪霁之后的朝阳，才能把它们照出如此艳红的强光，让边防连周围弥漫着一股肃穆的感觉。

但是，"昆仑卫士"这四个字，很快就要被涂抹掉。

没有了"昆仑卫士"四个字，以后边防连的人看什么呢？

看不到这四个字，边防连的人心里就空了。

把这四个字留在多尔玛，该多好。但是上级已经下了命令，伊布拉音·都来提也保证三天内完成任务，这四个字无论如何是留不住了。

这四个字，以后将属于更多的人。

所以，不能把它们只留在多尔玛，那样的话，它们的作用会很小。伊布拉音·都来提在先前曾听人说，"昆仑卫士"

四个字是光芒，装在心里也能发光，哪怕你背对着它，它也能照得你眩晕。而多尔玛在低处支撑着这束光芒，这么多年，它支撑的那束光芒越发明亮，它便越是默不出声。光芒需要上升，而支撑需要下沉，沉得越低便越稳固，便越能让那束光芒上升得更高。

说来说去，最后还是落在了现实上，已经第二天了。早上，全连人都闷着头，一言不发，一顿早饭吃了好长时间。吃完饭就得往连队后面的山崖走去，就得把这四个字亲手涂抹掉。不情愿干的事，却是那么有力，一扯就能把他们拽过去，让他们没有一点挣扎的余地。他们下意识地想拖延时间，以便让这四个字多留一会儿，让所有战士都好好看看这四个字，把它们记在心里，以后想看时就从心里找。

虽然磨磨蹭蹭，早饭还是吃完了。

今天还是伊布拉音·都来提值班，他把战士们集中起来，宣布了军分区政治部的通知，然后提出明确要求，尽快把这四个字抹掉。他没有流露出对这四个字的不舍，甚至连那一点留恋，都被他死死压到了心底。不是他无情，而是这件事容不得他犹豫，如果上级要求战士们爬上山崖，他一声令下，他们就会在短时间内蹿至顶端。但是现在却是攀登内心的山崖，不动一步，不说一句话，只要在心里把这四个字先摘下，然后把部队更高的要求挂上去，心里就不会空。

战士们见伊布拉音·都来提的态度如此果断，便都不说什么，默默向连队后面的山崖走去。

雪停了，风却没有停，像疯狂的弹奏者一样，呼呼地吹向战士们，也吹向他们脚下的积雪。但这是徒劳的举动，除了刮起一层幻影外，再无别的动静。今天早上，雪慢慢停了，但是大风却把雪沫子掠得乱飞，让人以为雪还没有停。昨晚天黑后，战士们听见房子上有窸窸窣窣的声音，心想有雪霰子在滑动。这是大雪过后的另一场躁动，哪怕只剩下细小的雪霰子，也要折腾一番。一夜过去，风终于没有了折磨的力气，便像泄气似的消失了。经过折腾后的雪地，反而变得像被修饰过一样，不但晶莹润泽，而且还弥漫着一股洁净的气息。

大风也刮着山崖上的"昆仑卫士"四个字，而且像是用了很大力气，把山崖刮出沉闷的声响。但是那四个字是涂上去的，与山崖一样在风中岿然不动。

到了山崖底下，伊布拉音·都来提下了命令：上。必须先从一侧上到山崖顶部，然后把绳子绑在腰部——既当安全带，又把人垂吊下去——才可以在那四个字跟前作业。这样的事在巡逻中经常会碰到，为了把观察点位弄清楚，有时候就得把人从山上吊下去，观察完毕后再把人拉上来。现在，战士们已一切准备就绪，就等着伊布拉音·都来提下命令动工。

伊布拉音·都来提下了命令，但不是下给战士们，而是下给自己的："你们都不要动，我去。"

风"呼"的一声又大了，山崖岩石上的积雪，"哗"的一声落下来，在地上犹如开出了一朵白色的花。

给自己下命令，便会按照自己的想法去做。伊布拉音·都来提上到山崖顶部后，虽然有些喘，头也剧烈疼痛，但还是把绳子绑好，一咬牙就垂吊了下去。旁边的两名战士惊叫一声，伊布拉音排长，你慢一点。伊布拉音·都来提听不清他们说的话，只听见几声闷响。昨天在小孩达坂上的经历，就像刚刚与他告别还没有走远的人，所以他对这种沉闷的声音很熟悉，也没有因为那声音耽误下滑，很快就下到了山崖半中腰。

头又一阵痛。

风再大，也不至于把人的头吹痛。是因为缺氧。头皮像是被揪了起来，然后又猛地松开，就把一阵剧痛塞进了脑袋里，让人头昏脑涨，眼前闪出一连串黑点。

风刮过去，又刮过来。

眼前的那一串黑点，被风一吹便迅速变大，像鸟儿一样乱撞。撞到山崖上被弹回来，密密麻麻一大片，要把眼睛填满。眼睛于是便一阵疼，和头部的痛一模一样。风没有停，那一串黑点向下落，落到山崖的岩石上，就不再动了。伊布拉音·都来提清醒了一些，才知道眼前的那一串黑点，是头痛导致的幻觉。现在并不是那黑点落到了岩石上，而是他的脚已经在岩石上稳稳站住，不再东摇西晃。

上面的战士又喊出沉闷的声音，伊布拉音·都来提听不清，便摆摆手，表明自己安全。

休息了一会儿，头痛减轻了，风也好像小了。哦，风刮得并不大，是因为头痛，就产生了在刮大风的感觉。不管怎样，头痛减轻了，风小了，赶紧下去干活吧。

伊布拉音·都来提双脚离开岩石，觉得自己像一片树叶，轻飘飘地向那四个字靠近。刚才之所以高原反应那么强烈，是因为爬上山崖后没有休息，加之从山崖吊下也需要力气，所以才头疼眼花得那么厉害。

很快就到了"昆"字跟前。

伊布拉音·都来提从背包中取出汽油桶和刷子，准备从"昆"字开始作业。但他不忍下手，这四个字在山崖上十几年了，今天却要在我手里消失，真是让人舍不得。我这一刷子下去，多尔玛从此就没有了精神——不，精神还在，只不过从此就没有了映照的实物。没有了这四个字，多尔玛边防连的人在以后会感到空虚，就好像戴了很多年的桂冠，一下子移到了别人头上。那是从未体验过的滋味，想想就让人难受。

再看一眼这四个字。

用这一眼，把这四个字记在心里。

仔细一看，"昆"字笔画不全，上面的一横，在山崖下往上看是有的，但这么近看却若有若无，好像被什么摩擦得只剩下隐隐约约的痕迹。一阵风吹过，似乎有什么声音传了过来。

伊布拉音·都来提突然觉得，"昆仑卫士"四个字在呼唤他。他心中一动，平时仰望的这四个字，此时就近在眼前，他深呼吸一口气，伸出手想去抚摸那四个字。但因为是被吊在半空，所以他并不稳定，刚伸出手就动荡了起来。人荡起来，其实是身体不稳，但伊布拉音·都来提却觉得是山崖在倾斜，那四个字一左一右，或一上一下，像是憋足了劲要躲开他。连这四个字也不愿意被涂掉啊！伊布拉音·都来提感叹着用手抓住绳子，身体遂不再动荡，平稳下来。那四个字尚未逃走，又老老实实回到了原来的位置。

胳膊很沉，手也无力，伊布拉音·都来提还是把手臂伸了出去，抚摸到了"昆"字。当时的人在山崖上写这四个字时，一定很吃力，现在要抚摸它们同样吃力。但是不能停，只有抚摸完一个字，然后歇一会儿，再接着去抚摸下一个字。

以前，多尔玛边防连的人仰望这四个字，它们是高耸于他们头顶的光芒。以后，这四个字就不仅仅属于多尔玛了，就让我抚摸一遍它们，把它们留在心里。不论是眼睛看见的这四个字，还是装在心里的这四个字，都是昆仑山精神，都能养人。

山崖顶上的两位战士又喊了句什么，伊布拉音·都来提还是听不清。抚摸完"昆"字后，他又向下一个字移动过去。悬垂的绳子勒得他一阵疼痛，但他想趁着头不痛胸不闷，一口气把这四个字都抚摸一遍——他要替多尔玛所有的军人抚摸一遍，然后就可以将它们涂抹掉。

身体还算争气，没有再头痛，也没有再胸闷，伊布拉音·都来提一口气抚摸完了前面的两个字。后面的两个字，他有些不忍心去抚摸，因为抚摸完后就马上要把它们涂抹掉了，从抚摸完它们的一刻起，多尔玛就要告别"昆仑卫士"四个字。不，"昆仑卫士"很快就会变成一种精神象征，变成荣誉，很快就会有人获得这一荣誉。

那两位战士在喊叫，伊布拉音·都来提抬起头，看见他们在不停地挥手，好像急于告诉他什么。他调整了一下姿势，避开风，还是听不清他们在喊叫什么。他们见喊叫无望，便用手指他身上的绳子，意思是让他抓紧时间，免得时间太长绳子受损断掉。

他心里一阵紧张，头痛一阵紧似一阵，胸部闷得像是有好几只小野兽在冲撞，却一直冲撞不出来，便把他的胸腔撞得生疼。

那两位战士还在喊叫，伊布拉音·都来提这次听清了："伊布拉音排长，赶快把这四个字涂抹掉吧，你在那儿时间太长了。"

伊布拉音·都来提抬头看着他们，说不出话。

他们又向伊布拉音·都来提喊叫："伊布拉音排长，你是舍不得把这四个字涂抹掉吗？你看它们多好看。"

好看是好看，这四个字却不再只属于这里，它要变成精神，成为很多光荣的人头上的光环。

风慢慢小下来，然后就停了。

这场风啊,它哪里是风,它像是替伊布拉音·都来提说出了心里话,替多尔玛所有的军人发出了呼唤,要让伊布拉音·都来提把本来要涂抹掉的"昆仑卫士"四个字,用双手一一去抚摸一遍。

伊布拉音·都来提向最后两个字移动,等抚摸完它们后,就要把四个字全部涂抹掉了。接下来,整个昆仑山可能会议论,多尔玛边防连的一位排长,在接到涂抹掉"昆仑卫士"四个字的任务后,却把那四个字先抚摸了一遍。人人都能理解他的意思,能理解多尔玛为响应部队大方针,在难舍难分中舍弃自己荣誉的隐痛。如果问什么是昆仑山的奉献,那么多尔玛在这件事上的表现,就是答案。

顺利抚摸完最后两个字,伊布拉音·都来提笑了。他想扭头看一眼多尔玛边防连,虽然看不见所有战友的眼睛,但是他想让他们知道,他替大家抚摸了一遍"昆仑卫士"四个字,这四个字以后就在大家心里了。正这样想着,他抓着的绳子突然下滑,他的身体被崖壁浸出一股凉意。他的思维清醒了很多,但是一股说不清的滋味涌上心头。他莫名松开了手,那绳子划出一条弧线,左右摆动着,像是要挣脱到自由的世界中去。

突然,他腰间的那根绳子发出一声脆响,然后就看见上面的一截飞掠而起,在空中甩出一团幻影,又落了下来。而伊布拉音·都来提已变得像一片树叶,轻飘飘地向下落去。山崖顶部的那两位战士,又在惊恐喊叫。但伊布拉音·都来提什么也听不见,只看见他们的嘴大张着,像是要让声音长出手,把伊布拉音·都来提一把抓住。

伊布拉音·都来提看着那两位战友,笑了。

一股清凉浸入脑中,带出从未体验过的舒爽。他的身体变轻，舒展成了云，又好像变成了风，要自由地飘，自在地刮。多么好啊，不再缺氧，不再胸闷，高原反应也不见了，多尔玛变成了世界上最舒服的地方。

最舒服的地方也分白天和黑夜，白天结束了就进入黑夜，黑夜结束了就又是白天。但伊布拉音·都来提一下子就从白天进入了黑夜。那一瞬间，阳光不见了，天空不见了，最后连光明也不见了，他陷入一个陌生世界。

不是黑夜，而是一个黝黑世界。伊布拉音·都来提的身体一再变轻，像一片树叶似的在飘，先是飘过多尔玛边防连，到了连队对面的荒滩上，但他还记得"昆仑卫士"那四个字，于是就回头去看，那四个字还在山崖上，红艳艳的非常好看。他不记得自己刚刚抚摸过那四个字，便惊叹居然有这么艳丽的"昆仑卫士"四个字，尤其在多尔玛边防连背后的山崖上，就更有意义了。他准备随便走走，让自己放松一下。平时的每时每刻都缺氧，都会有高原反应，只有这会儿无比轻松，可以大口呼吸新鲜空气，大步走路。不想走了，还可以像树叶一样飘飞……他听到有人在叫："伊布拉音排长醒了！"他睁开眼，看见好几个人围在他身边，见他醒了都很高兴。

"我怎么啦？"他问。

"伊布拉音排长，你从山崖上掉了下来……"一位战士说。

伊布拉音·都来提把所有的事都想起来了，尤其是抚摸了"昆仑卫士"四个字的事，一下子变得无比清晰。

一位战友说："伊布拉音排长，其实我们都舍不得涂抹掉那四个字，都想让它们永远留在多尔玛。你最后又把它们抚摸了一次，替我们了结了心愿，以后那四个字就装在我们心里了，永远都是鲜红明亮的样子。你就放心去住院吧。"

几个人扶着伊布拉音·都来提往汽车跟前走,他一抬头,看见山崖上的"昆仑卫士"那四个字不见了,取而代之的是一面新涂出的军旗。

第六章　巡逻路上

19

昆仑山漫长的冬天终于结束，积雪融化了，风不再吹刮，一出门就觉出一股暖意。

昆仑山的春天来了。

军分区打电话通知，让排长田一禾暂时离开多尔玛，去军分区后勤部运输科帮助工作。肖凡考虑到派车把田一禾送到狮泉河后，只剩下驾驶员一人返回会不安全，便决定再派一人去送田一禾。

送人的任务落在了班长丁一龙身上。

在路上，丁一龙才知道田一禾去年冬天完成留守任务后，本来准备下山，但因为多尔玛边防连的老兵复员后缺人，加之又要进入冬天，田一禾于是主动要求这个冬天不下山了，就在多尔玛边防连和大家一起过冬，等到开春积雪融化道路通了，与大家一起下山返回留守处。

大家都知道田一禾和马静的事，便劝他还是下山去见马静，毕竟他们确立关系后还没有面对面说一句亲密的话，甚至连手也没有拉过。田一禾像以前一样不好意思地一笑，不说什么。其实马静在去年初冬接到田一禾留在多尔玛的消息后，就准备返回兰州。她等了这么长时间，最后却是这样一个结果。大家不无担忧地想，马静和田一禾的事，可能就这样结束了。但马静没有变心，在李鹏程出车祸后照看了李鹏程一个多月，直至李鹏程康复后才离开了留守处。她在返回兰州前给田一禾打了一个电话，告诉田一禾她在等待的这一段时间里，听到了许许多多昆仑军人的事。让她惊讶的是几乎所有的人，都以边防和部队为重，在部队和个人利益发生冲突时，总是舍小家顾大家，把责任和使命放在首位，从不计较个人得失。她很赞成田一禾的做法，多尔玛正缺人，这时候的田一禾就应该回到多尔玛。她在电话中对田一禾说，我能等，就让时间把我对你的思念拉长一点，也考验一下我们两个人，这没什么不好。田一禾听后心里踏实了。

丁一龙问田一禾："田排长，你与马静的见面一次又一次被耽搁，你心里着急吗？"

田一禾说："哪能不着急呢！"

丁一龙说："田排长，你既然心里着急，为什么不找连长说说，给你调整一下就可以下山一趟。"

田一禾又说道："说老实话，我心里也产生过这样的想法，但我很快就掂出了轻重。见不到马静不要紧，但是多尔玛边防连少不了人。不是有一句话说嘛，边防无小事，只要有人在边防线上，哪怕没有任何动静，人在这里的意义也存在。咱们边防军人的职责，不就在这儿吗？"

丁一龙很感动。田一禾排长的这一番话，是昆仑军人的最深感受，也只有昆仑军人最能理解。

丁一龙返回多尔玛后，接到第二天由他带一个班去野马滩巡逻的通知。

丁一龙心里一紧，觉得肩上压上了什么。野马滩海拔四千米，上次去巡逻时没走几步，就开始头疼胸闷，继而又出现高原反应，巡逻完回来，两三天都缓不过劲。丁一龙是服役十一年的老志愿兵，也是班长，任务自然就落在了他肩上。汽车营的兵平时只管开车，军事训练不多，现在到了边防连，要开始新的任务，便多少有些紧张。

连队后面的山崖上，新涂出的那面军旗，在阳光中熠熠生辉。但是多尔玛的战士们习惯看"昆仑卫士"那四个字，从第一天到多尔玛就开始看，直到复员离开时敬一个礼，三年军旅生涯圆满结束。现在没有了那四个字，就把它们装在心里，以后就在心里看，也是一样的。但多尔玛的战士们还需要时间，才能适应没有那四个字的生活。

第二天上午，丁一龙带着班里的七个人，向野马滩走去。野马滩从来没有马，不知为何叫了这样的名字。昆仑山有很多这样的地方。有一个地方的水明明是苦的，却叫"甜水海"。还有一个地方叫"三棵树"，却一棵树也没有；也许以前有树，但那时的树是什么样子，没有人能想象出来。

丁一龙走在前面，身后是班里的七个人。因为缺氧，大家便慢慢地走，双脚踩动碎石，发出咔嗒咔嗒的声音。后来那声音便好像萦绕而起，飞到头部周围响动，让头部一阵阵剧痛。不是那声音响了起来，而是人因为缺氧而头疼胸闷，出现了幻觉。

高原上沉寂，加之紫外线强烈，人走不了多远就会受不了，于是大家便没事找事说话。走在最前面的李小平对丁一龙先开了口："丁班长，你是干了十一年的老志愿兵，这次评'昆仑卫士'，你一定会被评上。"大家在先前只是听说要评"昆仑卫士"，并没有把这件事放在心上。"昆仑卫士"四个字被抹掉后，大家就被逼到了这件事跟前。接下来会发生什么事？多尔玛边防连的人，也就是汽车营的人，会不会被评上？比如丁一龙这么优秀的老兵，难道会评不上吗？一连串的疑问，像是忽明忽暗的萤火虫在飞，但终归还是没有答案。只是要评"昆仑卫士"的事，离大家越来越近，好像一把能抓住，又好像抓不住。

大家都觉得丁一龙能评上"昆仑卫士"。

丁一龙却摇头。

大家都不解，丁一龙立过二等功，三等功拿了五次，这样的成绩还评不上"昆仑卫士"？但是丁一龙摇头摇得很坚决，他们便明白，汽车营大大小小出了几次事故，不光丁一龙，恐怕整个汽车营的人都与"昆仑卫士"无缘。这样的事不好议论，即使议论也议论不出结果，大家便不再提及。

沉闷了一会儿，丁一龙说："昨天晚上我站哨时，有一只鸟儿在连队后面的山上叫了几声，你们听到了吗？"高原上的气氛沉闷，平时偶尔有鸟儿飞过，但不会停留在一处鸣叫。昨晚突然有了那鸟叫声，丁一龙当时觉得好听，现在依然记忆犹新。

李小平与丁一龙站的是同一班哨，他说："我也听到了鸟叫声，很好听。"

别的战士却都没有听到。

丁一龙觉得奇怪，那只鸟儿叫了那么长时间，而且那么好听，你们怎么没有听到呢？

李小平也觉得不应该听不到，但是别的战士都连连摇头，没听到就是没听到，不能违背事实说谎。这件事把一个夜晚分成了两半，一半裹住了听见鸟叫声的丁一龙和李小平，裹在另一半里面的，是什么也没有听见的其他战士。夜晚肯定只有一个夜晚，即使被分成两半，最终也会合并成一个，合并成一个就会真相大白。不过没有结果也挺好，听到那么好听的鸟叫声的人，是有福气的。没有听到的人也不用着急，说不定明天晚上就听到了。昆仑山这么寂寞，鸟儿也懂得要在有人的地方叫，让人们听到它们美妙的叫声，它们心里也舒服。

这时，通信员于公社追了上来，说连长肖凡让他来问，昨天晚上有一只鸟儿叫了，有谁听见了。

丁一龙回答："我听见了。"

李小平跟着回答："我也听见了。"

于公社说："连长让我问你们，既然听见了，为什么不出去看看，或者给连长报告？"

丁一龙和李小平很吃惊，鸟叫是很平常的事情，连长为什么会如此重视呢？当时的鸟叫声并无特别之处，只是在寂静的夜晚突然响起，有些突兀而已。丁一龙记得他曾经向传来鸟叫声的地方看过，并没有什么动静，便没有在意。没想到那几声鸟叫并不是简单的声音，而是黑夜撕开的一个口子，让几只鸟儿悄悄探视了一下，然后缩回去酝酿了一场阴谋。

夜晚过去，到了现在，就变成了一个事件。只是丁一龙和李小平都不知道，被黑夜酝酿而成的，是一个什么样的事件。

于公社说："昨天晚上鸟叫的那个时间，是丁一龙和李小平在站哨。连长说，作为边防军人，任何时刻都不能放松警惕。昨天晚上的那只鸟儿之所以叫，是因为牧民的羊在晚上乱跑，让鸟儿受到了惊吓，而我们边防连没有及时发现，让羊群接近了边界线。现在对方国的会晤站提出要会晤，让我们明确牧民的羊是否到了对方国，而会晤要一层层上报。这件事大了。"

丁一龙和李小平愣住了，他们没想到事情会变成这样。那只鸟儿和一群羊，原本八竿子打不着，但是黑夜把它们分配在神秘棋盘上，悄悄移动，慢慢接近，然后就酿成了越界事件。如果换作是人，可能会紧张害怕，会警醒反悔，在任何一个环节都可能及时刹车。但是一只鸟儿和那群羊，不会判断事态，于是就被黑夜的神秘大手牵着，闹下了这么大的事端。

于公社问清了情况，要返回。

丁一龙问于公社："这个事情会有什么结果？"

于公社说："可能……会给你们……处分。"谁也不愿面对这样的结果。于公社的语气更是不自然，说完就走了。

巡逻队继续往前走，脚步变得沉重起来，尤其是丁一龙和李小平，每迈一步都很忐忑。前面的巡逻路难走，而在身后等待他们的是处分。李小平转过身去看身后的边防连，脸上的表情很复杂。早上出来时他还在想着"昆仑卫士"的事，他是已干满十一年的志愿兵，干完这最后一年，就可以转业回甘肃老家，然后等待安排工作。要是能被评上"昆仑卫士"，那更是"荣归故里"了。这样的幻想让他的心情很好，早餐还多吃了一个馒头。不料一上午还没有过去，昨晚的鸟叫就变得像石头，而他对"昆仑卫士"的幻想则变得像树叶，被轻轻一碰就落进了万丈深渊。没有希望了，不但评不上"昆仑卫士"，还要背一个处分回去，哪个单位会接收？边防连在他眼里变得模糊了。不，边防连并没有变得模糊，是他的心空了，因此这个世界就模糊不清了。但是一转眼，他又看到了山崖上的军旗，那片红色亮艳艳的，就好像有什么刚从手里滑落,一转眼又回来了。李小平眼睛一酸。

李小平站住不走了。

大家都停下,愣愣地看着李小平。李小平脸上凝固着痛苦,好像再往前走几步,那痛苦就会变成石头把他压倒。大家都看出来了,李小平的意思是出了这样的事,还巡逻什么呀,直接回去受处分算了。

丁一龙摇摇头。不行,巡逻比什么都重要,哪怕这次受处分,也要把巡逻任务完成。受处分的事,就像背上压了石头,不论多沉重都得扛起来。巡逻则雷打不动,大家都走了很多遍,轮到谁,都必须保持清醒,认真完成任务。

大家也都这样想,心里的想法,很快就表露到了脸上。大家的目光像手一样,在拉李小平。他把脚边的一块小石头踢到一边,迎着大家的目光,又往前走。

丁一龙暗自叹息一声。

丁一龙是班长,哪怕内心翻江倒海,也不能流露出心事,否则就会乱了大家的心。巡逻必须走到巡逻点位,观察情况,做记录,然后沿边界线巡逻一趟再返回。因为海拔高,走不了多远就会气喘吁吁,不得不停下歇息。有时候,鸟儿从他们头顶飞过,不论是鸣叫,还是缓慢滑翔,都会吸引他们的目光。他们盯着鸟儿看一会儿,鸟儿飞走了,他们继续巡逻。有一次,边防连的战士看着鸟儿在天空中变成了小黑点,便议论鸟儿在高原会不会有高原反应,有的战士认为会,有的战士认为不会,争论了一番没有得到结果,反而弄得气喘和头疼。昆仑山上的很多事情都没有答案,即使有答案也是人给出的,而人给出答案时已被累得气喘吁吁,耳鸣胸闷。所以,他们并不喜欢议论事情,他们从一个点位走到另一个点位,简单而又吃力,沉默而又持重。这样就够了,至于要说什么或者总结什么，已无关紧要。

今天，与以往任何一次巡逻一样，也是默默往前走。

丁一龙一直想着昨天晚上的事，是一只什么样的鸟儿在叫？还有那群羊，受到了怎样的惊吓，慌乱跑了一夜，至今也不能肯定是否越界到了对方国。按说，羊群是有主人的，他的羊群都跑到边界线一带了，他难道没有发现吗？唉，羊群啊羊群，你往什么地方跑不好，偏偏要跑到边界线一带？你一迈蹄就越界了，我们可就被害惨了。边防连的任务是守边，人或牲畜都不能越界，一旦越界就是大事，处理起来非常头疼。

这样一想，丁一龙便觉得这一趟巡逻不简单，到了点位，要把羊群越界考虑进去，看看它们是从什么地方越界的。如果发现了它们的越界痕迹，就要拍照并做好记录，然后尽快返回连队报告情况。

虽然处分在等着丁一龙和李小平，但责任是军人的力量，只要知道自己肩负着怎样的责任，脚步再沉也要迈出去，心事再多也要压下去。

丁一龙的脚步快了。

李小平感觉到了什么，也加快了脚步。其他战士跟在他们身后往前走。他们要去的点位，距离连队有二十公里，用一上午才能到达。在昆仑山上不能跑，也不能快速走，否则就会出现人常说的"过犹不及"和"欲速则不达"。

翻过一个小山冈，大家都气喘，脸也憋得通红。

出现高原反应了。

高原反应这个事，如果你不快走或跑，它就不找你的麻烦。但是巡逻要走动，很快就觉得有一只大手捏住了喉咙，呼吸变得困难起来。人在这时候会本能地喘气，但一喘气反而坏事了，头一阵一阵地疼，身上很快就没有了力气。人在这时候就不想动，只想坐下。

丁一龙让大家休息一下。谁都不能与高原反应对着干，否则会因缺氧、头疼胸闷等症状一头栽倒，再也起不来。

李小平问丁一龙："班长，上面会给我们二人什么样的处分？"

丁一龙叹息道："不知道。"其实丁一龙心里清楚，如果这次羊群越界事件坐实，他是昨晚带哨的班长，他的责任比李小平大。李小平最多背个处分，而他不但要背处分，而且转业前入党的事，恐怕要泡汤。这些，他开不了口，无法给李小平说。

休息了一会儿，继续往前走。

一位战士说："今天早上咸菜吃多了，这么渴。"说着，举起水壶喝了一大口水。

大家受他影响，也纷纷喝水。

丁一龙想劝大家节约水，但是又有些不忍心，便没有说什么。在昆仑山上，人不能缺水，否则高原反应更厉害，弄不好还会有生命危险。下次巡逻前要提醒炊事班，在早上尽量多做一些清淡的饭菜，那样就可以避免在路上口渴。不过，出了羊群可能越界的事，还有没有下次巡逻的机会？也许，受处分后就再也没有资格巡逻了，在炊事班做几个月饭，就到了转业的时间。丁一龙心里塞满了复杂的情绪，他也口渴了，便喝了一大口水。口渴，忍着倒也能忍住，一旦喝了水，反而会越喝越渴。他又喝了一口，心想要转移大家的注意力，于是一咬牙下了命令："出发。"

大家都下意识地摇了摇水壶，刚才喝得太快，水已经不多了。

丁一龙的水也只剩下半壶。他想，还有大半天路程呢，而且因为上午耗费体力太多，返回时才是最需要水的，所以要忍住，把水留在关键时刻喝。

两个多小时后，他们到达了点位。在中间，他们又喝了一次水。不仅仅因为早上吃了咸菜，还因为疲惫。过了一会儿又想喝，丁一龙拦住大家，必须把水留到下午，否则大家回不去。

大家分开观察，点位上一切正常。那就做记录，然后巡逻一番，就可以回去。

巡逻没多远，就发现了羊蹄印，忽隐忽现，在地上乱成一团。原来羊群就是从这个点位上越界的，虽然从羊蹄印上看不出羊的数量，但是羊群到了这儿已是不争的事实。

丁一龙心里一沉，地上的羊蹄印好像旋转着浮动起来，在他眼前闪出虚幻的光影。他以为羊蹄印会飘浮起来，像被风吹动的树叶一样，飘过边界线落到对方国境内，那样的话就真的越界了。他捏了几下额头，头脑清醒了过来，羊蹄印像是从那团幻影中落下，还在原来的位置。在昆仑山上，高原反应是一瞬间的事，头晕目眩和产生幻觉也是常事，只有熬过阵痛，眼前的幻觉才会慢慢消失。那时候，氧气仍然稀薄，但雪山仍在高处，河流仍在低处，并不会在人的幻觉中移位。

丁一龙决定让其他战士先返回，向连长报告羊群越界的地方，他和李小平留下，完成点位巡逻。那几名战士一脸疑惑地转身走了。丁一龙知道他们一定在想，他和李小平之所以要留下，是想晚一点回去，因为回去有处分在等着他们。

丁一龙没有这样想，其实他心里是踏实的。他和李小平沿着点位巡逻了一趟，没有发现异常。边界线的两侧都是山，不论是中国的还是对方国的，都好像没有明显的区别，白天是相望的山，晚上是相连的山。阳光和风在众山之间自由弥漫。好在现在一切都很平静，没有人也没有牛羊接近边界线，丁一龙和李小平可以返回了。

半路上，李小平的情绪有些复杂，想对丁一龙说什么，又忍住没有说。羊的蹄子在羊身上，鸟儿的嘴在鸟儿身上，羊要跑鸟儿要叫，谁能管得了它们？它们本来就是普通鸟兽，却因为接近边界，就变成了危险的棋子，一不小心就会走向不可挽回的结局。但它们却不承担责任，需要承担责任的是边防军人。丁一龙问李小平："回去一定会被处分，你做好心理准备了吗？"

李小平说："做好心理准备了，什么样的处分我都能接受。"话是这样说，但是他的语气还是不自然的。这件事，哪怕你多么委屈，也得接受。

丁一龙说："要接受，不然就没有担当。"

李小平听到"担当"二字，脸色变了，憋了半天，终于说："刚才，我又发现了一只羊的蹄印，在点位的旁边。"

丁一龙生气了："你刚才为什么不说？"

李小平支支吾吾："我想，少报一只，咱们的处分就会轻一点……"

丁一龙怒不可遏："你混蛋……"

两个人不再说话，默默往回走。脚下的石子被踩响，好像在说着什么。这是此刻唯一的声音，丁一龙和李小平好像听出了什么，又好像什么也没有听出。李小平刚才发现的那只跑过点位的羊，也一定踩响过地上的石子。那是午夜中的声响，响起时在边界线撞出一个事端，然后悄无声息地消失。但是它留下的蹄印，像不怀好意的大手一样拉了一把李小平。

李小平意识到那是一场灾难,但他没有避开,一下子就被拽进了深渊。

丁一龙说:"你当兵都这么多年了,还是不过关。"

李小平一愣,想说什么又忍住了。他不想受处分,所以在那一刻,他企图从一个窄缝中钻过去,把过错扔在身后,让它永远和自己没有关系。但是怎么能扔得干干净净呢?一回头就会发现,一半进来了,另一半被卡在了外边,任何人一眼都能看得清清楚楚。

丁一龙又喃喃自语:"我没有带好你,我也不过关。"

李小平很后悔,作为军人,他不应该耍小心眼。他因为窘迫,习惯性地拿起水壶,拧开盖子便去喝,但嘴咂巴了几下,才反应过来没有水了。他窘迫地举着水壶,不好意思去看丁一龙,亦忘了应该把水壶放下。

丁一龙把自己的水壶递给李小平,李小平像是忘记水已经不多了,举起喝了一大口。他这样,也许是因为太渴,也许是在遮掩尴尬。丁一龙想拦一下李小平,忍了忍没说什么。

喝完水,继续往前走。

也是往回走。

回去,处分在等着他们,丁一龙脸上浮着一层阴郁之色。李小平隐瞒了一只羊的蹄印,事情变得更加严重。如果说昨天晚上的鸟叫事件出于偶然,那么现在李小平这样做,就是故意犯错,这件事该怎么办?丁一龙和李小平都是今年要转业的志愿兵,如果没有出这样的事,他们二人都能够顺利到地方上安置工作,但是出了这样的事,事情会朝着什么方向发展,他们也不知道。

时间已到了下午,天气有些热,走了没多远,两个人都冒汗了。热,更容易让人口渴。李小平看了一眼丁一龙,丁一龙把水壶递给李小平，李小平喝了一口，把水壶递给丁一龙。丁一龙也喝了一口，感觉水壶轻了，心便沉了。

他们抬头看了一眼天上的太阳，刺眼，身上更热了。这个季节，下午三点是高原最热的时候，走不了几步就一脸汗水，腿也会发软，恨不得一屁股坐下。但是不能坐，坐下就不想起来了，不想起来就更不想走了。还有一种情况，坐下就起不来了，永远坐着，在最后变成一堆骨头。

"走吧。"丁一龙对李小平说，也好像是在对他自己说。身上没有了力气，就得用心里的力气，有时候心里的力气比身上的力气还管用。丁一龙又想起评"昆仑卫士"的事，山崖上的那四个字已被抹掉，应该快要评选了吧？但是出了鸟叫事件，他和李小平便没有了评选资格。

李小平也没有了力气，但丁一龙是班长，丁一龙不停，他便跟着丁一龙走。走了一会儿，翻过一个山冈，两个人满脸是汗。太阳光很强，像是有看不见的火在烤着他们。突然，李小平觉得自己的脑袋被什么劈开了，那看不见的火"呼"的一下蹿进去，撩出一股从未体验过的感觉。李小平想弄清楚，但已经没时间了，他浑身一软，便一头栽倒。

丁一龙把李小平抱起，让他喝水。天太热，加之又太累，李小平虚脱了。昆仑山上的虚脱与山下的可不一样，会导致心脏衰竭，一命呜呼。这时候，喝水是最好的办法，一则可让人降温，二则可以促进血液循环，让人远离危险。昆仑山上的老兵在每晚睡觉前都喝一杯水，他们说不要小看那一杯水，有时候能救命。知道的人都懂，因为海拔高，人的血压在晚上容易发生异常，水是最好的防治方法。

李小平喝了一口水，还是起不来。

丁一龙便让李小平继续喝。又喝了几口，还是不行。丁一龙便让李小平喝了所有的水，李小平这才有力气站了起来。丁一龙扶着李小平往前走，李小平脚步沉重，丁一龙也举步维艰。但还得往前走，水已经没有了，多走一步就离连队近一步。

慢慢地，李小平好了起来。他的脚步轻了，扶他的丁一龙也就轻松了。

又往前走了一段路。

丁一龙想，两个小时后能到达连队。这两个小时，李小平不能口渴，他也不能口渴，只有这样才不会影响行程。没有水，他们便不去想水，也不管渴不渴。他们只是往前走，这种时候不能停，只能坚持走，只要走，希望就在，人就不会倒下。他们明白，人在高原，只要还有精神力量，就不会一头栽倒。怕就怕人体缺水，加之又意志崩溃，随时会出现意外。

一个多小时后，他们终于看见了一号达坂。他们又往前走，很快就看见了多尔玛边防连。连队后面的山崖上，那面刚涂出的军旗，像是看着他们二人一步步返回。他们想起"昆仑卫士"那四个字，也想起快要评选的"昆仑卫士"荣誉，心情便复杂起来。出了羊群越界的事，还怎么可能会评上"昆仑卫士"呢？这样想着，腿就软了，近在眼前的边防连，好像又变远了。

连队的人发现了丁一龙和李小平，于公社和几名战士向他们跑了过来。

丁一龙和李小平没有了力气，软软地倒在了地上。

于公社和几名战士跑过来，扶起丁一龙和李小平往连队走。于公社说："有个好消息要告诉你们。"

丁一龙和李小平脚步慢了，等待于公社把事情说出来。

于公社说:"昨天晚上的羊,除了一只还没有找到外,其他的都找到了,它们没有越界。"

丁一龙和李小平一想起边界线附近的羊蹄印,脚步又变得沉重起来。

20

再也没有听到鸟叫,好像鸟儿都知道,只要它们一叫就会惹事,所以都飞离多尔玛而去。有时候地上的灰尘被风刮起,在半空起伏动荡,像是鸟儿在飞,但仔细一看却不是鸟儿。后来的大风又发出类似于鸟叫的声音,像是有成群的鸟儿从山后飞了过来,但是大半天过去了,只听见叫声,却没有鸟儿的影子。到了天黑时大风停了,那叫声也戛然而止,像是被夜色一口吞没了。

之后,就再也没有了动静。

丁一龙下山去探亲了,一个月后才能回来。

李小平还有最后一年服役期,要在连队待到年底才能下山。从野马滩巡逻完回到连队后,李小平没有提点位旁边那只羊蹄印的事。

虽然引起鸟叫的那群羊,像突然刮过来的风,一闪就不见了,一闪又出现了,但是丁一龙和李小平却很内疚,认为自己作为边防军人是失职的。边防上常常会因为一件小事,就引起一场事故。至于那些细小的动静,往往都不只是一阵风,或者一场雨,很有可能一转眼就会变成狂风暴雨,制造出地动山摇的事情。

那只羊蹄印的事,除了丁一龙和李小平二人外,再也没有人知道。丁一龙走时,李小平去送他,他用复杂的眼神看了一眼李小平,就转身走了。李小平愣愣地看着丁一龙,直至丁一龙走远了,才意识到没有给丁一龙说道别的话。他转身往回走,双眼一酸,差一点掉下眼泪。

丁一龙走了,连队里再也没有人用复杂的眼神看李小平。李小平反而不习惯,经常躲在角落里叹息。那只羊蹄印的事,压在李小平心上。但他无法对别人说,常常一个人叹气,好像那只羊的蹄印变成了眼睛,在逼视着他,看他如何处理这件事。

有好几次,他梦见那只羊在边界线上跑来跑去,一会儿在中国,一会儿在对方国,不停地制造着越界事件。他跑过去拦它,它却跑远了,不一会儿又跑回来,在他面前咩咩地叫。这时候,丁一龙出现了,他一把抓住那只羊的耳朵,把它牵到李小平跟前说,你的羊,把它看好。

梦醒后,李小平喃喃自语:"我的羊……为什么是我的羊?"

它和我有关系吗?

如果有关系,到底是什么关系?

李小平找不到答案。

再熬大半年,我就转业了,一切就都过去了。李小平这样想着,把不安和愧疚压了下去。他经常想起丁一龙走的时候看他的眼神,那里面有很多话,虽然丁一龙一个字也没有说,但是他觉得丁一龙又全部说了,他听得明明白白。但是,他没有勇气把那只羊蹄印的事说出来,尤其是丁一龙也保持了沉默,他便像是有了依靠一样,更不说了。

好几个晚上,他总是梦见那只羊。他围着它转,他趁它不备便抓住了它。为防止它再次越界,他要把它带回边防连。他还要把羊越界这件事,给连长解释清楚。在白天,他一直在躲避，但是梦里却有了勇气。他紧紧抓着羊角，把它拽离边界线。这样就好了，它再也不会越界，他上次犯的错误，也将因为抓回这只羊而得到宽恕。羊的力气不小，想从他的手中挣脱。他早有防备，死死拽着它，让它乖乖跟他走。羊慢慢地老实了，不挣扎也不乱扭，被他牵着往边防连走去。但是他上当了，羊诱惑他放松警惕，然后突然挣脱他的手，又向边界线跑去。他急忙向羊追去，要一把将它抓住，一直到把它拽回连队。羊跑得很快，他亦追得快，一伸手就可以抓住羊的尾巴。但是他的目的是羊角，只有抓住羊角，羊才会老实。不远处就是边界线，他使劲往前追，羊好像看出了他的意图，四蹄陡然快了很多，很快就要接近边界线。羊只要到了边界线跟前，一迈蹄就又越界了。他顾不了那么多，身子前倾向羊扑去。他想好了，哪怕抱也要先把羊抱住，以避免它越界。但是羊突然躬身向前一蹿，他前扑的身体落空了。他急得大喊，一喊便醒了过来。

梦醒了，他又回到了现实中。

梦里的力量只属于梦，在现实中，他仍然无法把那只羊蹄印的事说出去。即便是在黑夜，他也很警醒，要把那件事藏在心里，永远都不说出。

因为梦魇，他再也没有睡意，睁着双眼熬到了天亮。

在白天，他表情沉静，说话自然，谁也不知道他有心事。有时候，他向边界线方向眺望，想象那只羊越界后去了哪里。他希望它走失，永远不要出现在人们的视野里。那样的话，永远不会有人知道一只羊越界了，他也就永远不会有事。这样的想法让他愧疚。但他提醒自己要坚持住，只要熬到年底，一切都会过去。

但梦却不放过他，过不了几天，他又会梦见那只羊。它一如既往地在边界线两边窜来窜去,他去抓它,它总是躲开他。一人一羊绕来绕去,最后总是他抓羊的手落空,然后惊恐而醒。

我能熬到年底吗?他躺在黑暗中,常常这样问自己。

没有答案。

又做过一次与羊纠缠的梦之后,第二天就有一位牧民来到连队,打听他丢失的一只羊。

肖凡问那牧民:"你的羊都丢了这么多天了,为什么现在才来打听?"

牧民说:"丢了一只羊后,我心想要是边防连的解放军发现了我的羊,肯定会告诉我,所以就先去别的地方寻找。直到我把所有的地方找了一遍又一遍,都没有影子,最后才找到你们这里。"

肖凡说:"这里也不一定有你的羊。"

牧民说:"让我找找,行吗?"

肖凡同意了。

李小平在一旁很紧张,万一那只羊在连队周围留下蛛丝马迹,他隐瞒事实的事就会暴露。

好在那牧民并没有找出什么。羊蹄印经不起一场风,更经不起一场雨,一夜风雨就会让其消失得干干净净。都过去这么长时间了,谁知道刮了多少场风,下了多少场雨,那羊蹄印还怎么能留得住呢?羊蹄印恐怕早就不见了影子。但羊蹄印留下的阴影却一直都在,想躲的人便永远也躲不开。

肖凡对那牧民说:"你再去别处找找吧。如果那只羊在连队周围出现过,我们一定会发现。只要发现它的蹄印,没有一个战士会隐瞒不报,因为我们是军人。"

一旁的李小平脸上一阵烫。

牧民向连队四周张望，一脸急切的样子。有几次，他的羊差一点丢了，仅凭地上的羊蹄印就找回来了。羊再能跑，也会在屁股后面留下一串蹄印，那蹄印会死死拽住它，不管多远都能把它拽回来。这次也一样，牧民要顺着蹄印把那只羊拽回，把事情弄清楚。

肖凡说："你要相信我们，我们是军人，说没有看见你的羊，就一定没有看见。"

牧民说："我相信你们。但是这个事情奇怪得很。"

肖凡不解牧民的意思，便问："此话怎讲？"

牧民说："我放了二十多年的羊，羊蹄印从来都逃不过我的眼睛。"

肖凡因为疑惑，不知该说什么好。牧民的意思，他的羊一定是在这儿丢的，一定有人看见了他的羊。而且他还有一个意思，如果不是在这儿，他的羊就不会丢。

李小平的脸又是一阵烫，好像事情真相就隔着一层纸，风一吹，那层纸就会被刮走，他就会暴露出来。

肖凡陪着牧民在连队周围转了一圈，没有发现什么。牧民很不解，又转了一圈，还是一无所获。肖凡不高兴了："你非要在我们这儿找出什么吗？"

牧民直摇头："不应该呀，它应该来过你们这儿。"他放牧多年，羊走到哪里他就看到哪里，从来都不会错。所以，他便这样说，他的话虽然不是石头，却很硬。

肖凡对牧民说起羊丢失前一晚的那只鸟叫，以及当晚对方国提起的羊群越界的事。牧民一听睁圆了眼睛说："对呀，那只鸟叫，也可能是因为我的羊叫啊！"

肖凡让牧民继续分析："我的羊一定是被那只鸟儿的叫声惊吓，跑到边界线上去了。"

肖凡说:"巡逻的战士没有发现边界线上有一只羊的蹄印。"

牧民说:"我去找找,一定能找到它的蹄印。"

肖凡叮嘱牧民:"在适当的地方停止,不能接近边界线,更不能越界。"

牧民应了一声,走了。

李小平的心收紧了,好像那牧民正走向事实,他这么多天来极力隐藏的羞耻,很快就会被一览无余地揭露出来。他想向肖凡说出真相,但看到肖凡就想到了全连。如果他把事情真相说出来,多尔玛边防连评"昆仑卫士"就会受影响,甚至会被一票否决。那样的话,自己就成了全连的罪人。李小平一阵懊悔,窟窿是碰不得的,你本以为把它的口子封死了,不料它却还有更多的口子,到最后就会顾此失彼,无法把控局面。

肖凡发现李小平脸色不对,便问李小平:"你怎么啦?在这儿站了一会儿也有高原反应吗?"

李小平忙说:"不知道怎么啦,突然就头晕。"

肖凡让李小平回去休息,李小平转过身往回走,脚步一晃差一点摔倒。肖凡以为他的高原反应很厉害,便扶住他。他装出头晕的样子,慢慢走回班里。

肖凡扶李小平躺下。李小平的头不晕,却很疲惫。这一段时间,他一直在不安中挣扎,目的是为自己建起一道遮掩羞耻的墙,但是当他把那道墙建起来后,才发现它比他想象的更高大,也更坚厚。他为此欣喜,但又失落,那堵墙在遮掩他的时候,又变成了对他的禁锢,把他偶尔生发的良知压在黑暗中,一点也不敢见光。现在,随着这位牧民的到来,他觉得那堵墙要塌垮了。他已经没有了挣扎的力量,心里一阵惶恐，全身便无比地疲惫。他被自己折腾得没有了力气，只想闭眼睡过去。但是他又没有睡意，他怕一觉睡过去，等到醒来他的羞耻将被看见。到时候他怎么承受得了？他一阵懊悔，当时鬼迷心窍，一心想着隐瞒一只羊的蹄印，谁知道事情会发展到这一步，而且时间一长，想挽回也无能为力了。他觉得脸上有冰凉的感觉，一摸，才知道自己流泪了。他用手擦去泪水，头一阵晕。这次是真的头晕了，而且比任何一次都厉害，以致他觉得房屋在旋转，从窗户里透进的光，像刀子一样刺痛了他的眼睛。他闭上眼睛，睡了过去。

天很快黑了，李小平睡得很沉，没有醒来。

他做了一个梦，那只羊又在梦中出现了，却一动不动，就那样看着他。他已经被折磨得没有了力气，所以没有去抓那只羊，只是看着它，看它会往哪里走。那只羊也看着他，好像要看他干什么。他忍不住内心的酸楚，便对羊说，你已经害得我没有一点力气了，我哪里还有力气抓你，你爱干什么就干什么吧。羊没有反应，就那样看着他。他急了，又对羊说，你的主人来找你了，他是一个很厉害的牧民，他一定能找到你。羊眨了几下眼睛，好像认同他的话。他绝望了，牧民和羊之间如此默契，他再也遮掩不了自己，就等着无地自容吧。但是他发现羊在流泪，泪水从双眼中涌出，在眼帘上湿成一片。他突然想起来了，不对，这只羊肯定已经死了，现在出现在他面前的，只是它的灵魂。羊的灵魂在哭，看来羊的心里也有痛苦。他一阵后悔，是他害死了它，如果当时及时说出它的行踪，一定会被人们重视，一定会把它找回来。但是因为他的私心，它被推上了绝路，暴毙于荒野，或丧命于狼口。它很委屈，就在梦里来找他了。但它是羊，无法开口对他说话，所以一次又一次与他纠缠，在梦里，一人一羊，一直没有结果。现在，这只羊的死亡就是结果，他看得清清楚楚，他心痛。但是因为是在梦里，他仍然不知道该如何是好。又一阵心痛，他被痛醒了。梦告诉了他一切，他更加难受，脸上又有了冰凉的感觉。他知道自己又哭了，但没有去擦泪水。

肖凡进来，看见他醒了，叫他起来吃饭。吃饭的间隙才知道，现实在等着他醒来，要告诉他一个更痛苦的事实。原来，那位牧民在去边界线寻羊的半途，不小心迷失了方向，在翻越一座山冈时掉下去摔断了腿。肖凡很后悔，如果派两名战士陪着那牧民去，也许不会出这样的事。

于公社说："那位牧民的经验那么丰富，怎么会迷路呢？"

肖凡说："人一天有三迷，任何一迷都能让人乱套。"

李小平在一旁听着，觉得连长在说那位牧民，也在说他。他当时就是因为心迷了，才做出了让他后悔莫及的事情。

肖凡说："那牧民的腿一断，那只羊到底是怎么回事，他也就不再关心了。"

于公社说："如果我们发现那只羊的蹄印就好了，当时就可以判断出它的去向，也可以把它及时弄回来。"

肖凡说："是啊，那样该多好。"

于公社问连长："那只羊会去哪里呢？"

肖凡说："那位牧民那么有经验，都判断不出它的去向，我们就更判断不出它的去向了。"

于公社又问肖凡："会不会越界跑到对方国了呢？"

肖凡说："不会，如果越界跑到对方国，对方国早就提出会晤了。"

于公社又问："会不会被狼吃了？"

肖凡说："如果被狼吃了，那位牧民会闻出味儿，会找到骨头渣子。他找了那么多地方，都没有一丁点那只羊的足迹，这个事情真是蹊跷。"

大家都感叹，那只羊为什么就没有留下蹄印呢？

有战士说："是那只羊的蹄印太神秘，害死了那只羊。"

又有战士说："是那只羊太神秘，害了那牧民。"

肖凡说："一只羊的事小，没想到却使牧民摔断了腿，这件事真让人揪心。"

李小平心里一痛，很想对肖凡说出实情，但是在一瞬间，他又觉得自己好不容易建的那堵墙，再次为他遮掩住了羞耻。这次的遮掩与以往不同，让他觉得轻松。只有他知道那只羊是怎么回事，但正如肖凡所说，那牧民的腿一断，就再也不关心那只羊了。从此以后他再也不用担惊受怕，就让那件事烂在肚子里。

之后的几个月，李小平再也不去想那只羊，那只羊也没有再在他梦里出现过。李小平想，我不仅杀死了羊，还杀死了羊的灵魂。

李小平也经常想起那位牧民，心里一阵一阵地痛。他觉得自己不仅杀死了羊，还推着那位牧民往大雾中去。他原以为雾越大，就会把事实遮掩得越严实，不料大雾并不听从他的安排，又制造了一个谎言。要想把一个谎言捂住，就得制造十个谎言。李小平心里像是压着石头，不知该怎么办。

去给肖凡说出实情吗？

他没有勇气。

去给那位牧民说出实情吗？

事情到了这一步，他在自己给自己制造的大雾中已无法回头。再说了，他是连队的一员，说出实情，就不是他一人的事情了，连长和全连人都会被牵扯进去，到时候就更不好办了。他想起遮掩了他很多天的那堵墙，觉得不能没有那堵墙，否则很多事情就会塌垮。

一天，李小平巡逻时经过那位牧民的家，进去看了看。那牧民是家里唯一的依靠，他的腿断了，家里没有人挣钱，生活成了问题。不仅如此，因为没有人放羊，家里的羊今天丢一只，明天跑一只，几个月下来只剩下了五只。女主人一咬牙把五只羊都卖掉了，换回了能吃到入冬的粮食；但是入冬后怎么办，他们一筹莫展。李小平安慰了女主人几句，默默出门，默默走了。

回到多尔玛边防连，李小平接到通知，留守处机关要调他去工作，这几天就下山去报到。

当天晚上，李小平做了一个梦，那只羊没有进入梦里，但那串羊蹄印却无比清晰地出现在了梦里。他不愿看见那串羊蹄印，他已经躲避了这么久，现在要走了，躲一躲也就过去了。但是那串羊蹄印却追着他不放，他走到哪里，那串羊蹄印就在哪里出现，好像只要他的双脚踏在地上，只要他有影子，那串羊蹄印就会咬住他不放。他惊恐慌乱，从边界线往回跑。跑了一会儿，他以为甩掉了那串羊蹄印，但低头一看，还在。他垂头丧气地说，都这么长时间了，你就放过我吧！但是没有用，那串羊蹄印像钉在他脚边一样，始终都在。他很着急，也很恐惧，我要走了，难道你要跟着我回去吗？这时刮来一场风，不大，却很冷，他被冻得瑟瑟发抖。这一发抖，他醒了过来，发现自己没有盖被子，是被冻醒的。

第二天，连里会餐，为李小平送行。

大家纷纷互道珍重。李小平在年底就转业了，与他在多尔玛这一别，可能再也不会见面，所以这一刻很揪心。在部队的艰苦、忍耐、得失和无奈，都一一涌上心头，让老兵声音哽咽，新兵默默无语。于是，所有的话都像是说了，又像都没说。

李小平心不在焉，他总觉得那只羊，还有那串羊蹄印在他眼前晃动，好像与他之间的关系永远都不会结束，他走的时候，会尾随在他身后，不论他走到哪里，都会死死跟着他。他看到肖凡向他走过来，突然想对肖凡说出实情。但肖凡拍了拍他的肩膀说："咱们在昆仑山上当兵的人，在离开的时候，不论是好事，还是不好的事情，都要装一肚子，否则就在昆仑山上白待了。"

李小平到了嘴边的话，一犹豫咽了下去。

肖凡问李小平："还有没有什么需要我帮你解决的？"

李小平说："没有。"说完，他心里一阵难受，叫了一声，"连长……"

肖凡回过头："你有事要说吗？"

李小平说："没有……"

这一晚，李小平一会儿睡着了，一会儿又惊醒，反反复复，醒来已是第二天早晨，到了真正离开的时候。复员的人出了连队大门，他们的眼圈都是红的。

几天后的一个早晨，还不到起床时间，战士们突然被惊醒，待侧耳一听，外面传来模模糊糊的叫声。是什么，这么早就在外面叫？大家想起前不久的那只鸟叫，还有牧民至今也没有找到的那只羊，便想，莫不是那只羊越界东跑西跑，又跑了回来？他们想听听，借以判断出那叫声是羊发出的，还是别的动物发出的。那叫声却再也没有响起，像是有一只手突然伸过来，就捂住了发出声音的嘴。为什么只模模糊糊叫了一声？又是什么及时制止住了那叫声？

战士们起床出门，看见李小平牵着一只羊，站在连队门口。

21

丁一龙上山回到多尔玛边防连后，听说了李小平的事。李小平把那只羊交给连队，连队转交给了那牧民的家人。李小平早就有了给那牧民赔羊的想法，但多尔玛买不到羊。他到乡上后买了一只羊，连夜送到连队，交接完后又返回乡上。直至踏上去军分区的路途，李小平才意识到自己真的要离开汽车营的战友了。他想对着多尔玛边防连所在的方向敬一个军礼，却觉得右胳膊很沉重，没有力气举起。他的胳膊软软地垂下，眼泪落了下来。

丁一龙对肖凡说："连长，我在这件事上有责任。当时是我带的队，而且李小平把事情如实告诉了我，但我没有向您汇报。"

肖凡问："你为什么没有汇报？"

丁一龙说："当时还不知道羊是不是越界了，我和李小平都觉得会背处分，所以产生了隐瞒心理，觉得少报一只，处分就会轻一点。后来我们二人因为饥饿而头昏脑涨，回到连队就躺倒了。等到清醒过来，连里已经把情况上报了。我错了，给我怎样的处分，我都接受。"

肖凡没有想到，一只羊的蹄印居然隐藏着这么多的内幕，那位牧民的腿已经断了，那只羊也不可能再找到，一切都已无法挽回。

连里弥漫着低沉的气氛。

肖凡在中午开饭前，做了一次动员。他说："咱们守边防的人，哪怕吹过一阵风，飘过一片树叶，飞过一只鸟，都要小心观察，弄清楚它的去向，看到它的结果。但是我们却忽略了一只羊在边界线上的蹄印。不，不是忽略，而是隐瞒不报，导致这件事直到现在也没有结果。在这件事上，我首先要负责任。"

队伍中的丁一龙垂着头，呼吸粗重，身体晃了几下。

那顿饭，丁一龙没有吃。再过几个月就下山回汽车营了，别人都会为这次上山而自豪，只有他抬不起头，不知什么时候才能解脱。

第二天，连里要派出一个巡逻队出去巡逻。这几个月，巡逻一直在持续。只要昆仑山在，只要边界在，边防军人的巡逻就会持续。

丁一龙提出让他带队，肖凡同意了。其实这次巡逻除了到达必须要到达的点位外，还有另一个任务，是去寻找那只羊的下落。哪怕它已经变成一堆骨头，或者在狼口之下只剩下皮毛，也一定要找到，因为只有这样才能确定它是否越界。

这是必须完成的任务，也是弥补过失的唯一办法。

丁一龙担心肖凡不会让他去，但是肖凡同意了，他很高兴。

巡逻队很快就出发了。

必须要到达的点位，还是丁一龙和李小平去过的那个地方。怪就怪他和李小平隐瞒了那串羊蹄印，让一件小事酿成了大错。李小平已经下山了，而丁一龙则陷入这个旋涡中心，似乎能挣扎走出，又似乎在迅速下坠。不管怎样，事情还没有结果，只要拿出真诚，就一定会水落石出。

上路后很快就走远了，没有人回头，因为这样的巡逻每个月有两三次，大家都已经习以为常。但丁一龙回头看了一眼，连队变小了，那几座房子甚至有些模糊。他转身继续往前走，连队在身后越来越远，也越来越模糊。

他们走的仍是通向边界线的路。上次走在这条路上时，羊群越界的事还没有结果，丁一龙心上像压着石头。现在，羊群越界的事有了结果，丁一龙心上仍然压着石头，而且比上次还沉重。他想，不能躲事情，你如果想躲过一件事，它反而会缠着你，让你无处躲藏，直到最后变成大石头，把你压垮。

丁一龙下意识地耸了耸肩，似乎要扛住什么，又似乎什么也扛不住。他向远处看了一眼，想判断边界线还有多远，但是太远了，什么也看不出来。"看不出来"是边防连战士的习惯用语，经常用于对巡逻远近的判断。丁一龙希望在半路能看到那只羊的踪迹，最远也要在边界线这边。如果在边界线那边，就是越界，麻烦就大了。不过，他不抱任何希望，时间已经过去了好几个月，那只羊怎么还能够在野外活着呢？即便是死了，也早已被别的动物吞吃得干干净净，不可能留下什么。但是还得继续找，哪怕这一趟一无所获，也要找上一遍，否则无法给上面上报情况。

丁一龙这样想着，脚步快了一些。

其实大家都走得不快，缺氧和高原反应在折磨着他们，走快了，痛苦就会加重，等于自己折磨自己。

丁一龙心急，很快与大家拉开了距离。

一位战士在丁一龙身后叫："丁班长，你走这么快干什么？不怕高原反应吗？"他的声音有些颤，听得出仅仅说了这句话就开始气喘。

丁一龙放慢了脚步。

是啊，急什么呢？这么远的路，一时半会儿又到不了，走这么快，不一会儿就会被累趴下。其实，丁一龙想尽快赶到边界线，如果有羊蹄印，就能判断出它是否越界；如果没有羊蹄印，也就没有了结果。事情虽然没有了结果，但他必须承担后果，因为李小平在当时看见羊蹄印了，这个事实不容改变。

丁一龙停下来等后面的人，他是班长，要注意维护秩序，给大家带好头。

他无意间往远处一看，吃了一惊。天很晴朗，但不远处有灰蒙蒙的迷雾，在慢慢向这边移动。不会是沙尘暴吧？他盯着那迷雾细看。那层灰蒙蒙的形状，从远处看以为是迷雾，但到了跟前就变成了沙尘暴。他曾遇到过这样的情景，所以对此坚信不疑。

丁一龙越看越紧张。

战士们都跟了上来，也都看见了那灰蒙蒙的迷雾。一位战士疑惑地说："昆仑山上一年也就刮一次沙尘暴，怎么就让我们给遇上了？"

另一位战士也疑惑地说："往年都是六月刮沙尘暴，今年怎么提前了？"

丁一龙一阵迷茫，沙尘暴一刮，羊蹄印就更不好找了。本来羊蹄印的事就像被遮在雾中，倏忽一闪，似乎要变得清晰，但风一吹雾一动就又模糊了。现在，则是比雾厉害百倍的沙尘暴，羊蹄印陷进去，不知会不会被吞噬，会不会彻底消失。

一位战士说："要不我们返回连队吧，沙尘暴一来，什么也看不见，而且还会有危险，等沙尘暴过了再出来巡逻也不迟。"以前有过这样的事，遇到沙尘暴，战士们就及时撤回，这位战士的提议不无道理。

大家都看着丁一龙，等他拿主意。丁一龙说："你们先回，我在这儿等一会儿。"

大家劝丁一龙一起回。丁一龙决心已定，以班长的名义命令大家返回。大家便一脸疑惑，转身走了。

四周安静了下来。

丁一龙看了一眼脚边的影子，苦笑了一下说："从现在开始，除了影子，再也没有什么能陪伴我了。"说完，他又看了一眼远处，那层灰蒙蒙的迷雾变得厚重了，刚才还能看见的山冈，现在已被遮蔽得不见了影子。而且那迷雾向这边弥漫的速度也加快了，好像刚才的它是一只蛰伏的豹子，现在要一跃而起，向这边猛扑过来。

丁一龙的脚步颤了一下。他要和沙尘暴赛跑，在它到达之前，先赶到边界线跟前去看看，哪怕只看一眼，看看能不能看到羊蹄印的踪迹。这样的跑无比重要，就像羊蹄印在前面飞，他在后面追，追上一把抓住，就扭转了局面，追不上抓不住，就只有认命。

丁一龙加快步子向前跑去。其实在昆仑山上不能快速奔跑，否则会有危险。丁一龙当然知道其中的厉害，但他要跑，他觉得他能跑到边界线跟前去，至于沙尘暴，他也觉得能把它甩在身后。丁一龙边跑边看那道沙尘暴，它似乎在动，又似乎不动。他喃喃自语："你最好不动，那样的话我就能跑在你的前面。"说完，他又苦笑了一下，沙尘暴又没有耳朵，它能听见你说话吗？

他跑得太快，气喘得很厉害，不得不停下休息。

远处的沙尘暴似乎仍然不动。丁一龙又喃喃自语："我已经甩开你一段距离了。"不过他觉得还是不要对沙尘暴说话，万一它听到了，或者感觉到了，一发脾气猛地扑过来，自己刚才的奔跑就白费了。

歇了一会儿，丁一龙又往前跑。他边跑边想，自己刚才的想法都不对，沙尘暴一定在移动，只不过因为昆仑山太宽阔，自己感觉不到它的移动罢了。

心静下来了，就跑得从容了很多。

其实丁一龙一直在喘气，头也有些疼，但他能扛住，所以心里是轻松的。在昆仑山上，只要人的心里是轻松的，再大的苦也能吃，再难的事也能做。

丁一龙正跑着，突然脚下一滑，摔倒了。是一块石头绊了他一下。他爬起来，环顾四周，这里离边界线还很远，不知道有没有力气跑到边界线跟前去。他又喝了一口水，站起来往前走。刚才把腿摔疼了，他只能慢慢走。

恐惧像洪水一样冲毁了他的挣扎。他揉了一下疼痛的额头，又努力把口腔中的咸涩味道吐出。

之前休假下山回到留守处后，他才知道妻子宁卉玲前段时间都在忙着帮一位要结婚的副连长收拾房子。他给妻子宁卉玲说起在山上巡逻时发生的事，宁卉玲听完什么也没有说，只是用复杂的眼神看着他，然后就哭了。在山下的一个月，宁卉玲一直躲避着不提这件事，以致他们之间很少说话。宁卉玲比丁一龙更迫切，也更清楚丁一龙再熬几个月就会转业，如果他出个什么意外，还能不能顺利下山，能不能回到她身边？比起丁一龙的忧愁，她更多的是害怕。临走的那天，她给丁一龙收拾衣服，手一抖，衣服便掉在了地上。那一刻，她的眼泪下来了。而丁一龙觉得被什么刺了一下，心就收紧了。上山的路上，丁一龙一路沉默，直到看到多尔玛边防连的那一刻，他才意识到自己是昆仑山的兵，应该把实情告知连长。但是他没有想到，事情已经昭然若揭，他已没有了坦白的机会。回到班里,他提在手里的包掉了,那里面装着妻子给他准备的衣服,在山下曾经掉落到了地上,现在又掉了一次。丁一龙把包捡起,心里一阵酸。

现在在巡逻路上,丁一龙心里仍然一阵酸。不过他的脚步没有停,尤其是脚步一快,就把心里的那股酸压了下去。

突然,一阵巨响像一块石头一样砸了过来。丁一龙一愣,以为自己又摔倒了,那巨响并不是石头砸过来的声音,而是像自己摔倒后,自己的身体摔出的声音。但是身上一点也不痛,自己并没有摔倒,那声音是从哪儿发出的呢?头晕和胸闷越来越强烈,丁一龙这才知道自己又出现高原反应了。

光线一下子暗了下来,先是远处的雪山模糊了,接着脚下的沙子和石砾也变得朦朦胧胧,像是要飞升上天,又好像要陷入地底下去。不仅如此,像石头一样砸过来的声音,陡然大了起来,他的耳朵一阵生疼。

怎么啦?

丁一龙的头更晕了,胸更闷了。他想看清是怎么回事,但最后的一丝光亮闪了一下,在迅猛旋转而来的黑暗中不见了。

巨大的黑暗像一张嘴,吞没了一切。

丁一龙明白了,沙尘暴来了。这个意识仅仅在脑子里一闪,他就觉得自己被什么一击,浑身先是一阵剧痛,然后又软弱无力,什么也不知道了。

沙尘暴像一只摇头摆尾的巨兽,在近处看不到它在动,但是在远处看,就会看见它在迅速移动。它看上去像一张大嘴,把所到之处一口吞没,然后又往前蹿动。

丁一龙被卷到一个沟渠边,碰到一块石头停了下来,也醒了过来。眼前是黑暗,什么也看不见。先前像石头砸的声音,这时候变成了吼叫,好像有一个大嗓门贴着他的耳朵,不把他吼聋不罢休。

人在沙尘暴中,耳朵会被弄聋,眼睛会被弄瞎。最可怕的是,一不小心就会被裹入死亡深渊,再无生还机会。

虽然情势危急,但丁一龙的意识很清醒。他知道在沙尘暴中要待在一个地方,最好用衣服捂住头,以免沙子进入眼睛和鼻孔。他摸到一块石头,心中一喜,沙尘暴再厉害,也不至于把石头也吹走吧?他脱下上衣捂住头,然后抱着石头挨时间。

有沙子落在身上,一阵怵然感,但不痛。丁一龙一动不动,任凭沙尘暴弥漫,只要沙尘暴刮不走他,别的都不怕。但是很快就有一块石头砸在了他腿上,一阵钻心的痛。他忍不住叫了一声。但他只是低声叫,加之又用衣服捂着头,那叫声只在他嘴里呜噜了几声,并未出口。他苦笑了一下,这么大的沙尘暴,哪怕自己叫得再大声,又有什么用呢?除了他,沙尘暴中不会有别人,更不会有人来救他。

沙子一直往身上落着,丁一龙想爬起来往外走,但只是这样想,手却不愿意松开石头。如果松开,随时会被沙尘暴刮走。丁一龙记得有一位战士遇上沙尘暴,他因为害怕,便拼命往前跑,结果迷了路,被沙尘暴裹了进去,等到战友们找到他时,他满口沙子,几乎窒息。他被救下来后,只要听到沙尘暴三个字,浑身就忍不住发抖。人抗不过沙尘暴,也躲不过沙尘暴,除了忍受,没有别的办法。

丁一龙深知此道理,所以他用手抓着石头,不敢松开。一旦松开,他就会变得比一根草还轻,风马上就能把他吹走。

突然,丁一龙觉得身上重了。

是沙子在身上落了一层吗?

又一股沙尘暴刮来，丁一龙身上轻了。他一阵欣喜，沙尘暴能把沙子刮到自己身上，就同样能够刮走。但是又有一股沙尘暴刮了过来，他身上一下子被压上了什么，而且还一阵生疼。他一惊，沙尘暴能把石头刮得飘飞，自己可能被石头砸中了。他动了动腿，不疼，但很重。是多大的石头砸中了自己，居然如此沉重？他想伸手去摸摸，但是不敢松开石头。身上越来越沉，压得他喘不过气。他的头也疼起来，间或还夹杂着眩晕。他觉得自己好像在下陷，虽然他断定趴伏的地方很瓷实，但是好像裂开了一个无形的口子，他在一点一点陷入，要沉入巨大的黑暗中去。

他想抓紧石头，只要手不松开，就不会有事。但是他脑子里的意识越来越模糊，身体也越来越软。终于手一松，放开了那块石头。

蒙在头上的衣服飘飞而去。

他看见昏暗中有沙子在飞，飞着飞着，就幻化出了妻子宁卉玲的身影。"卉玲……"他叫了一声。妻子好像听见了他的叫声，回过头对着他笑了一下。他看出了妻子的意思，她用只有他们二人习惯的方式在问他，那只羊找到了吗？你一定要找到那只羊，不光对连队，也对你自己有一个交代。他想伸出手去拉住妻子，告诉她这么大的沙尘暴，是很危险的，你赶紧离开。

但是又一股沙尘暴刮来，妻子的微笑一闪便不见了。

他伸出的手软软地落下。

很快，他全身都软了。

最后，他仍然想弄明白，砸在身上的是怎样的一块石头，一点也不疼，却让他一下子就软成了这样，连叫一声妻子名字的力气也没有了。沙尘暴刮来刮去，闪出一团暗影，重重地裹过来。他恍恍惚惚好像看见是一只羊,紧紧抓住后便什么也不知道了。

第二天,沙尘暴停了。

战士们找到了丁一龙。他已经虚脱,但他仍抱着一只羊尸,双手几乎抠进了肉中。战士们给他喝了几口水,他才缓了过来。他的手指头松开羊尸时,发出几声脆响,像是他说了一句什么话。

大家终于知道,丁一龙在沙尘暴中发现了那位牧民的那只羊,它因为沙尘暴死在了这里,现在只剩下一具羊尸。他很高兴,羊尸在这儿,证明那只羊在当时并没有越界。

那一刻,他释然了。

然后,在肆虐的沙尘暴中,他紧紧抱着羊尸,再也没有松开。

22

一个多月后,李小平因为执行任务下了昆仑山,他看见"零公里"路边的那家拌面馆,便走了进去。他到年底就复员了,趁现在有机会再吃一次拌面吧。以前每次从昆仑山下来,都要在这家拌面馆吃一顿拌面。

昆仑山上的兵,长年只有土豆、萝卜和白菜老三样供应,很难做出可口的拌面,所以军人们在上山时吃一次拌面,直到几个月或一年后下山,才能又吃上一次。李小平与所有汽车营的兵一样,已养成习惯。

饭馆里的光线有些昏暗,李小平揉了揉眼睛,适应了过来。但他发觉自己的手上有湿意,遂反应过来,他的眼睛在刚才又湿了。他又揉了一下眼睛,向靠窗的一个位置走去。

他的眼睛又一阵湿,他这次没有去揉,只是用手去擦了擦,就坐下了。

此时的李小平,心情刚由悲转喜。今天早上,他听到了丁一龙找到那只羊尸的消息。他激动得哭了,但很快又笑了,眼睛像蓄满了水的湖泊,泪水一次又一次地往外涌。

剧情大反转,他和丁一龙并没有犯大错,这是最好的结果。

窗户上透进的光,在餐桌上弥漫开一团光亮,好像要把暗影压下去,又好像要被暗影淹没。天气变化得快,窗户上的光很快就暗了,饭馆里也随即变得昏暗。服务员向李小平走来,模糊的暗影把他裹了进去。李小平恍惚把他看成是班长丁一龙,又好像是连长肖凡。待他走近,才发现是服务员。

服务员看了一眼李小平,问:"吃饭吗?"

李小平皱了皱眉头:"不吃饭来干什么?"

服务员也皱了一下眉头:"今天不营业。"说着一摊手,意思是让李小平看看,店里没有一个吃饭的人。

那就不吃了。李小平准备起身离去,却隐隐听见后堂有女人的哭声。这时,从后堂走来一个人,看见李小平穿着一身军装,便问:"我是这个饭馆的老板,请问你有什么要求?"

李小平听见后堂的哭声仍在持续,便说:"既然你们不营业,我就不打扰了。"

饭馆老板扭头向后堂看了一眼,像是要掩饰什么似的苦笑一下,对李小平说:"既然来了,想吃什么就说吧,我们这儿什么都有。"

李小平想说要吃拌面,后面又传来哭声,便犹豫着没有开口。

饭馆老板急于掩饰从后面传来的哭声，便说："说吧，不要客气。"

一直站在一旁的服务员有眼色，见老板对李小平如此客气，便把菜单递给李小平。

饭馆老板问李小平："你是从昆仑山下来的吧？"

李小平点头称是。

后面的哭声好像一下子大了起来。

李小平问饭馆老板："后面有人哭得很伤心，我在这儿吃饭，会不会不合适？"

饭馆老板摇摇头说："不影响……"他还想说什么，但一时说不出来，便沉默了。

李小平对服务员说："太暗了，能不能开一下灯？"

服务员说："就你一个人，开灯太费电。"

饭馆老板扭头对服务员说："把灯打开。"

服务员有些疑惑，还是打开了灯，然后指着菜单对李小平说："吃什么？请在这上面点。"

饭馆老板去了后面。门打开时，后堂的哭声陡然大起来，门关上后，那哭声又小了下去。

李小平看见饭馆老板进门后，迅速关上了门，所以那哭声不是又小了下去，而是被关上的门隔断，只传出很小的声音。

李小平不好再看，也不好说什么，便拿过菜单点菜。他对别的菜不看，只看拌面那一栏。这是一家以拌面为主的饭馆，有西红柿炒鸡蛋拌面、蘑菇肉拌面、茄子肉拌面、羊肉皮牙子拌面、韭菜肉拌面、白菜肉拌面、土豆丝拌面、蒜薹拌面、豆角肉拌面、辣皮子肉拌面、过油肉拌面、辣子鸡面、毛芹肉拌面、辣子肉拌面、椒麻鸡拌面、大盘鸡拌面、酸菜拌面等。即使连续一周在这儿吃拌面，拌菜也不会重复。拌面，也就是新疆人常说的拉条子。如果细分的话，拉条子则应该专指抻出的面，不包括另外炒出要拌入拉条子的拌菜。如果把拌面都叫拉条子，那么就会让刀削拌面、手擀拌面、挂面拌面混淆不清。拉条子的做法多年不变，一直是把抻好的面煮熟盛入盘子，拌上菜就可以吃了。服务员上拉条子之前，便已上了拌菜。拌菜是用小碗装的，大多是满满的一碗，食客将拌菜倒在拉条子上，用筷子来回拌数次，菜汁浸入面中，就可以吃了。吃拌面需用盘子，否则不易搅拌。也有餐厅用碗盛拌面，但必须是那种敞口的大碗，使用舒适度与盘子别无二致。以前的新疆人吃拌面，有"大半斤"或"小半斤"之分。饭馆的拉条子每盘大约半斤，食客的饭量大就来一份"大半斤"，饭量小则来一份"小半斤"，二者仅在多少上有区别，拌菜始终都一样。食客根据口味喜好，可要求煮熟的拉条子过水或不过水。不过水者是"然窝子面"，吃"然窝子面"需要快速将拌菜拌入拉条子中，若慢了会使面粘在一起。新疆人将"粘"称之为"然"，粘在一起便说成是然在一起。"然窝子面"的优点是保持面的柔软，吃起来舒适。另一种用水过一下的拉条子则叫"过水面"，其特点是经凉水浸一下后变得筋道、柔滑和细腻，吃起来口感颇为爽滑。"过水面"的水很重要，有的人直接用自然生水，肠胃不好的人吃了会有麻烦，正宗的过面水是将水烧开放凉，然后过面便无碍。

　　李小平点了两份拌面。

　　服务员有些诧异："我们的拌面分量足，一个人点一份就够吃了。如果不够，可以免费加面。"

　　李小平知道在新疆吃拌面可以免费加面，此为从托克逊县延伸的传统。托克逊是去南疆的必经之地，南来北往者大多是开车的司机。为了让他们吃好后有精神跑长途，饭馆老板便为他们免费加面，久而久之在整个新疆形成加面的传统。但是他心意已决，便对服务员说："就点两份，麻烦你们上吧。"

服务员一脸疑惑地去了后堂。

后堂的哭声一直没有停。

饭馆老板从后堂出来，在李小平对面坐下，问李小平："你点了两份拌面？"

李小平点头称是。

饭馆老板说："能理解，而且这样的事不少。有一个战士从昆仑山下来到零公里，让饭馆老板做三份拌面，老板说如果面不够可以免费加面，不必一次点三份。他说不是加不加面的问题，而是太想吃拌面了，哪怕一份只吃几口也要来三份。于是老板给他上了辣皮子肉、土豆丝和过油肉三份拌面，他逐一品尝，面露欣喜之色。"

李小平笑笑说："这件事我听说过。"

饭馆老板脸上浮出吃惊的神色："你听谁说的？"

李小平说："这件事我听丁一龙说过，他是我的班长。"

后堂的哭声一下子又大了起来。

李小平不知道后堂的女人为何哭泣，便默默坐着等拌面上来。外面愈加昏暗了，饭馆里虽然灯光明亮，但还是有些昏暗。那女人的哭声一直在持续，间或大起来，还夹杂着啜泣。但很快就又小下去，只传来低低的呜咽。李小平想，可能是饭馆老板在劝那女人，她被劝住了，哭声就小了，但过一会儿悲从中来，就又哭了起来。

拌面还没有上来，李小平想，后堂一定乱了套，可能顾不上给他做拌面。他想起身离开，又觉得饭馆老板是好人，不好意思就这样离开。于是他默默坐着等，哪怕后堂真的顾不上给他做拌面，老板一定会给他说一声，那时候再走，不伤情面。

过了一会儿，饭馆老板出来了。门一开一合，没有再传出那女人的哭声。饭馆老板走到李小平跟前说："拌面稍慢一点，麻烦你再等等。"

李小平点点头，示意饭馆老板坐。

饭馆老板坐下说："前面说的那个一下子点了三份拌面的战士，就是我。"

李小平一愣："你也当过兵？"

老板说："当过，而且也在昆仑山上。"

李小平一笑，起身和老板握了一下手。他觉得很多事情一下子近了，又好像一下子远了。近了，是因为遇上了在昆仑山上当过兵的战友；远了，是因为很多事情已成为往事。

老板说："在昆仑山上当兵的人，不管是上山，还是下山来吃拌面，我都很高兴。"

李小平说："你这个饭馆，就是专门为昆仑山上当兵的人开的。"在这样的位置开饭馆，生意一定会受影响，但这位老板却一直坚持了下来，其目的不是挣钱，而是给上山下山的军人提供方便。

老板说："我复员以后，先是在这个饭馆打工，后来就把这个饭馆盘了下来。你说对了，我就是为了让昆仑山上当兵的人来吃拌面。"

李小平有些好奇："你为什么这样做呢？"

老板说："有一年上昆仑山前，我和一位战友来这个饭馆吃拌面，吃完后相约，下山后一起来这个饭馆再吃一次拌面。但是他在昆仑山上因为感冒引起肺水肿，没有得到及时医治便去世了。我下山一个人到这个饭馆要了两份拌面，一份是我的，一份是他的。但我难受得吃不下去，最后把两份拌面都剩在了桌上。"说完，他沉默了。

拌面终于端了上来。

李小平看见服务员端拌面上来时，那门是从里面打开的，等他出来，那门又从里面关上了。

两盘拌面摆在李小平面前，他拿起筷子，准备开吃。

后堂又传来那女人的哭声。

饭馆老板这时也哽咽着，对李小平说："我儿子丁一龙也喜欢吃拌面，昨天听说他在多尔玛边防连出事了，不知是死是活。如果他这次没事，下山后一定让他好好吃一顿拌面。"

李小平问饭馆老板："丁一龙是你儿子？"

饭馆老板说："是我儿子。"

李小平一愣，马上说："我刚才得到消息，虽然丁一龙班长遭遇了沙尘暴，但是有惊无险，人没事。而且他在最后找到了那只死了的羊，证明它没有越界。他目前在多尔玛边防连休养，过一些日子就好了。"

丁一龙的父亲对着后堂大叫一声："别哭了，儿子好着哩，没事。"一直在后堂哭的女人，是丁一龙的母亲。

后堂的哭声陡然停了。

第七章　生命禁区的树

23

时间过得很快，转眼又到了十月份，昆仑山渐寒，汽车营在多尔玛已接近一年。

汽车营复员老兵准备离开多尔玛下山，老兵邓东兴也在其中。

邓东兴当了三年兵，第一年在留守处新兵营训练，别的新兵训练三个月，而他们则训练了五个月。之所以训练这么长时间，一是因为大雪封山还没有开路，他们上不了昆仑山。二是山上缺氧，他们要通过强化训练加大肺活量，以便上山后适应缺氧环境。邓东兴做好了上山准备，不料却被分配到了汽车营。

三年满了，到了复员的时候。

因为昆仑山遥远，山上的兵要提前一个月下山，在留守处休息一下，然后和山下的兵一起复员。刚上山时，邓东兴打算一天一天数日子，数到下山的一天，结束自己的军旅生涯。但是半年前，邓东兴突然就不数日子了，反而希望日子过得慢一些，最好把复员时间推迟。

这得从多尔玛的寸草不生说起。

从那个站哨的夜晚说起。

那晚站哨，邓东兴本来无所事事地望着黑乎乎的一号达坂，但望着望着便被吸引过去。达坂上有一股黑色像暗流似的向下涌动，到了多尔玛便慢慢摊开，然后蠕动出好看的波纹。黑夜会有如此美妙的动感？邓东兴迷惑不已，仔细一看才发现，是夜空中的云朵在移动，从云朵缝隙漏下的月光，在大地上制造出了这样的光影。

昆仑山上的夜晚也很有意思！邓东兴感叹。

那地上的阴影突然移动起来，像浪花一样冲淹着地上的石头，然后又涌向两边的山壁。那山壁无比坚硬，一撞便把那阴影撞得四散开去，在地上扭动出一丛一丛的奇形怪状之物。是天上的云朵突然加快了流速，便让地上的阴影像是被风吹动一样，在神秘莫测地变幻。

邓东兴又感叹。

黑夜上演着无序的节目，那一丛一丛的奇形怪状之物，慢慢就变化出细密的枝干，还有浓厚的树冠，恍若有几棵树在夜色中现形。

树！

邓东兴一声惊叫，眼前仿佛真的出现了几棵大树。不，其实并没有树，是夜色中的光影在他面前幻化出一个启示：昆仑山应该有树。也就是在那个夜晚，邓东兴萌生了栽树的想法。如果在多尔玛栽一些树，春天来了发芽，最好还能开花，那该多好！

邓东兴被自己的想法吓了一跳。在不毛之地多尔玛栽树，这个想法太疯狂了，以至它一经在内心萌发，就像脱缰的野马一样。

邓东兴又想起田一禾也曾对他说过，在多尔玛栽几棵树是整个多尔玛乃至几代昆仑山战士们的愿望！

星星在邓东兴心里闪耀起来，他有了久违的轻松和愉悦。他很快意识到，自己该做一件事了。因为激动，他便怕心里的想法会像开水一样溢出来，就只是在心里想，不说出一个字。这种时候要稳住，要把激起来的热流降温，然后再慢慢烧，慢慢沸腾，那样才会一点一点实现愿望。

说干就干！邓东兴在几天后就弄来了一批树苗。

连长肖凡去军分区学习了，多尔玛暂时由副连长卞成刚负责。卞成刚问邓东兴："从哪里弄来的树苗？"

邓东兴说："买的。"

卞成刚很吃惊："从哪儿买的？"

邓东兴回答："托人从狮泉河镇买的。"

卞成刚又问："花了多少钱？"

"两百块钱。"其实花了一千块钱，邓东兴发现卞成刚不高兴，就少说了八百。这批树苗来之不易。邓东兴起初在乡上看到几根树苗，一问已被人订货，摊主死活不卖给他。他托人打听，得知狮泉河有一个花卉市场，有卖适应高原生长的树苗。帮他打听的人说，在狮泉河栽树都不容易活，更别说海拔那么高的多尔玛，恐怕栽十棵能活一棵就不错了。邓东兴较上了劲，栽十棵活一棵也不错，只要能活几棵，就有希望活更多。

卞成刚看了看树苗，又看了看连队周围光秃秃的山坡，皱起了眉头。在多尔玛这个地方，从来都没有栽活过树。以前有人曾试过，最后都死了，之后就再也没有人尝试了。现在，邓东兴又要栽树，能行吗？

邓东兴说:"副连长,树苗都买回来了,让我试试吧。"

卞成刚没有说话。

邓东兴便理解成卞成刚默许了他,于是要去栽那些树苗。卞成刚却拦住邓东兴说:"这个事,要给军分区汇报,你打个电话问问。"

邓东兴拿起那部已好长时间没响的电话,本以为打不通,结果一拨就通了。军分区领导一听多尔玛要栽树,就问:"条件容许吗?"

邓东兴说:"条件需要用事实证明,我们先栽下试试。"

军分区领导听出了问题,便问:"你们已经准备栽了吗?"

邓东兴说:"树苗已经买回来了。"

军分区领导笑笑说:"你这是先斩后奏。"

邓东兴说:"首长,在昆仑山这样的地方,闲着也是白挨头疼胸闷,还有高原反应的各种难受,不如干点什么事分分神,人也好受一些。比如栽树,大家知道要干这个事,都高兴得很。"

军分区领导又笑笑说:"那就栽吧,等你们的好消息。"

邓东兴连声说谢谢。

连队把栽树当成了大事,先是在连队后面选了向阳的地方,把沙子和砾石都挖开,然后从别的地方运来好土,精心铺好后,才栽上了那些树。树苗买来时已经泛绿,但不能长久干着,所以铺好土后马上就栽了下去。密密麻麻的树苗带出一派生机,让人浮想联翩。

栽下树,浇上水,希望就落了地。

很快,邓东兴栽树的事情在昆仑山传开,很多人都知道了他的名字,连队也因此受到上级表扬。

那部好长时间都没有响过的电话，突然响了。是军分区司令员打来的，肯定了邓东兴栽树的事。并说这就是昆仑精神，而且这种精神是边防战士从自己内心激发、用行动实践出来的。领导的这番话像一道光，荡去了多尔玛军人心头的阴影，然后就朝着光明的方向移动过去。那里有什么？有"昆仑卫士"的称号，还有在昆仑山上广泛传播的传奇。

司令员在电话中还说，昆仑山最缺什么？常人都以为是氧气，是好的生活条件。但昆仑山上的军人却不那样认为，他们认为昆仑山最缺的是抗争，是那种不屈于缺氧、不屈于高原反应，哪怕再难再苦，也要拼搏和抗争的精神。

接下来几个月，卞成刚没有给邓东兴安排别的工作，只让他照看那些树。

邓东兴的肩上好像压上了什么，他即使不吃饭也不忘记给树浇水，不睡觉也要守着树。但毕竟是寸草不生的昆仑山，栽下去的树苗不久就枯死了好几棵。邓东兴抚摸着那些枯死的树，哭了。

后来又枯死几棵。

战士们劝他："你已经在昆仑山上创造了奇迹，只要能活一棵，就是前所未有的奇迹。"

邓东兴摇头，他不想让任何一棵树死。

好在有三棵树活了下来。

邓东兴被高原反应折磨得病倒了，他躺在床上，每天都问身边的人："那三棵树的芽，今天长了吗？"

身边的人告诉他："今天长了一截，又绿又嫩，好看极了。"

邓东兴说："只要这三棵树长得好，不倒，我倒下也没有关系！军分区司令员在电话中说了，在昆仑山上栽树，是精神，更是荣耀。"

卞成刚看了邓东兴一眼，他想，正是邓东兴有这股犟劲，才栽活了树，这一点倒是很难得。

邓东兴默默在心里念叨，觉得肩上又压上了什么。很快就要复员了，走之前栽活三棵树，以后的多尔玛就有了绿色，战士们想家了，或者想山下的树了，就去看看那三棵树，心里会好受很多。甚至……邓东兴心里有一个想法在翻滚，但又被他死死捂住冒不出。少顷，他看见周围没有人，便忍耐不住兴奋，悄悄对自己说："甚至在以后，多尔玛的人看见这三棵树，就会想起我，我的名字将和这三棵树一起留在多尔玛。"说完，他的心一阵怦怦跳，红着脸去给树浇水。

之后，在连里人的眼里，邓东兴就是树，树就是邓东兴。

三棵树先是发芽，没过多长时间就长出了叶子。绿色的叶子挂在枝头，被风一吹便摇曳，闪出一片绿色幻影。其实没有绿色幻影，是战士们看到叶子后太兴奋，以至觉得那些叶子已不仅仅是叶子，还会变成别的什么。但到底会变成什么，他们也说不清楚。

邓东兴高兴地笑，连里的人则兴奋地叫，多尔玛有史以来终于有了绿色！卞成刚打电话给藏北军分区司令员："报告司令员，树长出叶子了，三棵树都长出叶子了。"

司令员也关心那三棵树："把树照看好，一定要让它们活下去，活成昆仑山的精神。"

卞成刚兴奋过了头，想都没想就说："报告司令员，树能长出叶子，说明已经扎下了根。请首长放心，我们一定把树照看好，一定要让它们活下去，活成昆仑山的精神。"

司令员说："有这个精神就好！不过我要亲眼看到发芽的那三棵树，才能放心。"

卞成刚便邀请司令员来连队看树。司令员应允，几天后就来多尔玛看树。这个消息让多尔玛边防连的人都很兴奋，都盼望司令员早一点来。栽活了三棵树是大事，司令员看了一定会高兴。

几天后，司令员因为有事，没有来多尔玛看树。

24

邓东兴对卞成刚说："副连长，我不放心我的树。"这几个月，他天天围着那三棵树，好像人就是树、树就是人，如果人复员走了，树怎么办？

卞成刚一愣："你的树？"

邓东兴也是一愣，随即改口："是多尔玛的树。"

卞成刚说："你到时间就放心复员走吧，这三棵树，以后就是我们大家的树，我们照看。"

邓东兴想说什么，但忍了忍没说，只是脸上露出凝重的神情。

卞成刚又劝了一遍。邓东兴脸上还是不放心的神情。

卞成刚生气了："那你说，你要怎么样？"

邓东兴的脸憋得通红，半天才说出一句话："副连长，我要过了这个冬天再下山。"

卞成刚说："不行，老兵复员是统一时间走，你要在山上再过一个冬天，谁能给你做主？"

邓东兴脸上的通红之色褪了下去："副连长，我自己做主。"

副连长沉默了一下，说："军人退伍，只有返回入伍地，办了退伍手续才算是真正退伍，那时候你才能做自己的主。

现在你还没有脱下军装,就要给自己做主,这是违反规定的事情,不能干。"

邓东兴的犟脾气上来了,不应卞成刚的话,转身边往外走边说:"那三棵树已经长出了叶子,但是很快要入冬了,树最难的是过冬。这个冬天即使我不吃不喝,什么也不干,也一定要让那三棵树活下来。"

卞成刚在气头上,本来想说树能不能过冬,是树的事情,你还能命令它们?但是他看着邓东兴的背影,忍了忍,什么也没有说。他能说什么呢?邓东兴这样一折腾,全连人,包括他在内,都指望这三棵树为多尔玛赢得荣誉。别的边防连都没有栽树,只有多尔玛栽了,而且还栽活了,这是多么让人高兴的事啊。

可惜,一场大风让三棵树的叶子半个月不见长势。

那场风刮起之前没有预兆,天边还有红彤彤的晚霞,雪山被映照出一片红晕,像是谁在高处把颜料倒下来,就变成了这么浓烈的景致。大家都觉得今天的天气不错,明天应该也是好天气。但是过了没一会儿,就有轰隆隆的声响向这边滚来,先是雪山上残留的红色,像是被突然揪住,不知扯到了什么地方。然后天色就暗了下来,那轰隆隆的声响滚到多尔玛,战士们便听见是大风。风再大也看不见,只能看见地上的灰尘起了一层,要飞上天似的被掠起,但很快又落下来,旋转出一团团幻影。

那场风刮了两天两夜,地上的尘土被刮干净,又揭了一层皮,看上去干瘪瘪的,惨不忍睹。

自那以后,邓东兴天天守着那三棵树,更加悉心呵护,好像那里早已林木葱郁,放眼望去一片绿色。一天早晨,邓东兴发现,三棵树的叶子果然长大了,虽然不是很大,但毕竟比以前大了不少。邓东兴高兴，连里人也高兴。

一个月很快就过去了，复员老兵已经在为下山做准备了。

吹过来的风已有了凉意，昆仑山进入了秋天。山上的秋天比山下来得早，昆仑山在一夜间就会入秋，早上起来，地上会有一层霜色。

那三棵树，一夜之间就苍黄了。

很快，天也就冷了。

老兵出发，要下山复员。

邓东兴对卞成刚说，他不打算走。卞成刚在开饭时强调了部队纪律，邓东兴听不进去。卞成刚又以军人要回到入伍地办了退伍手续才算是真正退伍为由，逼了邓东兴一下，但邓东兴还是听不进去，转身就走了。卞成刚差一点发火，但一想邓东兴马上就要离开，不要在最后闹出不愉快，所以就忍了忍。

邓东兴向那三棵树走去，他恨不得扑到那三棵树跟前，一把抱住再也不松开。

卞成刚叹了口气。

邓东兴在心里对田一禾念叨，排长，咱俩的愿望，现在看来只实现了一半，这三棵树在今年算是发芽长出了叶子，但是今年过冬至关重要，只有顺利过了冬，明年才会又发芽长出叶子，那才算是真正活了。排长，你放心，我一定要让这三棵树活。念叨完，邓东兴猛地回头对卞成刚说："副连长，我怕这三棵树过不了这个冬天……"

卞成刚愣住了，这三棵树要是过不了冬，邓东兴之前为栽树付出的所有努力都付之东流。

邓东兴见卞成刚不说话，便又说："我有办法让它们活下来。"

卞成刚忙问："什么办法？"

邓东兴以为卞成刚从他嘴里套出话后，还会让他下山，便说："副连长，只要让我留下来，在山上待一个冬天，我自有办法让它们活。"

卞成刚为邓东兴卖关子生气，脸一沉，没有说话。

邓东兴说："副连长，到了这种时候，你该拿个主意了。"

卞成刚没有办法，便问邓东兴："你说，我该拿什么主意？"

邓东兴说："副连长，是这样，咱们这个地方，山下的鸟儿一只都飞不上来，今年看的是去年的报纸，明年看的是今年的报纸，打电话前半句靠听，后半句靠猜。这种时候，你就说我的腿扭伤了，暂时下不了山，等养好了伤再下山复员。人人都知道伤筋动骨一百天，没有人会怀疑。一百天就是三个月，三个月就是一个冬天，我能让三棵树挨过冬天。你看，是不是该拿这个主意？"

卞成刚一惊说："这不是让我犯错误吗？欺骗组织，谎报战士摔伤了腿，这可是万丈深渊。一旦跳下去，就要费很大的劲才能爬出来，等爬出来已变得灰头土脸，要么挨处分，要么降职，给自己的军旅生涯抹黑。所以不能干，绝对不能干。"

邓东兴理解卞成刚的顾虑，便说："这个事，只要你不说，我不说，又有谁会知道呢？再说了，不这样干，说不定那三棵树在几天之内就死了。"

卞成刚愣住了，像是有一道光一闪，又被什么遮住不见了。他刚想训邓东兴一顿，但转念一想，除此之外又有什么办法呢？说真的，他非常希望这三棵树活下去，这三棵树已不仅仅属于多尔玛，它已变成昆仑军人的骄傲。虽然现在说起这三棵树，人人都说是多尔玛的三棵树，但是到了别的地方，都会说是昆仑山的三棵树，所有的昆仑军人就与这三棵树有了关系，这就是荣誉。再说了，军分区司令员还想来看看呢，如果这三棵树活不了，咱们的脸往哪儿搁？

卞成刚动心了。

但他还是下不了决心，撒谎欺骗组织，这是很严重的问题。

邓东兴见卞成刚不说话，便走了。

到了晚上，又刮风了，似乎还夹杂着雪花，落到身上便一阵寒意。今年冬天的第一场雪，恐怕马上要落下来了，那三棵树如何度过冬天？邓东兴担心风会刮得更大，而且刮着刮着就下起雪，在地上铺出一层白色。那样的话，那三棵树就会在雪中挨冻，也会被大风刮歪，说不定一夜过后就会倒下，在雪地上趴成三根木棍。栽下它们仅仅半年时间，它们虽说发芽长了叶子，却没有长高。

这样想着，邓东兴坐不住了，便起身去看那三棵树。一出门，大风迎面扑打到身上，像是打了他一拳。接着又是一股寒意，从衣领向体内浸去，让他不由得打寒战。人都这么冷，那三棵树怎么能熬得住呢？邓东兴拉了一把衣领，顾不上是否拉紧了，便向那三棵树跑去。他跑得快，大风便在耳边刮得响，似乎向他吼叫着什么。起初他没有在意风的吼叫声，后来跑累了不得不停下，才发现并不是风在吼叫，而是因为缺氧和紧张奔跑而出现了幻听，那是他的喘气声。

在一块石头上坐了一会儿，好受了很多，于是起身又往前走。好在那三棵树就在连队后面，很快就到了。

风更大了，好像真的在吼叫。这样的风吼着吼着，就把雪吼了下来。虽然在黑夜里看不清雪花，但是一落到身上就浸出寒意，就让人知道这场雪下得不小。远远地，邓东兴看见一团黑乎乎的影子，向那三棵树移动了过去。是什么？昆仑山有不少动物，藏羚羊、牦牛、野驴等，平时不怎么露面。但这么大的风雪会刺激它们，它们没有边界意识，亦不知边防连是军事禁区，一番疯狂乱窜就接近了边防连，然后发现了那三棵树，就又扑了过去。

那三棵树容不得任何伤害。

那团黑影在三棵树跟前停下，直起了身，怀里好像抱着什么。不是昆仑山的动物，而是人，昆仑山上的人。还有，能出现在这里的人，不是外人，只有边防连的人。

很快，邓东兴从那人的体形和动作习惯判断出，是副连长卞成刚。看来卞成刚也在挂念这三棵树，眼见刮起了大风，下起了大雪，就来看它们。但是他能有什么办法呢？这三棵树，在这样的环境，今天还在你面前伫立，说不定明天就没有了影子。

很快，卞成刚开始动了，先是从抱着的那堆东西中，缓缓取出一件衣服，把一棵树围了一圈，又怕风把衣服掀掉，便用绳子绑扎起来。那棵树一下子便变粗，像是已经在这里生长了好几年。

风还在刮，雪还在下。卞成刚又走向另一棵树，然后又给那棵树穿上衣服。给树穿衣服，让树穿暖，才能顺利过冬。也许在昆仑山上栽树，就应该在冬天给它们穿衣服，这样存活率才会高。

给第三棵树穿完衣服，卞成刚像是松了口气。这个办法，也许是他琢磨了很久，觉得有用才开始干的。他是副连长，做梦都希望这三棵树活，但是树能不能活，并非人说了算，人只能琢磨出办法，然后去树身上试试。现在，卞成刚就这样在干，加之他是副连长，还得悄悄干，不能让连里的战士看见。

但还是被邓东兴看见了，为了避免卞成刚尴尬，邓东兴悄悄退回，让卞成刚和那三棵树多待一会儿。

邓东兴转身的一瞬，听见卞成刚在嘀咕："树啊，我的好兄弟，你们可要争气，在这场风雪中活下去，活过这个冬天，明年再发芽长叶子，活出昆仑山的传奇。"

风好像停顿了一下，但雪没有停，还在向下飘落。

邓东兴觉得有什么突然伸过来，在他肩头拍打了一把。

是大风，还是落雪？

都不是。

那就是卞成刚刚才的话，穿过风雪，在邓东兴肩上拍了一把。

风刮了一夜，雪下了一夜。

整整一夜，风像嘶吼的巨兽，在昆仑山奔跑。昆仑山太大，大风奔跑了一夜，都没有跑出昆仑山，所以便嘶吼了一夜。至于大雪，在一夜间都没有停止飘落，覆盖了高处的山峰，又覆盖低处的荒野。覆盖过一层后，又覆盖一层，一层一层加厚，才让大地变成了白色。

大地变成白色，天就亮了。

一个严酷的事实摆在面前，围在那三棵树上的衣服都掉了，被积雪覆盖后变成了雪堆。给树穿衣服的办法没用，那三棵树仍然面临着危险。

卞成刚看着那三棵树，长久不说话。

风小了，雪却下得更大。

卞成刚终于拿起电话，向上级谎报邓东兴的腿扭伤了，目前无法下山,需要在连队养伤,等伤养好后再下山。这件事,邓东兴早已画好一个圆,所有事都被围在里面,不论怎样走,都在预设的范围内。

上级同意。

卞成刚颤抖着放下电话,想长吁一口气,把憋在心里的东西吐出,但他的嘴张了张,却觉得心里更沉了。他想训邓东兴一顿,却什么也说不出来,最后只骂了自己几句。

很快,复员老兵们要下山了,邓东兴的腿扭伤的事,已人人皆知,所以他不能躲在屋子里,必须挂着拐杖出来,让大家看见他受伤的样子。于是,在卞成刚向大家致完道别词后,邓东兴便挂着拐杖从班里出来,想向大家道别。卞成刚看见邓东兴,一愣说:"邓东兴,你的腿不方便,就不要过来了,站在那儿向大家告别吧。"说完,用复杂的眼神看了两眼邓东兴。邓东兴犹豫了一下便站住,笑着向大家道别。他本来也属于复员老兵中的一员,但是为了三棵树,冒着风险留了下来。

卡车鸣笛几声,驶出连队院子。

邓东兴便默默念叨,我终于留了下来。

念叨完,他用手一摸脸上,有泪水。

25

老兵走了,一场大雪之后,又下起一场大雪,下到最后就变成了不停歇的大雪。

昆仑山又进入了冬天,天地变白,一片苍茫。

没有人走动。大风把地上的雪掠起,像是要让雪重新回到天上,然后再向下飘落一次。偶尔会有人出现在雪地上,大风击向他，大雪砸向他，他好像被击倒了，但趔趄几下又站直，仍往前走去。

是邓东兴。

他每天拄着拐杖，穿过连队院子去看树。他必须装出腿受伤的样子，而且要一直装下去。直到冬去春来，那三棵树再次发芽长出叶子，他才可以对连里人说，我的腿好了。那将会是一句苦苦等来的话，如果让邓东兴细说，一定包含着终于熬过了三个月，终于守护着那三棵树活下来了的意思。

只有卞成刚知道邓东兴的秘密，连里的其他人都以为他的腿真的扭伤了，都盼望他尽快好起来。他感谢战友们的好意，向他们点头致意。卞成刚在一旁看着他，悄悄嘀咕了一句，鬼天气，快一点过去，春天快一点来，让邓东兴快一点下山去。

邓东兴却一点也不急。

风雪中的三棵树，看不出是死了，还是活着。邓东兴看着三棵树，脸上没有表情。他在等待，只要在秋天把它们保护好，不要让它们枯死，到了冬天就不会有事。不过他又有些担心，昆仑山的秋天与冬天别无二致，刚入秋就大雪飘飞，得小心对待才是。他从卞成刚的举动中得到启示，把自己的大衣剪开，在树上围了一圈，然后用塑料布缠绕了一圈，这样就可以防冻，到了明年春天，三棵树就是他希望的样子。他相信它们在明年春天还会发芽，会长出更大的叶子。

邓东兴相信自己的感觉。

卞成刚担心邓东兴露馅，便经常陪着邓东兴，有人时说几句关心邓东兴腿伤的话，没人时便沉默不语。卞成刚有些后悔听从邓东兴的建议，让邓东兴留了下来。

一天晚上，卞成刚和邓东兴闲聊，聊着聊着就聊到了电影《昆仑山上一棵草》。这部电影是根据作家王宗元的小说《惠嫂》改编而成，甫一上映便在昆仑山上引起强烈反响。昆仑军人都因为自己的生活被搬上银幕而欣慰。这么多年，这部电影一直对外展示着昆仑山军人的生活，世人认为昆仑山连一棵草都难以存活，就更别说人的处境了。

卞成刚和邓东兴都看过那部电影，他们觉得那棵昆仑草真是幸福，不但广为流传，而且还成为昆仑精神。如果多尔玛的这三棵树也能像那棵昆仑草那样扬名就好了。

但是，那棵昆仑草与多尔玛的这三棵树不一样，那棵昆仑草闪着光芒，而多尔玛的这三棵树后，却隐藏着一丝阴影。这阴影是只有卞成刚和邓东兴知道的秘密，也是一次冒险，他们二人只能紧紧把那阴影捂住，捂不住露了馅，他们二人就从此成为昆仑山上的笑话。

晚上，邓东兴经过连部，看见窗户上映着一个影子。他判断出是副连长卞成刚，从影子上可看出卞成刚正坐立不安。他想，我把副连长逼到了悬崖边，这件事一旦暴露，副连长就会掉入深渊。可是那三棵树万一死了，副连长同样也会背负责任。相比之下，冒一次险是值得的。邓东兴觉得副连长之所以这样做，完全是为了连队，而不是被他逼迫而为。

窗户里面的影子发出叹息。

邓东兴一阵头疼，是缺氧导致他出现高原反应了，他不能再站在这儿，便转身离去。

接下来，雪每天还在下。下的时间长了，也就成了习惯，好像下雪或不下雪，都一样。

卞成刚有些不放心，便问邓东兴："你小子给我交个底，那三棵树会不会有事，能不能扛过这个冬天？"他因为着急，说完话便气喘。

邓东兴等卞成刚缓了一会儿，说："副连长，你不要把这个事情当成赌博，树是我栽的，我心里有数。"

卞成刚脸上仍然有疑惑，但咬咬牙，还是点了点头。事情到了这一步，他不信也得信。

冬天终于过去了。

邓东兴伤筋动骨的事，不能再装了，他便扔下拐杖正常走路。战友们问他的脚好了吗，他说全好了，说着还蹦跳了几下，和以前一模一样。

卞成刚在一旁叹息一声，邓东兴每一次蹦跶，都令他头皮一麻，好像他和邓东兴的那个秘密，迟早会败露。到那时不但不会成为昆仑山的传奇，反而会把一桩丑闻传向所有地方，让他抬不起头。

事已至此，只能熬，熬到时过境迁，一切就都被时间抹平。这样一想，他心里好受了一些，祈祷不要出现意外。

春天的风吹过几场后，下了一场雨。下雨的天气格外阴沉，像是昆仑山憋了很久，终于把心里的郁闷吐了出来。老天爷的发泄多么像人，不痛快了就阴下脸，哪怕再高的山也变得暗淡，再长的河流也变得模糊。尤其是一号达坂，被天上的乌云一压，好像要全部塌陷下来。真的要塌陷下来了，从达坂顶部落下一些黑点，越低越密，像是一座达坂已变成碎屑。很快那黑点落了下来，是雨点，又下起一场雨。

这是一场好雨，沉积了整整一个冬天的压抑，都被宣泄了出来。地上早已经湿了。如果换成别的地方，早已有了一层绿色；但是昆仑山的地上不见一丁点绿意，寸草不生。

不长草，但是活下来的树却能长出叶子。雨后不久，那三棵树终于发出新芽，几天就长出了一层叶子。

邓东兴高兴地笑了，笑过几声后又念叨，这三棵树能熬过一个冬天，就能熬过很多个冬天，以后就让这三棵树陪着多尔玛。念叨完，看见卞成刚在看着那三棵树，就又对卞成刚说："咱们多尔玛边防连，离'昆仑卫士'又近了一步。"

卞成刚在旁边也笑了，邓东兴说的话，正是他想说的话，但因为他是副连长，不便把这样的话说出来，邓东兴说出了他便高兴。笑完了，就清醒了过来，对邓东兴说："收拾收拾，明天下山吧！"担心了三个月，他天天都觉得悬在头顶的石头会砸下来，现在终于熬到了春天，不能再拖了，让邓东兴下山办理复员手续吧。

树已长出叶子，邓东兴不能不下山。他收拾完行李，天已经黑了。他想，再去看看那三棵树吧，以后再也见不到了。到了那三棵树跟前，邓东兴远远地看见有一个人蹲在那三棵树跟前。他认出那人是卞成刚，这几个月，他天天盼着这三棵树发芽长叶子，而卞成刚则天天担心它们会死，担心到最后，就感觉到头顶有石头往下砸，砸到他头上的那一刻，会让他身败名裂。现在终于可以松口气，明天邓东兴一下山，属于昆仑山的这个秘密，就这样藏在两个人的心底吧。

邓东兴想，我还是赶紧走，免得让副连长担惊受怕。于是，他打消了过去和卞成刚说说话的念头。他想等卞成刚看完树走了，再去看看那三棵树。就在他刚转过身准备先回班里去时，却听见卞成刚在对树说话。邓东兴停住脚，双耳像是贴着黑夜里的隧道，飞向了卞成刚身边。

卞成刚说："我的树兄弟呀，你们终于让我松了口气。"

邓东兴知道，卞成刚说的"松了口气"，是指他冒了一次险，他冒险等于是多尔玛边防连在冒险。唉，都怪我给副连长出了个馊主意！不过，不那样干没有别的办法。

卞成刚接着念叨："树兄弟呀，你们终于给我争了口气。"

邓东兴要走了,以后就要靠你们自己活了。你们一定要争气,活出昆仑山的传奇。"

邓东兴一阵心酸,他不想走,但是已没有任何留下的理由。这样一想,便不能再在这里停留,不然会忍不住扑到三棵树跟前,抱住它们再也不松开。卞成刚还在念叨什么,邓东兴不能再听了,也许卞成刚会说出心里话,一个人的心里话,另一个人是不能听的。

不知卞成刚是否对着那三棵树说了一夜心里话,反正他整整一夜都在那儿。

26

邓东兴坐着一辆军车离开连队,踏上复员返乡的路途。上车前,卞成刚对他说:"我没有什么要说的,我只希望你把秘密装在肚子里,永远都不要说出来。"

邓东兴笑着问:"万一我说出去了呢?"

卞成刚恼怒了:"如果你说出去,我到你老家去打你。"

邓东兴又笑着说:"我们老家树多,我给你准备很多树枝,任凭你怎么打,我都不还手。"

卞成刚被逗笑了。

二人都笑,是因为那三棵树挨过冬天,又在春天发芽长出了叶子。在昆仑山上栽树,谁都知道第一年活并不算活,只有第二年活了才算数。现在,多尔玛的三棵树活到了第二年,一定会引起轰动。

邓东兴顺利下了山,那辆军车走的仍然是新藏线,只不过是从山上到山下。过甜水海时,邓东兴心想,能给这个面积很小、水又苦涩难咽的小水泊起"甜水海"这么美的名字的人，一定是个诗人。

在甜水海兵站吃饭，邓东兴要了一盘鸡蛋炒饭。结账时，饭馆的伙计在发票上将一顿饭写成了"一吨饭"，他看着那个"吨"字便忍俊不禁，身上的疲惫顿时消失。

翻过库地达坂后，邓东兴突然感觉到风变柔软了，里面夹杂着一丝暖意。这才是真正的春天。他感叹一声，闭着眼睛享受这难得的幸福。同样是当兵，别人已经回到了家乡，而他为了那三棵树，直到现在才下山，都忘了山下是什么样子。山下是如此美好，相比之下，在山上真是太艰苦。不过一想到那三棵树，他又颇为欣慰，在那么艰苦的地方，树就是人最好的陪伴，对他是这样，对留下的战友也是这样。

下了库地达坂，邓东兴看见兵站旁边有饭馆，进去点了一份过油肉拌面。饭馆老板说，如果面不够可以免费加面。邓东兴说吃一份刚好，便没有加面。

最后一次在这里吃饭了，复员回老家后，想吃新疆拌面只能自己做。也许老家的面粉和水做不出新疆味道，但是好歹是个念想，吃几口能缓解对新疆的牵挂。

邓东兴吃完饭，天就黑了，驾驶员已联系好住宿，他们便在库地兵站住了一夜。第二天早上刚起床，有一个车队开进了库地兵站。一位汽车兵从驾驶室出来时还穿着军大衣，被库地的春风一吹，才觉出这里已是山下，不但不再缺氧，而且天气也暖和了很多，便把军大衣脱下，"嗖"的一声扔进车厢。下山了，天暖了，那军大衣便会一直躺在车厢一角，直到下次上山，到了寒冷的地方，虽然脏乎乎的，也会被战士们拿出来穿上。

那驾驶员看了一眼邓东兴，好像不认识似的转身离去，但没走几步又突然转身回来，盯着邓东兴看了起来。都是昆仑山的军人，都已经这样看了，不管认识不认识，先打个招呼吧。邓东兴便迎着那驾驶员的目光，径直走了过去。那驾驶员被邓东兴的目光逼得后退两步，终于开了口："你是那个在多尔玛栽树的老兵吗？"

邓东兴没有回答，只是看着对方，但他的举动摆明了是想问对方，你是怎么知道的？

对方便一笑："你当时是如何下决心要栽树的？"

其实邓东兴还不知道对方叫什么，是哪个部队的，哪一年入的伍。如果他入伍比邓东兴早，那就是老班长；如果他入伍比邓东兴晚，那邓东兴就是老班长。但现在不是谈这个的时候，人家话都问到这份儿上了，你是回答还是不回答？

邓东兴一犹豫，对方没有了耐心，索性把答案说了出来："你栽树一定有你的想法和抱负。你的腿现在怎么样？在昆仑山上受的伤可得恢复利索，不然会落下病根子。唉，树站稳了，人的腿就受罪了。"那驾驶员说着，要伸出手摸邓东兴的腿。邓东兴一闪躲开，那驾驶员笑着收回了手。

邓东兴想着只有他和卞成刚知道的秘密，便心头一紧。他怕那个秘密露馅，便不想理那驾驶员，转身往房间走去。

邓东兴没有想到，虽然那个秘密没有露馅，但那三棵树却出了意外。那驾驶员见他要走，在他身后大声说："那三棵树死了。"

邓东兴头皮一麻，想转过身问个明白，但是问明白了又能有什么用？那驾驶员的话像石头，在地上一砸一个坑。但他还是不相信。不是不相信，而是不敢相信。他为了那三棵树，已经走到了别人不敢走，也不愿走的地步，现在那三棵树却死了。这就像有人一直牵着他的手，突然放开了他，让他处于绝望无助的境地。

不，先问清楚是怎么回事。

哪怕事实能把人砸晕，也必须弄清楚。那驾驶员没有等邓东兴转过身，索性对着邓东兴的背影详细述说了那三棵树的事。多尔玛在前天晚上突然下了一场暴风雪，等到暴风雪停息，连里人只看见地上有三个坑，那三棵树被连根拔起，不知被刮到了何处。副连长下成刚发现那三棵树在暴风雪中不知去向，就一头栽倒在地。好在战士们及时发现了他，他才没有被大雪埋没。他清醒过来后，嘴里呜呜咽咽不知在说什么。

邓东兴恍惚听见自己叫了一声，但是从周围人的反应看，他们好像没有听见他的叫声。

他往昆仑山方向望去，高处是积雪，低处是褐色山峰，新藏公路被淹没在云雾中，看不到上山或下山的车。

回不去了！

他叹一口气，眼泪就下来了。不过回去又能怎样？长那三棵树的地方，只剩下三个土坑，回去还能种出三棵树吗？

邓东兴抹了一把泪，出了库地兵站，默默上车坐下，眼角还有泪水。车出了兵站，不久就会进入戈壁。那片戈壁不大，新藏公路从戈壁穿越过去，很快就会过一座桥，那座桥下有时候有水，哗哗流淌；有时候没水，露出干涸的河床。过了那座桥就有了人家、农田和草木，留守处就在前面，行之不远即可抵达。

邓东兴却不想往前走，他的心还在山上，还想回去。

回不去了，死心吧！

邓东兴提醒自己，你很快就不是兵了，新的生活在等着你，只有把新的生活搞好，才不愧是在昆仑山上当过兵的人。

汽车很快驶进戈壁。

邓东兴又回头往昆仑山方向望,不但看不见昆仑山,连库地达坂也变得模模糊糊。一切都已结束。邓东兴转过身,内心亦安静下来。

汽车过了戈壁,很快就到了那座桥边,桥下有水,而且还很大,发出一阵阵喧哗。邓东兴知道,这是昆仑山的积雪融化成雪水,流下来汇成的河流,从这座桥下流过,最后汇入叶尔羌河。

突然,邓东兴看见了绿色。

是一棵长着绿色树叶的树。

邓东兴一下子兴奋了,山下的树已经长出了密集的叶片,而且还绿油油的,反射出明亮的光。邓东兴盯着那树叶看,一年了,第一次看到这样的叶片,这才是真正的叶片,非常好看。

汽车离那棵树越来越近,邓东兴突然看见那棵树变成了三棵小树,而且是他在昆仑山上种过的那三棵树。他央求驾驶员:"请停一下车,我要下去。"

汽车停住,邓东兴从车上跳下,向树奔跑过去。在昆仑山上时,他曾经有一个梦想,那三棵树长出叶片后,他要把每一片都抚摸一遍。但是他不得不下山,等不到那三棵树的叶片长大。现在,他在这里终于看到了树叶,可是……

邓东兴跑得很快,一片绿光闪过来,那三棵树倏忽变得清晰,又倏忽变得模糊。他看见眼前就是他养过的那三棵树,上面长满密集的叶片,而且嫩绿翠碧,像是在向他招手,又像是在对他说话。他叫了一声,飞奔过去。

驾驶员在车里喊叫:"你慢一点,刚下山的人,不能剧烈运动。"

邓东兴没有听到,仍然往树跟前跑。突然,他看见那三棵树倏忽模糊，变成了一团黑影，但那些嫩绿的叶片还闪着光，像是那团黑影很快就会散去，那三棵树又会变得清晰起来。但那团黑影迅速扩散开去，戈壁和天空被遮蔽进去。邓东兴的眼前也是一片黑色，他感觉自己的身体变轻，坠进了黑色深渊。

驾驶员一声惊叫。

邓东兴头晕眼花，一屁股坐在那棵树下。过了好一会儿，他才缓了过来。那位司机跑过来要扶他一把，他喘了口气说："等一下……"

邓东兴趔趔趄趄地站起身来，伸开双臂，紧紧抱住那棵树，用嘴亲吻着树叶。

第八章　无法见面的亲人

27

入冬后最后一次运输物资的车队，马上就要下昆仑山，连长肖凡接到军分区通知，让他坐这趟车下山，然后回河北去探亲。别人探亲都是自己先申请，上级同意了才可以走，肖凡却是被上级命令回去探亲，所以他必须动身下山。

肖凡三年没有探亲的事，在藏北军分区人人皆知，所以军分区给他下了死命令。肖凡三年前回过石家庄一次，妻子林兰兰分娩期未到，他因假期已满不得不先归队。临走时，他给林兰兰说，如果生的是男孩，就叫童童；如果是女孩，就叫果子。林兰兰说，这都是小名，你应该给孩子起大名。肖凡说，我连孩子出生后的第一面都见不上，哪有资格给孩子起大名，还是把机会留给你吧。林兰兰坚持让他给孩子取大名，他坚持把机会留给林兰兰。林兰兰无奈，只好应了他。

肖凡走了一个多月后，孩子出生了，是女孩，小名叫果子，大名是林兰兰起的，叫肖姗。

果子，肖姗。肖凡在昆仑山上一次次默叫着女儿的名字，觉得都挺好，却因为执勤、换防和有任务在身，始终不能回去与女儿见面。三年过去了，肖姗已经三岁。林兰兰每年给肖凡寄一张肖姗的照片，肖姗从一岁到三岁的样子，肖凡清清楚楚。但是他心里的肖姗，只是照片上的样子，肖姗笑起来是什么样子，他想象不出来。

现在，终于可以见到女儿肖姗和妻子林兰兰了。

肖凡很激动。

肖凡从多尔玛出发，用了五天时间，到达叶城留守处的汽车营。他本想休息一天后坐班车去乌鲁木齐，但突然想起，好几年没有去看零公里路碑了。一生出这个念头，他便再也坐不住，出了留守处，径直向零公里路碑走去。

到了零公里路碑跟前，肖凡默默待了几分钟。肖凡看着路碑上的"零公里"三个字，想对在昆仑山上因为缺氧、雪崩、寒冷和暴风雪而命殒的战友祈祷几句，却不知该说什么。昆仑山上的事，一旦提及就犹如撕开伤口，所以他们轻易都不提。

肖凡沉默了一会儿，举起右手向路碑敬了一个礼。手落下时，他觉得一阵眩晕，随即眼前一黑，腿一软。不仅如此，还有一片黑暗围了过来。他一咬牙，用手撑地爬了起来，然后迈动双脚走了几步，身体才恢复过来。黑暗慢慢消失了，他摇摇头让自己清醒过来，然后感叹，都已经下山了，可不能在这儿摔跟头，否则会被人笑话。

他还没打算回去，身体却像是被人牵着一样，马上便转过了身。不仅如此，他发觉四周很安静，明明风吹得树叶在动，却听不见风声。还有路上来回行驶的车辆，也悄无声息，在寂静中驰向远处。为何这般寂静，连一丝声响也没有？

是我的耳朵出问题了吗？

肖凡怀疑自己在山上待的时间太长，听觉真的出了问题。他想弄明白到底是怎么回事。但是隐隐有一个声音好像在对他说，赶紧回石家庄探亲去吧！这个声音像是灵丹妙药，让他顿时浑身舒爽，脚步也似乎很轻松。

　　下山了就是好，走路不费劲。从零公里到留守处也就一公里，但肖凡觉得一路上都是与昆仑山不一样的风景，看上去无比新鲜。但他无心去看。女儿和林兰兰在等着自己，看什么呢，赶紧回家。

　　突然，他看见零公里路碑变得模糊起来，一片黑暗弥漫过来，他被遮裹进去，便什么也不知道了。

　　三个多小时后，肖凡才从昏迷之中醒了过来。

　　有人在叫："这个解放军终于醒了。"

　　肖凡问周围的人："我怎么啦？"

　　一位护士说："你在零公里路碑跟前晕倒了，被人送到医院。昏迷了这么久，一直在说胡话，一会儿在叫林兰兰和肖姗两个名字，一会儿又让人叫你爸爸……"

　　肖凡知道自己是思念妻女心切，昏迷后也在叫她们的名字。他想，我为什么会突然晕倒？我的身体出了什么问题吗？他隐隐约约记得，田一禾曾经说过他的身体颤抖过，但他没有明显的感觉，便不知道自己的身体到底出了什么问题。

　　第二天，肖凡出院了，他决定回汽车营休息几天，然后回石家庄。长期在缺氧的高原上生活，已养成习惯，到了氧气充足的山下反而不适应，便导致他晕倒后陷入昏迷，他觉得休息几天就会好转。

　　叶城正在刮一场大风。

　　肖凡看见大风刮起的灰尘，落成一团灰蒙蒙的幻影。但过不了一会儿大风又来了，灰尘便又旋转而起，像一个巨兽在摇头摆尾地狂奔。肖凡默默说:"大风没有面目也没有肢体,被灰尘染成浑浊的颜色,不知要干什么。"说完,他笑了一下,刚才说的是一句诗吗?人在昆仑山太寂寞,经常自己对自己说话,用以抵制寂寞,也打发时间,所以在昆仑山上说的话,只有昆仑山上的人能听懂。

风越刮越大,一会儿飞掠而起,一会儿倏然落下,像大手一样狠狠拍打大地。

大风是否会把大地拍疼?

肖凡觉得大地一定会被大风拍打得很疼,一阵一阵地抽搐。风的力量很大,肖凡对此深有体会。几年前的一场大风,硬生生地把山上的石头吹得垮塌了,向山下滚出一片灰尘,然后又在山底砸出一个深坑。还有一次,大风吹垮了牧民的毡房,连队的战士赶过去救灾,那位牧民用脚踢着一块石头,嘴里呜呜咽咽。

但是风中的雪落在人身上却是轻的,即使落上一层也感觉不到重量。只有雪被风吹刮,才会猛烈无比,一下子能把人刮倒,然后倏然把人覆盖。这时候,人就感受到了雪的力量,也会感受到风中的疼。

肖凡明白了,他之所以感觉到大风会把大地拍疼,是因为记忆在这一刻突然复苏,让他的身体有了感应,有了疼痛感。

昆仑山的风有根,会悄悄潜入人的身体里,冷不防就会扭动一下,让人随之抽搐。

肖凡在窗前站久了,腿有些酸,便决定回到桌前坐一坐。但他还是想看风,便又看了一眼。风刮得更大了,"呜呜呜"地呼啸不止,似乎有无数灰色怪物在狂叫奔突。天地间变了颜色,更变了模样。他又觉得大风把大地拍打得很疼,这种感觉很强烈，以至于让他觉得那种疼痛并非出自他的感觉，而是直接来自大地，大地太疼了，直接把疼痛传到了他身上。

连部很安静，通信员去提水了，或是因为风太大，这么久了还没有回来。肖凡在椅子上坐了一会儿，觉得不舒服，便起身在屋子里走动。他很想去外面走走，但是风太大了，恐怕走不了几步就得回来。再说，他害怕那种疼痛，在房子里都这么强烈，到了大风中恐怕会更加受不了。

外面传来杂乱的声响。

肖凡没有从窗户上往外面望，他从风声便判断出，风一定又刮得更大了。这么猛烈的风，一定把大地拍打得更加疼痛。

这样想着，肖凡身上又一阵抽搐。

还有一股凉意。

肖凡走到炉子跟前，伸出手去烤火。其实只是有一股凉的感觉，并不冷。但这种凉的感觉让他不安，所以便去烤火。烤了一会儿，那股凉意被压了下去，身上舒服了。

心里也舒服了。

肖凡苦笑一下，我这是怎么啦，居然如此反常？通信员可能快回来了，他便起身，心想不可让通信员看见他如此失态，否则作为连长的形象就会变得不好。

通信员提着水进来，放在炉子上烧。过了一会儿，水就烧开了。通信员给肖凡泡了一杯茶，然后就出去了。肖凡看着通信员的背影在门口一闪就不见了，便明白通信员不想打扰他。外面的风刮得这么紧，通信员会去哪里呢？可能会去炊事班和战士们聊天吧。自从汽车营抽调一百个人上山后，就只有炊事班的两三个人留守，后来虽然有探亲的人返回，但人数还是不多。在这样的天气，连他这个连长也觉得寂寞，战士们就更不用说了，聊天会成为大家打发时间的唯一办法。

肖凡端起茶杯喝一口，很烫，嘴一阵灼痛。茶要泡久一点，喝起来才好，怎么就忘了呢？

肖凡苦笑一下，放下茶杯。昆仑山的日子太难熬了，有时候会觉得时间停滞不前，人在那种停滞的郁闷中，有坠入深谷的感觉。时间长了，就会头晕胸闷，出现高原反应。这时候的高原反应，不是因为缺氧，而是因为心情郁闷引起的。所以说，昆仑山上的高原反应有两种，一种是因为缺氧，另一种是因为心情郁闷。

外面的风刮得更大了，呜呜呜的，似乎携带着什么在乱撞。

肖凡的身上又一阵疼痛。

他以为还是缺氧引起的心理反应。但是这次不一样，从脚到腿，然后又到前胸后背，都一阵抽搐。他一惊，不是心理引起的反应，这次是身体真的疼。这样一想，他身上一阵接一阵地疼，以至于小腿肚子都颤抖起来，眼前也冒出金星。疼痛的闸门一旦被打开，有时像细小如溪的涓涓流水，有时像翻天覆地的汹涌波浪，人的肉体被不断冲刷，要么在剧痛中呻吟，要么在微痛中忍耐。

他以为是风寒的原因，便走到炉子跟前去烤。烤了一会儿，身体还是疼。他想起风是昆仑山的根一说，便叹息一声，自己身体的疼痛，恐怕又是一条昆仑山的根，在几年前就钻进了自己身体里，悄悄等待着扭动的一刻。现在那一刻到来了，它便像小动物一样一跃而起，在他身体里乱窜。人抵挡不住它的乱冲乱撞，要不了几下，轻则浑身发抖，重则会被放倒在地。

我被昆仑山的根缠住了。肖凡心里一阵痉挛，紧接着身上又是一阵疼痛。

肖凡索性不烤火了，起身时，反而感觉身上好受了一些。

吃过晚饭，风还在刮，战士们都匆匆回了班里。肖凡在院子里停留了一会儿，身上有了一层土。他再也不觉得大风会把大地拍打得疼痛，因为他的身体已经告诉他，他感觉到的大地的疼痛不真实，真实的是身体里面的疼痛。

过了一会儿，肖凡拍打掉身上的土，进了连部。落在身上的土很轻，一拍打就掉了，反倒是胳膊一阵疼痛。他的心一揪，又涌起不祥的预感。

躺下后，他想起女儿肖姗和妻子林兰兰。女儿会说话时，他曾打电话回去和她说话，但是她那么小，对于只看过照片，只能听见声音而看不见人的他，始终不叫爸爸。他想，女儿再过几年就懂事了，自然会叫他爸爸。这件事让林兰兰为难了，他记得曾和林兰兰开过一个玩笑，说肖姗这孩子如此倔强，一点也不像他的女儿。林兰兰一听眼泪就下来了，气呼呼地说，不是你的女儿，是谁的女儿？他忙向林兰兰赔不是，再也不敢开那样的玩笑。他想着肖姗噘嘴和瞪眼的淘气样子，还是挺招人喜欢的。他甚至觉得个性鲜明的女孩子，一则聪明，二则长大有主见。这样想着，他心里舒服多了，不管怎么样，他心里装下了女儿的样子，他相信这次回到石家庄，能听到肖姗叫他爸爸。

外面响起熄灯的哨子，肖凡想出去看看，但身上又一阵疼痛，便躺着没有动。身上的疼痛像蚂蚁一样游移，偶尔还咬他一口。不，是那疼痛就潜藏在他的身体里，动不动就会扭动或撕扯一下，让他一阵难受。

炉子烧得很旺，呼呼的燃烧声，似乎让屋子里有了动感。那是一股炉子里的热浪，在向屋子四周弥漫。肖凡觉得身上热,便以为身上的疼痛会被驱散。通信员在熄灯的哨子响过后,给炉子加好煤就出去了,在半夜通信员还会加一次煤,整整一晚上都会很暖和。

肖凡想,自己可能是在巡逻中得了风寒。那次下山经过多尔玛时,田一禾曾说他的身体莫名其妙地发抖,肖凡没有感觉,便没有在意。后来有一次巡逻回来,他整整呻吟了一晚上,到第二天早上才睡过去。大家以为他好了,不料一摸他的额头,烫得像火烧一样。他们这才知道他并不是睡着了,而是发高烧晕了过去。那次高烧在当天就好了,他以为就是一次常见的发烧,不料却落下了病根子,到了今天便排山倒海般地倾轧了过来。他想,自己得的可能是关节炎,或者风湿。如果是这两种病,倒也不要紧,平时穿暖和就是了。心情放松了,睡意就上来了,他不一会儿就酣睡过去。

风刮了一夜。

早上醒来,肖凡惊讶地发现,自己的腿变得不利索了。他便一惊,难道袭上身的疼痛,并不仅仅是关节炎或者风湿,是更可怕的病?

肖凡默默起床,一天都打不起精神。

第二天早上醒来,肖凡躺着没动,心里有了难以压抑的冲动,呼吸也粗喘起来。他缓缓动了一下腿,还是不利索,走几步都显得困难。他有些沮丧,像是有一只可怕的手突然按到他身上,要把他死死压倒在地。

他浑身软了,一股凄凉的感觉在弥漫,外面的大风好像刮进屋子,他浑身一阵颤抖。

接下来的几天,肖凡一直希望出现奇迹,但是一点希望也没有。他觉得坠入了一个深渊,那是一种带着羞耻感的下坠,让他不敢让人看到他在挣扎。

完了。

肖凡悄悄叹息，眼睛湿了。

林兰兰发来一封电报，她从肖凡回去探亲的战友嘴里知道，肖凡已经从昆仑山上下来了，问肖凡大概在哪天能到石家庄。

肖凡收到电报后一惊，自己这样的情况，回石家庄该怎么办？他立即决定不回去，抓紧时间到叶城的医院治疗，治疗好了，如果时间容许就回石家庄，时间不容许就算了。于是他给林兰兰回了一封电报，找借口说这次下山，只是在零公里休养一段时间，很快就会上山。

林兰兰很快又发来电报，说既然肖凡回不了石家庄，她便打算带着女儿肖姗到新疆来看肖凡。她还告诉肖凡，肖姗已经学会叫爸爸了，她之所以带肖姗来新疆，就是让肖姗当面叫肖凡一声爸爸。

肖凡从抽屉里取出两张照片，还没来得及看，便"啪"的一声掉在了地上。那两张照片，一张是林兰兰，另一张是肖姗。肖凡把照片捡起，看着照片上的林兰兰，手有些抖。于是照片再次从肖凡手中滑落，掉在了地上。

肖凡慢慢把照片捡起，眼泪落了下去。

他又去看肖姗的照片，小家伙的头发长了，也胖了一点，笑得非常开心。他突然想起来，在他的梦魇中，肖姗从来没有这样笑过，她怕他被紫外线长期照射的样子，幼小的心灵每天都在承受着恐惧。他心里一阵痛，作为父亲，他不但不能给女儿温暖，反而让她恐惧，让她痛苦。梦魇中的这个情景，在当时犹如真的在现实中，现在仍然真切清晰，如同刚刚经历。

肖凡默默把信和照片收起来，看着窗户外面飞掠的尘土发呆。尘土在窗玻璃上划出的幻影，似乎和风一起落下去了，又似乎悬在那儿，把窗玻璃映衬得一团模糊。他觉得自己的心情像窗玻璃一样，被看不清、抓不住的东西紧紧围裹着，无以安宁，更无以挣脱。

天慢慢又黑了，肖凡无奈地躺下睡觉。

天又亮了，肖凡无奈地起床。

日子过得沉重，也没有什么滋味，只是一天一天重复而已。

肖凡压着心事，谁也不知道他的内心在翻江倒海，更不知道他每天与大家一起出操、学习和吃饭时，一阵阵弥漫起的无力感，在怎样撕扯他的心。

因为怀疑是多尔玛的饮水让自己的身体出了问题，所以肖凡很想打电话给多尔玛，让战友们少喝水。但是做饭用的水不是也一样吗？他想让多尔玛去别处拉水，但是很快就否定了这一想法。怎么能因为他的事情，在多尔玛闹那么大的动静？

肖凡苦笑着摇头，又一阵失落。

他给林兰兰回电报，找借口说下山并不是休息，而是有任务，建议她和女儿不要来。

林兰兰很快又回了电报，说女儿从出生到现在都没见过爸爸，为什么不要来？难道又要拖三年吗？如果又是三年见不上面，女儿恐怕再难认他这个爸爸。

肖凡再次回电报说，路太远了，等他回去让女儿再叫爸爸也不迟。他之所以这样说，是怕万一得了绝症，那该以怎样的心情面对妻子和女儿！

林兰兰又来了电报，说肖凡真是不可理喻，连老婆和女儿都不见，是不是待在昆仑山上把脑子待坏了？她不管，就要带女儿来新疆，哪怕见不上面，隔老远也要让女儿叫肖凡一声爸爸。

肖凡没办法了，便没有回电报，他希望林兰兰一生气，不来了。

很快，上级领导听说肖凡下山后，并没有回石家庄休假，便打来电话说，你上一次休假拖了三年，这次就不要再拖了，赶紧回石家庄休假。

肖凡放下电话，手抖个不停。他的身体一直没有恢复过来，他最害怕面对的时刻，终于来了。挂了电话，他直接去了医院。

医生检查后，一脸无奈地告诉肖凡："你得的是腿部神经障碍，已经破坏了神经，所以影响你的腿的力量和灵活度。你在刚发现问题时，就应该赶紧来医院治疗，现在耽搁得太久了。"

肖凡心里一阵难过，昆仑山一到冬天就大雪封山，下面的人上不去，上面的人下不来，他压根不知道在什么时候，他的身体出了问题。

医生说："这种情况，很多人都没有经验，等发现时就已经很迟了。"

肖凡无言以对。他无法接受这个事实。他才三十岁，怎么就到了这一步？

不能接受！

肖凡又去了另一家医院，医生说出的话，与上一个医生说的一模一样。医生在后面说了什么，肖凡已经听不到了，他只看见医生的嘴唇在动。医生发现肖凡走神了，叫了肖凡一声，肖凡才反应过来。医生把刚才的话又重复了一遍，这次肖凡听清楚了，医生所有的话无外乎只说明一点，太迟了，很难治愈。

肖凡绝望了。

这样的事实，哪怕再不能接受，也得接受。

腿部神经障碍，肖凡觉得这几个字眼像刀子，在刺他的心。

肖凡慢慢走出医院。迎面的阳光刺过来，他一阵眩晕。山下的阳光比昆仑山上的阳光好，但是他却觉得有雪在落、有风在刮。昆仑山的根，这次深深扎进了他的心里，这辈子都无法拔出。

肖凡向留守处走去，走了几百米突然停住。他难以接受这个事实，所以不想回留守处，只想找一个地方让自己平静一下，然后再想办法住院和治疗。

他在街上慢慢走，不知该往哪里去。

无意间一抬头，看见一家招待所，肖凡决定先住下来，然后慢慢想办法。办完入住手续，肖凡进入房间，从窗户往东望去，河北在新疆的东面，但是从这里望不到石家庄。他想象不出此时的林兰兰和女儿在干什么，从时间上推算，她们二人应该在吃晚饭。以前身体没出问题时，他时时能想象出林兰兰和女儿的情景，她们吃饭、嬉闹、睡觉等，他能想象得很细致，好像她们就在他的面前。自从身体出了问题，就再也想象不出她们在干什么了，绝望堵住了他的心，封死了他的想象。唉，连想象也没有了，他好像失去了自己。

房间里很沉寂，窗户上慢慢裹上暗色，天黑了。

肖凡躺在床上，眼泪流了出来。

在昆仑山上，肖凡没有哭。现在，肖凡无路可走，便哭了。

第二天，肖凡在招待所待了一天，没有出门。

第三天，肖凡又在招待所待了一天，还是没有出门。

第四天，肖凡仍准备在招待所待一天，不出门。到了中午便待不住了，他胸闷气喘，像是仍然在昆仑山，又要出现高原反应。理智告诉他，除了腿不好外，他一定还有别的病，如果一直在招待所待下去，晚来的病会提前来，不该来的病也会来。

肖凡决定出去走走。

出了招待所，肖凡想，这件事只能先瞒着林兰兰。主意一定，肖凡决定去留守处联系上山的车，如果明天有上山的车，一大早就走。

肖凡正往前走着，看见前面有一个女人，牵着一个小女孩的手，在缓缓走动。他因为想着上山的事，没有仔细观察她们。那小女孩回过头看什么，发现了他，盯着他看了很久，突然向女人喊出一声："妈妈，快看……"

那女人转过身，整个人为之一颤。

是林兰兰。

28

林兰兰是昨天来留守处的，因为在汽车营找不到肖凡，便到处打听，不料在街上不期而遇。肖凡跟着林兰兰进入招待所。林兰兰的脸色不好看，憋了好一会儿，终于问肖凡："我说了我们会来新疆，你为什么不在留守处等我们？还有，你说你要执行任务，为什么不在留守处，而住在县城？"

肖凡强装笑脸："我想给你和女儿一个惊喜。"

林兰兰还是不高兴："没有你这样给惊喜的。"

肖凡哽咽几声，不知该如何回答林兰兰。如果他的身体没有出问题，他断然不会如此。他想向林兰兰如实坦白，但一股凉意浸遍全身，他便知道不能说，只要他话一出口，就会爆出吓人的雷，把他，还有林兰兰和女儿都炸翻在地。

林兰兰告诉肖凡，她不见他回去，便领着女儿从石家庄坐火车到乌鲁木齐，然后又坐夜班车到了叶城。这一路很顺利，因为见肖凡的心情迫切，所以觉得一路很快，没有费什么力气就到了。

肖凡看着才第一次见面的女儿肖姗，小家伙比照片上漂亮得多，他心里好受多了。

肖凡伸出手去抱女儿。他幻想过很多次的这一刻，现在终于实现了。

女儿却叫了一声："叔叔好。"

肖凡愣住了。

旁边的林兰兰，也因为女儿的这一声叫愣住了，看着女儿，不知道该说什么好。

女儿也同样没有见过肖凡，在女儿的概念中，没有"爸爸"这个词，严格来说没有"爸爸"这个人，所以她把所有男性都叫叔叔，对肖凡也不例外。

林兰兰对女儿说："这是爸爸，快叫爸爸。"

女儿眨了一下眼睛，还是叫了一声叔叔。

肖凡颇为尴尬，不知该说什么。这一刻的女儿和他之间，似乎隔了一层像纱一样的东西。他想靠近，女儿却迅速躲开。他想打破，却很无力。他终于发现那层东西并不像纱，你说它是昆仑山的影子也行，说它是三年时间沉积后变成的石头也行。

林兰兰对肖凡说："你这三年都不在，女儿学说话时，想让她学叫爸爸，可是没有人做对应，想练习一下都不行。"

肖凡安慰林兰兰："没事，我这次休假时间长，我慢慢教她，她慢慢就适应了，保准她叫我爸爸。"

林兰兰说："那就看你的了。在女儿的记忆中，没有对爸爸的认知，一下子让她把你接受成爸爸，不知道行不行。"

女儿觉得肖凡陌生，躲在一边，用充满惊奇的眼睛看着肖凡。肖凡突然觉得浑身没有力气，也无法与女儿对视。他其实想好好看看女儿，但是女儿眼睛里面的惊奇，让他有了负罪感，目光恍恍惚惚地飘了几下，就落到了别处。

林兰兰为避免尴尬，把女儿拉到了一边。林兰兰转过身的一瞬，身体抖了一下。这三年时间，变成了压在她身上的石头，以前她不知道，现在见到了肖凡，女儿管他叫叔叔，她一下子被那块石头压弯了腰，甚至有些喘不过气。不是呼吸困难，而是心里有复杂的滋味在翻滚，好像一下子就会让她窒息。

叔叔。肖凡莫可名状地笑了一下，不知是在笑他自己，还是在笑这件事。

女儿看了一眼肖凡，问林兰兰："妈妈，这个叔叔是谁？"

林兰兰说："不是叔叔，是爸爸。"

女儿问："什么是爸爸？"

林兰兰说："就是生你的父亲。"

女儿问："我不是你生的吗？"

林兰兰没有办法给女儿解释，用复杂的神情看着肖凡。她就这样看着肖凡，不知该怎么办。

肖凡想对女儿说几句话，然后慢慢给她解释，但女儿躲着他，把头扭向一边。肖凡在内心感叹，在昆仑山三年，把女儿给耽误了。他感觉肩上又沉了，是在昆仑山经常感到有什么压在肩上的那种沉。他虽然离开了昆仑山，但昆仑山好像跟了过来，又压在了他身上。他一阵眩晕，好像又缺氧、胸闷、气喘——出现高原反应了。唉，在昆仑山三年，原本以为只是与亲人远隔千里、遥相思念，不料却与亲人如此这般隔阂，即使现在站在她们面前，依然觉得遥不可及。他想起到昆仑山的第一年，一位老兵曾说，昆仑山有根，只要你在昆仑山上待一年，它的根就会长进你的身体里，会影响你一辈子。起初他不理解，后来经历的事多了，就明白了那位老兵的话。昆仑山的艰苦环境对人的摧残随处可见。他有两位同年兵战友，新兵训练结束后被分配到一个海拔较高的兵站，有一年他从阿里的狮泉河下山，夜宿那个兵站时碰到他们二人，一个一头白发，另一个已全部脱发，以致让他不敢相认。他们准备了饭菜招待他，那个晚上虽然他们频频举杯，但他却不敢去看两位战友的白发和光头。还有一位战友，在昆仑山上得了关节炎，复员后走路一瘸一拐，有人劝他去医院治一治，他说不治了，从昆仑山上带下来的病，哪能那么容易治好。这些事就是昆仑山的根，你一上山就潜入你的身体，直到有一天你才会发现它的存在，但它已经把你的背压垮，把腰压弯。

肖凡想抱一下女儿，却挪不动步子。

他怕吓着女儿。

更怕被女儿拒绝。

林兰兰为了避免难堪，借故给女儿讲故事，分散了女儿的注意力。

肖凡默默在沙发上坐下，沙发很软，他觉得自己在下陷。他惊叹，已经见到了妻子和女儿，却仍然不知身在何处，昆仑山的根，把人牢牢地捆死了。他端起茶杯喝了一口茶，却品不出茶的味道。他放下茶杯望着女儿,女儿背对他坐着,他虽然看不到女儿的脸,但他知道女儿觉得他陌生,在躲着他。

怎样才能打开女儿幼小的心灵?

肖凡不忍心让女儿负重,便决定慢慢让女儿适应他,适应了就好说话。

到了吃饭的时候,林兰兰去外面买了饭菜回来,叫肖凡一起吃。肖凡先是一愣,三年没有听到林兰兰叫他吃饭了,这一瞬的幸福,像一股暖流袭遍全身。他起身走了过去,浑身一阵颤抖。

女儿却"哇"的一声哭了。

肖凡迈不动步子,站在了原地。

林兰兰哄女儿:"爸爸从很远的地方回来,见到我们很高兴,我们一起吃饭。"

女儿还是哭。

林兰兰接着哄女儿:"爸爸和我们是一家人,一家人就要在一起吃饭。"

女儿边哭边说:"我们家只有妈妈和我,没有这个叔叔,我不和他一起吃饭。"

林兰兰的脸色骤变,看了一眼肖凡,意思是她没有教育好女儿,连叫爸爸也没有教会。

肖凡心里愧疚,想对林兰兰笑一下,却笑不出来。

林兰兰继续哄女儿。

肖凡和林兰兰都没有想到,女儿说出了一句让他们吃惊的话:"我怕这个叔叔,他很吓人。"

高原紫外线让肖凡脸膛通红,嘴唇上甚至有裂痕,所以女儿怕他。

林兰兰无奈地看了一眼肖凡。

这是肖凡最不忍心的。女儿不会叫他爸爸没有关系，但是不能让昆仑山的根从他身上延伸到女儿身上，那样的话就影响到了下一代人。

女儿看见肖凡站在那儿发愣，更加害怕，放声哭了。

肖凡一阵辛酸。他不是为女儿不认他辛酸，而是为自己这一刻的样子难受。他怕自己在女儿和林兰兰面前落泪，便转身出门。出门的一瞬，他听见女儿对林兰兰说："我不喜欢这个叔叔，不要让他再来我们家。"

肖凡的泪水奔涌而下。

出了门，肖凡想，林兰兰会不会也落泪。他断定林兰兰不会，她在这三年独自支撑着这个家，早已变得比男人还坚强。

在街上随便吃了东西，肖凡准备回招待所，走到门口却犹豫了，女儿怕他，回去又会让她害怕，他只有等她睡了再回去。

招待所门口有一个台阶，肖凡坐下，呆呆地看着院子里的一棵树。他想，如果昆仑山上也能长出这样的树，一切就会被改变，他的脸膛就不会这么通红，女儿也不会怕他。更重要的是氧气会充足，战友们每天不会难受，他也不会连续在昆仑山三年，导致女儿因为从未见过他而不叫爸爸。

夜色渐浓，天黑了。

有风吹来，树叶发出一阵细微的声响。

肖凡叹息一声，他抬头往自己房间窗户上看，灯熄了。

女儿睡了。

该回去了。

肖凡起身进了招待所，一进门便听见卫生间里有滴水声。

他以为林兰兰没有关好水龙头,便摸黑进了卫生间。他要悄悄关掉水龙头,以免吵醒女儿。如果吵醒了女儿,加之他又让她害怕,恐怕她一晚上都睡不踏实。妻女千里迢迢过来,第一天就让女儿担惊受怕,还不如不来。

水龙头并没有漏水。

肖凡颇为疑惑,难道自己在昆仑山待的时间太长,耳朵出了问题?他用手指头掏了掏耳朵,耳朵舒服了,水龙头的滴水声也消失了。

肖凡苦笑一下,难道自己真的出现了幻听?

昆仑山到底有多少根,悄无声息地藏在人身体里?以后不管你走到哪里,它都会死死跟着你,一辈子,并经常伸出舌头舔你一下,让你为之痉挛和颤抖。

肖凡说不清楚,也想不明白,索性便不去想。他向卧室走去,心里涌起一阵冲动。女儿不认他的失落感,使他对林兰兰产生了强烈的依赖。他想拥抱她,也许只有拥抱她,才能让他体会到亲人的感觉。

他刚走到床前,便听见女儿和林兰兰在说话。女儿问:"妈妈,那个叔叔走了吗?"

林兰兰为了哄女儿尽早睡觉,便对女儿说:"走了。"

女儿又问:"妈妈,那个叔叔不会再来了吧?"

林兰兰沉默了。

女儿又问了一遍。

林兰兰无奈,便哄女儿:"不会再来了。"

女儿感觉到肖凡和妈妈的关系不一般,便又问:"真的吗?妈妈你不会骗我吧?"

林兰兰又沉默了。

女儿不睡觉,林兰兰继续哄她:"妈妈不会骗你,你闭上眼睛，赶紧睡觉。"

肖凡一阵伤悲，又一阵无奈。他不知道林兰兰这样哄女儿，到了明天该怎么办。他想起昆仑山上的雪路，看上去平坦光滑，行驶或步行不必担忧，但那是柔软的雪堆积出来的，汽车一旦碾轧上去，或者人一脚踏下，就会深陷进去。现在，林兰兰哄女儿的方式，就像昆仑山上的雪路，今天看似平坦可行，到了明天就会坍塌，让人寸步难行。

女儿还是不睡觉，林兰兰还在哄女儿。不管明天是否坍塌，今天必须哄女儿睡觉，而唯一让她从恐惧和紧张中脱离出来，轻松进入睡眠的办法，就是不要让肖凡的影子留在她心里。这样做有些残忍，也会伤害到肖凡，但是有什么办法呢？女儿的心犹如安静的湖泊，从来都没有投入过一块小石子，现在怎么能砸进去一块石头呢？

肖凡走到沙发跟前，坐了一会儿，然后慢慢躺下。

今晚只能睡沙发了。

恍恍惚惚，肖凡听见林兰兰还在哄女儿，林兰兰在说什么，女儿又在问什么，他好像听清了，又好像没有听清。一阵困意袭上身，他模模糊糊要睡过去。

这时，肖凡看见林兰兰走了过来。她穿着睡衣，扑进了他的怀抱。他一下子睡意全无，清醒了过来。

突然，女儿叫了一声。

肖凡听见了。

林兰兰也听见了。

林兰兰叹息一声，起身去了床上。从床上传来女儿的哭叫："我看见那个叔叔还在，让他走，我怕他。"林兰兰又叹息一声，她已无法再哄女儿。

肖凡想起身离开，但是能去哪里呢？这一刻，他又感觉到昆仑山的根在他身上盘结、扭扯和抽动，让他有窒息的感觉。

黑暗中传来林兰兰和女儿的哭声，她们都哭了。

肖凡用沙发靠垫蒙住头，眼泪流了下来。

第二天，女儿还叫肖凡叔叔。

第三天，女儿连叔叔也不叫了。她怕肖凡，一看见他便眼睛里溢出恐惧，小手也发抖。肖凡不忍心让女儿幼小的心灵受到伤害，便与女儿保持距离，一旦发现她因为他而紧张害怕，便赶紧走开。

他们在叶城相遇后的第三天，就从招待所搬回了留守处，算是一家人共同生活在一个家中。但女儿一直没有叫一声爸爸。

肖凡也习惯了被女儿拒绝。

窗外一片漆黑，肖凡觉得恍惚，不知道该做些什么、怎么做。

林兰兰看了一眼肖凡，犹豫了一下，说："你放心，别往心里去。女儿肯定很快就会喊你爸爸的。最差的情况，这个假期结束，她还不叫，那我以后在家天天拿着你的照片教她叫爸爸，保证你下次回家，她一定叫你爸爸。"

肖凡连连摆手："那样不好，千万不要那样。"

林兰兰不解："你人又不在，除了照片，拿什么让女儿认你？"

肖凡之所以不让林兰兰这样做，是因为有一件事像刀子一样刺了他一下。昆仑山上有一位汽车兵，连车带人从达坂上翻了下去，到了达坂底下，车变成了一个铁疙瘩，而人不知是被车挤压在了里面，还是被甩到了什么地方，连影子也没有找到。他女儿在留守处天天举着照片，对着昆仑山的方向喊爸爸。老兵们劝那女孩的妈妈，要想办法让她女儿从事故的阴影中走出，哪怕忘了她爸爸也不是坏事，因为她太小了，天天像是被石头压着，会影响她的成长。肖凡在偶然中听到这件事后，并没有往心里去，因为这样的事在昆仑山上太多了，像肖凡这样的老兵，已经见惯不惊。现在林兰兰这样一说，他不由得心悸，好像在留守处天天举着照片的女孩，是他的女儿，而他是照片中的那位军人。他犹豫了一下，还是没有给林兰兰解释什么，只是与林兰兰拥抱了一下，就上路了。

突然，身后传来林兰兰的惊叫声："女儿不见了。"

肖凡扔下行李，一个箭步冲进房间，床上空空如也，女儿果然不见了。于是两个人在房间里找，找遍所有的地方，都没有。他们出门去院子里找，还是没有。

林兰兰绝望了，哭泣起来。

肖凡也绝望了，但他是丈夫，是爸爸，不能哭。于是又去找，在院子里又找了一遍，还是没有。

两个人不死心，决定进房间再去找。

经过院里的那棵树，突然从树枝间传来女儿的哭声。肖凡和林兰兰循着哭声看过去，女儿骑在树枝上，那根树枝太细，随时会断掉，得赶紧把她弄下来。

林兰兰走到树跟前，想伸手把女儿抱下来，但她害怕女儿掉下来，手伸了一下便缩了回去。

肖凡一着急，便伸手去拉女儿，心想先拉住女儿，然后把她抱下来。他抓住了女儿的胳膊，却死活拽不动她。他怕拽疼女儿，便跳起来去抱女儿，最后连拽带抱，终于把女儿弄了下来。他怕吓着女儿，便把女儿递给林兰兰。

被林兰兰紧紧抱在怀里的女儿，看了肖凡一眼，突然叫出一声："爸爸……"

肖凡听见了。

林兰兰也听见了。

两个人都愣住了，女儿喊出了爸爸。

肖凡高兴地应了一声，他的声音很大。而且经由这一叫，他突然觉得浑身有一股清爽的感觉在溢动，夜色好像一下子退去，他眼前是一片明亮。他高兴得想叫。

他伸出双手，把女儿搂在了怀里。

29

林兰兰的气消了，佯装生气瞪了肖凡一眼，然后像是要举行仪式似的，把女儿肖姗拉过来，对肖凡说："看见了吧，女儿已经学会了叫爸爸。"

肖凡笑了，他很知足。

林兰兰把女儿拉到肖凡跟前："叫爸爸。"

女儿奶声奶气地叫了一声："爸爸。"

肖凡蹲下身要抱女儿，女儿却仍然觉得他陌生，一转身跑开了。肖凡看见女儿在跑开的一瞬，脸上有惊恐和不安。他明白了，女儿只是学会了"爸爸"两个字，至于他和她之间的关系，她还是不知道、不理解、不接受。

林兰兰也明白了，她以为自己通过努力，成功教会了女儿叫爸爸。但事实证明她只迈出了一步，离成功还很远。女儿还是害怕肖凡，看来在女儿和丈夫之间仍然隔着什么。

"慢慢来吧。"肖凡像是在安慰林兰兰，又像是在给自己打气。女儿觉得他陌生，虽然她叫得出"爸爸"两个字，但只是嘴叫，心不叫。

林兰兰无可奈何，只好说："慢慢来吧。"

当晚，林兰兰平静了下来。肖凡知道他这么长时间不在家，林兰兰一直很孤独，现在他们见了面，林兰兰一下子觉得欣慰，脸上有了喜悦之色。林兰兰发现肖凡在看她，脸一下红了，她眼睛里有灼热的神情。这么长时间，林兰兰和肖凡都一直在期待亲热。但是肖凡猛然间想到自己的病，顿时觉得自己又坠入了那个深渊底部，浑身被寒流浸透，无论如何都兴奋不起来。

女儿在旁边叫了一声，林兰兰不得不转身去了。

肖凡松了一口气，女儿无意间挽救了他，他既有泅渡上岸的庆幸，又有难以言说的酸楚。房间里的灯光很明亮，也很温暖，但肖凡却犹如置身于荒野，浑身止不住发抖。

林兰兰安顿好女儿，到了肖凡跟前，肖凡还在发抖。她问肖凡："你怎么了，病了吗？"

肖凡一惊，虽然没有回答林兰兰，但林兰兰的这句话让他清醒了过来。他索性任由身体发抖，间或还发出粗喘。他这个样子，在昆仑山上经常会出现，军人们出现高原反应或感冒，都会这样。

林兰兰一看就明白了，肖凡从山上下来，把病也带了回来，只是她不知道肖凡患了什么病，肖凡也不肯说。她出去到饭馆买了一碗肖凡最爱吃的揪片子，希望他吃完后，身体暖和一些。

林兰兰问："还难受吗？"

肖凡回答："难受，浑身没有力气。"

林兰兰已没有了先前的激情，肖凡的病把她拉入现实，她要照顾好肖凡。肖凡每年上山后，她最担心他生病，山上的医疗条件有限，万一肖凡患了感冒或肺水肿，面临的就是难以逾越的阻碍。现在，她的担忧变成了事实，看到肖凡发抖和喘粗气的样子，她被吓坏了。

林兰兰扶肖凡躺下，给他盖上被子，然后说："休息一会儿吧。"

肖凡闭上眼睛假寐，心里却更为复杂。他觉得自己迷失了，是那种站立不稳、脚下打滑，要跌入一个看不清、辨不明的黑洞中去的迷失。他在昆仑山曾遇到过很多次大风，有几次差一点被大风刮走，但他心里一鼓劲，脚下一用力，就稳稳地站在原地。作为军人，怎么能被风刮倒呢？现在，他心里难受，忍不住叹息一声。

林兰兰听到肖凡的叹息，知道他难受，便走过来安慰他几句，然后扶他坐起来，让他喝了一口水；等他看起来略有好转的样子，又扶他躺了下去。

林兰兰关了灯，陪女儿睡了。

灯熄灭的一瞬，肖凡觉得巨大的黑暗吞没了自己。窗户上有月光，但只有朦朦胧胧的一层，像是一个想用力站起又用不上劲的人。他把目光从窗户移开，就又落入了屋内的黑暗中。他无法去妻子身边。黑色压在他身上，他脸上有了冰冻的感觉。他知道自己流泪了，但没有用手去擦，只是任由那冰凉的感觉从脸上向下漫延。

明天怎么办？

后天怎么办？

他这次休假有两个月，身体的事，终归是纸包不住火。林兰兰知道真相后，我该怎么面对？以后怎么生活下去？肖凡找不到答案，脸上又有了冰凉的感觉。

窗户上的月光只剩下一个小圆圈，但很明亮，透过窗玻璃在地上投下一片光影。光影比窗户上的圆圈大多了，明晃晃的，很刺眼。肖凡的眼睛被刺得不舒服，便起来拉严窗帘。他意识到林兰兰在身后，一回头，林兰兰果然站在身后。他虽然看不清林兰兰的表情，但是他能感觉到林兰兰很吃惊——你得的什么病，为什么如此不利索？他很紧张，事情这么快就露出了马脚，他顿时觉得自己跌入了黑暗的谷底，无论怎样挣扎都无法爬出。好在林兰兰并未产生怀疑，只是问："你睡不着吗？"

肖凡说："窗户上的光圈刺眼。"

林兰兰说："你病了，叫我来拉窗帘就行了。"

肖凡说："没事，我还没有到动不了的那一步。"

林兰兰叮嘱肖凡一番，便又睡了。她稍后看了一眼肖凡，但只是看了一眼，没有说什么。

重新躺下，肖凡一点睡意也没有，觉得盖在身上的被子很重，不一会儿就让他出了一身汗。他诧异，明明不热，为什么却出汗了呢？

外面起风了，有黑影在窗户上移动，像是有人在向屋里张望。肖凡看见窗户上的小圆圈倏然消失，屋子里更黑了。他看不清屋里的任何东西，黑暗遮蔽了一切。这是属于他一个人的黑暗，哪怕从此暗无天日，也说不出口、喊不出声，甚至不能在别人面前掉泪。

窗外有一只鸟儿叫了一声。

肖凡的身体抽搐了一下，好像这一声鸟叫是一把刀子，隔着窗户刺了他一下。肖凡想去外面走走，但是他又担心会被林兰兰发现，便躺着没动。他知道林兰兰还没有睡，因为刚才的鸟叫声也惊扰了她，她发出了一声惊叫；虽然她怕吵醒女儿，极力把惊叫声压了下去，但肖凡还是听到了。肖凡不知道林兰兰是否也怕鸟儿叫，他不在的日子，她如何度过如此难耐的夜晚？

肖凡一动不动地躺着，挨着寂静的黑夜，盼着林兰兰入睡，也盼着自己入睡。

半夜过去了，肖凡有了困意，脑子里模模糊糊地出现了连队，还有连里的战士。他们向他说起一件事，那是一件让人快乐的事，战士们说得高兴，他也听得高兴。但是袭来的困意犹如一场大风，让快乐的场景戛然而止，他觉得自己滑进了一个柔软舒适的神秘去处，意识渐渐模糊了。一个感叹潜入他最后的意识——那时候，我的身体还是好的，所以才那么快乐。然后，就沉沉睡去。

他又做了几个梦。梦是一个秩序错乱的世界，会出现认识的人，也会出现不认识的人；会出现在现实世界中曾经发生过的事，也会发生匪夷所思的事。人主宰不了梦，所以做梦的人会被错综复杂的梦带走，或经历惊心动魄的离奇之事，或说一些错乱无序的话，直至梦醒后才会恍然大悟，梦中的一切才会变得遥远。

后来，梦中起风了。

众多杂乱的梦异彩纷呈，肖凡都没有感觉，唯独一场轻柔的风让他有了感觉。在昆仑山上，他曾多次遇到过这样的风，那是一种似有似无、却让人感到清爽的风，在那样的风中被吹一会儿，会神清气爽、心旷神怡。但是那样的风在昆仑山，难道他一下山，那样的风就跟到了山下？那风仍然在吹，落到他脸上，有一种从未有过的舒适感。他处于半梦半醒的状态，好像有一只手在抚摸他，要让他醒来；好像还有一只手，要抚摸他继续睡去。

终于，肖凡醒了。

林兰兰趴在肖凡身边，正看着他。这是黑夜，她一定看不清他，但她熟悉他，看不清他也觉得他亲切。她心里一阵欣喜。

肖凡感觉到了林兰兰的呼吸。哦，他在半梦半醒之间感觉到的，并不是清爽的风，而是林兰兰的呼吸。昆仑山的那种清爽的风，只能在昆仑山才可遇到，下了山遇到的是别的风。林兰兰的呼吸也是一种风，比昆仑山的那种风还好，他即便是这样躺着，也感觉到很幸福。这呼吸，把他从梦中拉了出来。好在有黑夜遮蔽，加之他没有一把抱住她，她便没有发现他已经醒来。如此这般，他和她虽然近在咫尺，却犹如隔了千山万水，让他一阵心酸。

林兰兰叫了一声他的名字。

肖凡很紧张，他没有应答。他怕自己一直小心翼翼维护的堤坝，会在一瞬间塌垮，然后倾泻出悲怆的洪水。

时间像是在黑暗中凝固了一般，久久没有声响。过了一会儿，林兰兰给肖凡盖好毯子，然后轻手轻脚地去了卧室。

肖凡的眼泪流了出来。

第二天早上起床后，肖凡如实向林兰兰告知了自己的病情。

林兰兰欲哭无泪，一声声叫着肖凡的名字。这么多年，她最担心的就是听到这样的消息，挨过一年便暗自欣慰，复又暗自祈祷肖凡接下来平平安安，不求干出什么成绩，不求当多大的军官，只要活着回来就谢天谢地。现在看来，昆仑山就像一个巨大的水桶，把她的担忧一年一年装进去，到最后就变成彻骨的凉水，从头到脚泼下来，让她凉透了心。

留守处鉴于肖凡的身体需要长时间康复，联系了乌鲁木齐的新疆军区医院，让他去治疗。

林兰兰像凝固了一样，久久不语，久久不动。

过了一会儿,林兰兰对肖凡说她去邮电局给她父母打个电话。肖凡便等她。一个多小时后,林兰兰回来了,她告诉肖凡,她已经向单位提出辞职,打算留在新疆陪护肖凡治疗和康复。

肖凡不知说什么好。

林兰兰说:"既然嫁给昆仑山的军人,我必须坚强。"

第九章　一支驳壳枪

30

冬天终于过去了，昆仑山的春天来了。

说是春天，大多地方还是看不到一丁点绿色，更别说长有茂密枝叶的树，或者绽开的花朵。只是人身上的衣服少了，浑身轻便了很多。还有风，也不再寒冷，有了一丝丝暖意。这样的春天，虽然与别处的春天没法比，却是熬过寒冷和寂寞等来的，能让高原军人的心情好起来。

在多尔玛边防连的执勤任务，已全部完成，汽车营的人接到通知后准备下山。从前年入冬上山到现在，汽车营已经在山上待了一年多。但这并不是结束，下山后还要一趟一趟地上山，只要昆仑山在，他们就会不停地上山和下山。

肖凡生病后，藏北军分区便任命副连长卞成刚为连长，让他把汽车营的人带下山。他们离开多尔玛，回到了狮泉河，排长伊布拉音·都来提也已经痊愈，田一禾也完成了帮助工作的任务，一起回到了战友们中间。

这次上山的人，大家一直都习惯于说是汽车营，好像整个汽车营都在山上。卞成刚升任连长的第一天，于公社高兴地叫起来："太好了，你上山时是副连长，下山就是连长，祝贺。"

于公社向卞成刚报告："连长，军分区司令员来电话说，让我们在军分区休息几天，然后下山。至于什么时候下山，司令员在电话中没说，看来我们只能等通知。"

卞成刚便带着大家，在步兵营空闲的营房里住了下来。

营里安顿妥当后，于公社看见卞成刚仍然恍恍惚惚的。

于公社给卞成刚倒了一杯茶："连长，你喝杯茶，忙了好长时间了。"说着，于公社放下茶杯就出去了。他知道连长有心事，便想让连长一个人待着，到了吃晚饭时再来叫一声。于公社还知道，连长在想多尔玛的事，索性便不打扰他。

于公社不走远，连长有事喊一声，他就可以马上出现在连长面前，这是通信员的职责。

闲坐无事，于公社便想这次上山真是不顺，全连的九十多个人在这一年一直很紧张。尤其是卞成刚，他像巨浪中的树叶，倏忽一闪被吞没，又倏忽一闪浮了出来。连长上任后的这几天，从来都没有笑过。能笑出来吗？听说已经开始评"昆仑卫士"了，汽车营能否评上的问题，再次像石头一样压在连长身上。这件事就像一个人哪怕走再远的路，都无法逃离注定的结局，让你摆脱不了命运的束缚。经由这件事，于公社想起小时候发生的一件事，当时村里的田靠引水浇灌，他爷爷当时是公社书记，亲自带人去开坝引水。那个坝很大，一年四季积蓄着水，用水时挖开一个口子，引完水再用石头和沙土将口子堵好。做这件事有风险，弄不好会淹死人。爷爷带人挖开大坝口子后，不料水流太急冲垮了大堤，把没来得及跑的三个人冲走了，等找到时已咽了气。爷爷为此受了处分，并一直心怀愧疚。爷爷当时的样子，与连长现在的样子一模一样，都是被大石头压着的人。他爷爷在阿里当过兵，当年随进藏先遣连从皮山出发（那时候还没有新藏公路），历尽坎坷到达阿里。有那样的资历，他在地方的职务应该还有提升的空间，但是因为引水事件，直至退休也没有再被提升。于公社长到十八岁时，爷爷听说阿里军分区来征兵，便让于公社去阿里当兵，并替他去烈士陵园看看当年的战友，尤其是祭奠一下老连长。老连长在当时积劳成疾，加之高原上的医疗条件差，最后病故。老连长去世前，于公社的爷爷要把他背下山，他说来不及了，就让他留在阿里。于公社的爷爷明白老连长说的留在阿里，是指死在阿里，不要费周折下山。老连长在最后给于公社的爷爷交代，他死后把他的那支驳壳枪留下，阿里虽然解放了，但是阿里是边境，把驳壳枪留下有用。于公社当兵后，爷爷就去世了。于公社听说那支驳壳枪在藏北军分区的军史馆里，但一直没有机会看一眼。第一年，他觉得时间还长，一定会有机会。到了第二年，仍然没有看上一眼。汽车兵不是上山就是下山，一直没有自由时间。他去烈士陵园祭奠完先遣连的先烈们，只能在心里默默对爷爷说，老连长的驳壳枪还没有看上，只能等第三年了。现在是第三年，如果还看不上就得复员，以后就再也没有了机会。

于公社扭头向军分区的军史馆方向望了一眼，想给连长说说，请他托人打开军史馆的门，让他进去看一眼。但是他又有些犹豫，连长的心情很压抑，还是不给人家添麻烦为好。

天色暗了下来，远处的夕阳呈现一片金黄，在雪峰上慢慢移动，像是不忍就此结束。不一会儿，巨大的暗色向下压着，那抹金黄渐渐变淡，最后慢慢消失。

于公社想看那支驳壳枪的愿望，也像夕阳中的那抹金黄，慢慢沉到了心底。

伊布拉音·都来提吹响了开饭的哨子，战士们都已经饿了，迅速列队唱歌，然后进了饭堂。军分区给营里送来了鸡鸭鱼肉，晚上要会餐。汽车部队有一个习惯，每每完成任务都要会餐，以示对战士们的慰劳。大家在这几个月一直吃不上新鲜蔬菜，好多人的嘴唇都裂开了口子。所以这一顿饭很丰盛。

吃饭时，卞成刚脸色沉重，一直没有说话。他因为对那三棵树寄予了希望，一直怀着侥幸心理，并认为邓东兴假装腿受伤的事，是只属于他们二人的秘密，只要他们不说，便永远不会有人知道。

他担心这件事迟早会露馅。

那三棵树让他和邓东兴做了一场想向"昆仑卫士"靠近的梦，但最终一无所获。他压力很大，已做好承担责任的准备。这样一想，他又一阵惶恐，他承担不了的责任，或者不敢说的，是他默许邓东兴假装腿受伤，在多尔玛多待了一个冬天的事。随着下山的日子逐渐临近，他觉得自己被什么推动，要站到人群面前，把曾经紧紧捂着的一个秘密和盘托出，给组织一个交代。

要不要给组织交代，他犹豫不决，拿不定主意。

饭吃到中间，卞成刚又站起来说："这顿饭大家可以放开吃，但是今天晚上不准乱跑，除了站哨的人，其他人都不准出门。好好休息一晚上，也许明天一早下山的命令就下来了。"

谁都知道在军营里听从命令便是，没有人说什么。

吃完饭，于公社开始排晚上的哨兵，排到第四个，他写上了自己的名字。第四个哨兵在凌晨三点多，本来通信员不用站哨，但他在这一刻心里一动，自己的名字就落在了纸上。他想着那支驳壳枪，可正常去看没有机会，便想趁着夜深人静钻进军史馆，哪怕看一眼也会心满意足。但是军史馆不能随便进去，他如何钻进去？他的名字已经落在了纸上，去是一定要去的，至于想什么办法，到时候再说。

熄灯号吹过后，于公社看见卞成刚看了一眼哨兵名单，没有说什么，悬着的心放下了。按照惯例，卞成刚在熄灯后要去各班查看人员在寝情况，通常也会带着于公社。今天依然一样，卞成刚在前，于公社跟在后面，二人在院子里转了一圈。所有房间都已熄灯，但还有人说话。很快就要下山，加上会餐让大家兴奋，所以有人不能平静。卞成刚走过去，战士们听到他的脚步声，声音哑了下去。

二人转了一圈，各自进屋休息。于公社却睡不着，一班哨一个半小时，他不怕自己睡过头，因为到了他的哨，上一班哨的人会来叫他。他很紧张，一紧张便没有了睡意。屋子里漆黑，他睁着双眼，感觉黑暗比昆仑山还巨大，压得他喘不过气。黑夜只是一种存在，不管你有没有感觉，天黑下来后它就一直在。是于公社太紧张，目光一落入黑暗，便犹如滑进了深渊。不能这么紧张，视情况而定，实在不行就放弃计划。

从隔壁传来卞成刚的叹息声，很小，但依然清晰，于公社隔了一面墙也听得清清楚楚。连长有心事，也睡不着啊！于公社感叹。

第一班哨很快就结束了，于公社听见交接班的声音。还有两班哨的三个小时，就轮到我了，可以睡一会儿，也可以不睡。于公社慢慢放松下来，一放松就困意袭来，很快睡着了。在快进入梦境的那一刻，于公社还有清醒的意识，心想只有站两班哨的时间呢，千万不要睡过了头。梦境像打开的口子，与于公社最后的意识对接在一起，爷爷在梦的另一边看着于公社。于公社觉得奇怪，爷爷已经去世两年多了，怎么会跑到昆仑山上来？哦，这是在梦里，梦是没有规律的，爷爷像风一样跑到了我的梦里。这是于公社最后的清醒意识，接着梦像伸过来的一只手，一把便将他从最后的清醒意识中拽住，拉入另一个世界。

梦中的爷爷无比清晰，还是活着时的样子。爷爷对于公社说，昆仑山是非同寻常的地方，你站哨时一定要尽职尽责，不要放过任何异常现象。

爷爷还问于公社，先遣连的先烈们都好吗？

于公社说，都好，部队给他们建了烈士陵园，每个人都建了墓，还立了碑，碑上面把每个人的生平写得清清楚楚。我一个一个看了，算是了解了每个人的生平。经常有人去烈士陵园祭奠他们，有的墓碑前放着花，虽然已经干枯，但可以想象拿进去时是鲜花；有的墓碑前放着酒瓶，虽然酒瓶是空的，但可以肯定是送酒的人为先烈们打开了酒瓶，时间一长酒就蒸发了。

爷爷说，酒蒸发了，也就等于是那些老伙计喝了。

于公社点头称是。虽然是在梦中，但他还是想起那次去烈士陵园祭奠的情景。他告诉爷爷，你们先遣连的那一批兵是阿里军人的骄傲，每次我们的车队到了烈士陵园外面，如果时间紧张，就鸣笛通过，算是对老前辈们的问候；如果时间容许，就进去祭奠一番。有好几次，营长李小兵给我们讲起你们的事迹，我们都深受教育。

爷爷点了点头，又问于公社，你单独祭奠他们了吗？

于公社说，都单独祭奠过了，我本来想跪下给他们磕头，但我是穿着军装的军人，不方便那样做，就给他们敬了礼，也给他们鞠了躬。我还把您在我小时候经常念叨的话，都给他们说了一遍，他们应该都听到了。敬了礼鞠了躬后，最后我又说我是替爷爷您去的，说完就离开了。

爷爷却摇摇头，一脸不满意的神情。

于公社明白了，爷爷不满意，是因为他至今还没有去祭奠先遣连的老连长。他想对爷爷解释，不知老连长死后埋于何方，但是又想起爷爷曾对他说过，看到了那支驳壳枪，就等于见到了老连长。老连长在临死前交代爷爷，把那支驳壳枪留在阿里，之后的移交手续也是爷爷亲自办的。一支驳壳枪，不但让老连长的魂留在了阿里，也让爷爷魂牵梦绕一生，所以必须去看看那支驳壳枪，了却爷爷的夙愿。

这样一想，于公社决定去军史馆看那支驳壳枪。他问爷爷，我见到了那支驳壳枪，是不是把您经常念叨的话，对那支驳壳枪再念叨一遍？

爷爷好像笑了一下，没有说话。

于公社把爷爷的话记得很清楚，老连长当年一次执勤，被一群狼围住，他从腰间拔出驳壳枪瞄准了狼。但在那一刻他又放下了驳壳枪，因为当时离边境线很近，如果他开枪的话会引起对方国的误解，搞不好还会引起纷争。他拿着驳壳枪，如果狼扑上来就用枪去砸狼。好在那群狼围了他一会儿后就走了，他默默把驳壳枪插回腰间，松了一口气。还有一次，老连长带人去剿匪，实际上那是最后一个土匪，在山里躲藏了很多年。那土匪只有一支装火药的老式土枪，看见老连长带人围了上来，就把枪口对准老连长。老连长把驳壳枪放下，对那土匪说，你如果放下枪，性质就不一样了。那土匪不明白老连长为什么会放下驳壳枪，更不明白老连长为什么会说那样的话。老连长说，我放下驳壳枪，并不是怕你，而是不想逼你；至于让你放下枪，是给你一个机会，你放下枪就等于投降，可以在新中国获得新生，从此好好做人。那土匪明白了，放下了枪。事后老连长说，他当时很紧张，毕竟那是土匪，而且枪口正对着他的胸口，一扣动扳机就会让他倒地身亡。好在他的劝说起了作用，当他从地上拿起驳壳枪时，虽然手心里捏一把汗，但还是很高兴……老连长关于驳壳枪的故事有很多，爷爷在于公社小时候一件一件给他讲过，他一直记到了现在。现在，到了给老连长讲述的时候，他讲述一遍，就等于是爷爷和那支驳壳枪聊了一次，或者见了一次面。

于公社决定去看那支驳壳枪。

爷爷虽然走了，但于公社没有醒，梦还在持续。于公社随着梦的无序脚步出了门，军史馆的门开着。他有些恍惚，军史馆里有文物，为什么门却开着？他想起自己曾担心进不了军史馆，看来是多虑了。他推开门进去，一眼就看见了那支驳壳枪。驳壳枪在玻璃柜中，他用力去掀柜盖，却打不开。打不开玻璃柜，他便不能伸手取出驳壳枪。他很失望，看过几眼驳壳枪后小声念叨，爷爷，我只能这样替您看一看驳壳枪了。爷爷的声音从门外传来，说的是什么，他听不清。他想对爷爷说，只能这样了。外面又传来爷爷的声音，他还是听不清爷爷在说什么，就不知道该对爷爷说些什么。

外面起风了，再也没有传来爷爷的声音，他便转身往外走。但是门却不见了，他一急便大声喊叫，希望有人能给他开门。叫了几声，好像有人应了一声，在叫他的名字。他应了一声便醒了过来，原来已轮到他站哨，是上一班的哨兵来叫他，从梦中叫醒了他。

梦恍恍惚惚，好像结束了，又好像还没有结束。

于公社出了门，向哨位走去。外面与屋子里一样，都是巨大的黑暗，他一出门便觉得自己迅速被淹没。这时候，他才明白那个梦结束了，杂乱的梦中情景也一去不返，他又回到了现实中。夜很黑，他想看看那支驳壳枪，对驳壳枪诉说的愿望也更加强烈。他曾想过向军分区提出申请，就说自己是先遣连的后代，想亲手抚摸一下那支驳壳枪，也许军分区领导会同意。但是他又想起父亲在他入伍时曾说过，到了部队不要瞎咧咧，到处说自己是先遣连的后代。正因为你是先遣连的后代，所以才要沉住气，争取干出成绩。这样一想，他便打消了向军分区申请抚摸驳壳枪的想法。这一趟下山就要复员，以后再也没有机会来阿里，如果不完成爷爷的夙愿，他将终生遗憾。

在哨位上站了一会儿，于公社一扭头才发现，军史馆离哨位只有几十米，如果撬开窗户进去摸一把那支驳壳枪，然后待上一二十分钟，绝对不会被发现。这个时候，所有人都在酣睡，谁也不会出来。主意一定，于公社放下枪下了哨位，只走了两三步，又转身回去把枪背在身上。不管在什么时候，哨兵都不能让枪离身，他当兵三年，这一点自然清楚。

到了军史馆窗户前，于公社用手推了一下窗户，有些松动，撬开应该不成问题。他拉起枪的刺刀，将刺尖对准窗户缝隙，然后屏住呼吸，准备轻轻去撬。不能太用力，否则弄出声响就会有麻烦。

突然，于公社被窗户上反射过来的光刺了一下眼睛。哦，什么时候，月亮出来了？他只顾想心事，居然没发现有了月亮，夜晚已经变得不那么黑。他向四周看看，营房很清晰，就连院子里的那些杨树也枝条分明。他不敢耽误时间，又举起枪的刺刀，对准缝隙要把窗户撬开。

就在这一刻，于公社透过窗玻璃看见，从窗户透入屋子的月光，恰巧照在那支驳壳枪上。虽然是黑夜，但那支驳壳枪显得锃亮，有一股光芒折射出来，好像还被先遣连的老连长握着，正在看着于公社。

驳壳枪有光芒。

于公社犹豫一下，放下了手中的枪。

黑暗中好像传来爷爷的声音，于公社似乎听清了，又似乎没有听清。

他背上枪，一转身却发现身后站着一个人。

是连长卞成刚。

卞成刚说："你小子这一刺刀撬下去，你就完了。"

于公社低下头，不说话。

卞成刚又说："不光你完了，我作为连长也完了。"

于公社仍然低着头，不说话。卞成刚说："你爷爷的事，我早就知道，也知道你一直想圆了你爷爷的夙愿。你可以通过正常渠道进入军史馆参观，如果规定容许，也可以抚摸那支驳壳枪。但是私自进入军史馆接触革命先烈留下的文物，那就是犯罪。好在你小子还算头脑清醒，在关键时刻及时刹住了车。"

31

第二天吃过早饭，卞成刚让于公社吹哨子，集合战士们上一堂教育课。在吃早饭时，他还没有想好讲什么，于公社昨晚的举动，像一只手牵着他，要把他牵到一个地方去。那是什么地方，他说不清楚，但是隐隐约约传过来的力量，一下一下地撩着他，让他不由得想挪动脚步走过去。他很快警醒过来，身为连长，万万不能像于公社那样干出冲动的事，不然会把藏北军分区的脸面丢尽。其实，帮邓东兴欺骗组织的事，已经很丢人，被发现后可能会受处分或调离汽车营，以后再也没有机会上山。

至此，他理解了于公社，更理解了于公社想抚摸那支驳壳枪的愿望。人一旦有了想法，尤其是在昆仑山这样的地方产生的想法，就会迫切地想去干。孤寂的环境，有时候更容易让人做出偏激的事，就像一个人走在荒无人烟的地方，只能自己琢磨，自己拿主意，不论对错，连个商量和出主意的人也没有。

不能让于公社那么想，更不能那么干。

早饭就那样一边想着事，一边吃完。卞成刚想，如果于公社那样干了，不要说汽车营评不上"昆仑卫士"，恐怕连参评的资格也不会有。放下碗筷，卞成刚决定，上午给战士们上一堂教育课。虽然军分区说是让大家休息，但是不能睡大觉。而且比起在多尔玛边防连巡逻执勤，不费力气和没有高原反应的教育课，就是很好的休息。

卞成刚要给大家讲一讲先遣连的故事。

让于公社吹哨前，卞成刚对于公社说："先遣连是咱们藏北军分区的骄傲，今天我给大家讲一讲先遣连的故事，算是给大家上一堂党史课。"

于公社一愣，问卞成刚："连长，你会提我是先遣连的后代吗？"

卞成刚说："不提。"

于公社又问："以后，我再也不提自己是先遣连的后代了。"

卞成刚说:"你自己拿主意。"

于公社说:"我提什么呢?再也不提了。"

卞成刚没有再说什么。于公社便吹响哨子,战士们很快集合完毕,进入工兵连的一个空屋子。卞成刚说:"咱们在阿里,最骄傲、最值得怀念的是什么?是先遣连。"

坐在下面的于公社脸上露出激动的神情。卞成刚看了一眼于公社,于公社把激动的神情压了下去。卞成刚又接着说:"我们学先遣连,学什么呢?首先要学他们的历史,从他们的历史中寻找他们的精神。"

卞成刚开始给大家讲述先遣连的传奇故事。

1949年10月1日,天安门城楼张灯结彩,毛主席向全世界庄严宣布:中华人民共和国中央人民政府今天成立了!这是一个鼓舞人心、载入史册的时刻。然而,此时的西藏还没有完全解放,毛主席为此做出批示:进军西藏,宜早不宜迟!当时刚成立的新中国百废待兴,国际形势颇为复杂,而且地方分裂势力亦蠢蠢欲动,所以和平解放西藏的难度很大。中央经过考虑后决定,由新疆军区组建一支进藏先遣连,经昆仑山先行进入西藏阿里,摸清阿里当时的形势,对老百姓宣传中央政策,把他们团结到新中国的怀抱中。很快,新疆军区完成了由汉、维吾尔、蒙古、回、藏、锡伯、哈萨克七个民族官兵组成的进藏先遣连,李狄三被任命为先遣连的连长。

1950年8月1日,李狄三率领进藏先遣连从于阗出发,开始了去完成光荣使命的神圣之旅。使命很神圣,但现实却很残酷,他们要翻越的昆仑山海拔大多在五千米左右,高寒缺氧会导致高原反应,很容易让生命遭遇危险。但进藏先遣连对此毫无惧色,仅凭一张自己绘制的昆仑山地图,和一个用了很久的指北针,在崎岖山路上前行。数日后,他们走到了赛虎拉姆大石峡,这是昆仑山的第一老虎口,是让人谈之色变的地方。先遣连一进入石峡,便有山石从头顶落下,差一点砸到战士们头上。战士们闪身躲过,又差一点掉进倾泻的山洪中。石峡中间最为狭窄,只能勉强通过一人一马,而且不时会碰到峡壁的石头上。有些地方凸出锋利的山石,划破了战士的腿,但战士们却不能停步,直到通过石峡才顾得上把血肉模糊的腿包扎一下。一直用了三天,先遣连才通过险象环生的石峡,进入了略微好走的昆仑山腹地。虽然道路略微好走了,但接下来的行进中,他们面临的是与世隔绝般的孤寂环境,一路上没有人烟,连一只飞动的鸟儿也没有。不仅如此,山越来越大,路越来越险,海拔也随之升高,空气更是越来越稀薄。高原反应时时刻刻折磨着战士们,就连马匹都在粗喘,走不了几步就得停下歇息。

几天后,海拔五千五百米的库克阿达坂耸立在先遣连面前,他们本以为翻过这个达坂后海拔会降低,不料在翻越过程中却陷入始料未及的困境。达坂上含氧量极低,气温下降到了零下40℃,如此恶劣的环境让战士们头痛欲裂,举步维艰。但使命在鼓舞着他们,他们咬着牙慢慢往前挪。脸上一片紫色,手背和脸上凸起血管,似乎随时会爆裂。不仅如此,不少人的眼睛先是肿胀,继而便患上雪盲症,整天不停地流眼泪。这样便导致战士们看不清路,有的战士正行走着,突然一头栽倒,甚至昏厥过去。马匹也承受不了高原反应,常常在一转眼间便暴毙了。看着先遣连的悲惨状况,连长李狄三颇为着急。他让战士们点燃一堆篝火,然后对大家说:"同志们,现在我们确实遇到了不少困难……但是,如果没有困难还要我们做什么?红军长征时又是草地又是雪山,国民党前面打、后面追都过来了。现在咱们还能翻不过这座山吗?"所有人都表态一定要翻过库克阿达坂,于是体力好的人背起受伤的人,继续往前走。

8月15日,经过十五天的艰难行进,先遣连终于把库克阿达坂扔在身后,进入了藏北阿里境内。但阿里的平均海拔在四千五百米,含氧量仍然很稀薄,很多地方都不见人烟。这是李狄三始料未及的难题,先遣连经历了那么多困难,上山的第一个任务就是寻找藏族群众,现在连人烟也没有,如何了解阿里情况?如何给藏族群众宣传政策?寻找藏族群众是当务之急,李狄三将先遣连分为五个侦察小组,分头去寻找藏族牧民。之后,先遣连收到上级指示,让他们继续对藏族群众做宣传工作,来年开春后会有大部队上山,先遣连等待与他们会合。

然而谁也没有想到,这一等便是八个月,其艰难超出了所有人的预料。入冬后的几场大雪,让阿里变成了与世隔绝的封闭世界,山下的物资补给上不来,先遣连的生活面临一系列难题。没有柴火,先遣连便组成打柴小分队,把荒野中仅有的带硬刺的植物打回去,以备做饭和取暖之用。那带硬刺的植物扎破了战士的手,他们背着柴火回去,双手血肉模糊。粮食也很快吃完了,他们便组织小分队去打猎,一进山好几天,运气好的话能碰上猎物,运气不好到最后只能两手空空回来。入冬后住处也成了问题,李狄三便带领战士们就地挖建地窝子。阿里的冬天太冷,土层结冻往往达到一米多,战士们的铁镐挖下去,地上只出现一个白点。无奈之下,战士们便先用火去烤,烤到冻土化了再挖。就那样,先遣连在阿里的永冻层上,造出了四十一间地窝子、四十九个掩体、八间马棚……通过打猎储备了过冬物资,住处也解决了,更大的困难却接踵而至。

因为长期经受高原反应，再加上严重缺氧，以及饥饿引起的营养不良和疲劳导致的内分泌紊乱等，不少人患上了可怕的高原肺水肿。1951年元旦前后的那些日子，每天都有战士因为高原肺水肿而死，几乎每天都至少开一次追悼会。到了三月份，高原肺水肿如同疯狂的收割机，让先遣连的牺牲人数达到了顶峰，有十一名战士在同一天被夺去生命，以致很多地窝子都无人居住。李狄三也没能躲过高原肺水肿，但他一直瞒着大家，直到战士们发现他的腿肿得很粗，挽起他的裤腿一看，腿上的绑带已被流出的黄水浸湿，都无法拆解下来。李狄三已无法走动，只得卧床养病。但他仍然心系先遣连的安危，把每天的事用日记的形式记下来，仔细听战士们汇报事务，并鼓励战士要有信心，大部队上来后所有困难都会迎刃而解。

到了1951年5月，李狄三的病情已严重恶化，他主持召开了他生命中的最后一次党支部会议，五名支委举手表决，一致要求为李狄三注射先遣连唯一的那支盘尼西林（青霉素），以期保住李狄三的命。李狄三摇摇头说："大家的心意我领了。我都成这个样子了，还用什么药？我的病我自己心里清楚，就别浪费药了，临死了就别再让我背着个不执行党的命令的名声了。我恳求同志们把手放下吧！"李狄三说完，所有人都忍不住哭泣，泪水纷纷洒落。到了5月28日，副团长安子明率领的大部队，克服重重困难抵达了扎麻芒堡（先遣连驻地）。此时的李狄三已睁不开眼睛，他示意旁边的人把日记交给安子明，只说了一句"可把你们盼来了……"便停止了呼吸。这一年，李狄三年仅三十七岁。他1939年参军离开后，没有回过一次家，从新疆进入阿里前，他给家里写过一封信，之后便再也没有联系。直到1960年，他的儿子李五斗在一张报纸上，看到左齐将军写的文章《李狄三》，才知道父亲早已在阿里高原牺牲。

战士们听得泣不成声。

他们都知道先遣连，却是第一次详细地听到先遣连的故事。

卞成刚又说："其实在先遣连，除了李狄三之外，在其他人身上也发生过悲壮的故事，说起来也是感天动地，非常震撼。"

战士们都用期待的目光望着卞成刚，卞成刚接着讲述先遣连的故事。

先遣连到达阿里的扎麻芒堡后，发现那里的条件很艰苦，进驻后没几天，就被一场大雪死死封在山里，后方补给也无法送上山。先遣连断粮断盐的消息传下山后，南疆军区便组织物资救援先遣连。离1951年的春节还有半个月，救援队伍踏上了昆仑山，那是由毛驴、骆驼、骡马和牦牛组成的驮运队，准备分三批把物资送上山去。

上山的路被大雪封死已有数月，补给线亦被冰雪阻断。前两批救援队走到半路，便因毛驴、骆驼、骡马和牦牛死伤过多而宣告失败。最后一批由七百零七头毛驴和牦牛组成的救援队，驮着一万五千斤粮食、食盐和年货，又从于阗出发了。那一路风雪交加，救援队历经坎坷，一直走了二十五天，到达新疆和西藏的交界处——界山达坂时，六百多头毛驴和牦牛已经倒下，只剩下三十多头牦牛还能走动。为了让牦牛能够保持体力，只好让它们吃驮运的粮食，每头牦牛出发时驮运的四十公斤粮食，到这时已被吃得只剩下三四公斤。时间紧任务重，救援队决定分开走，让体力好的塔里甫·伊明和肉孜·托乎提二人，先赶着三头牦牛驮运一些东西前行，以便尽快解决先遣连的急需。

塔里甫·伊明和肉孜·托乎提赶着三头牦牛匆匆上路，行之不远便遇到一场暴风雪，牦牛受惊向不同方向跑去。塔里甫·伊明好不容易把牦牛赶到一起，却一头栽倒，再也没有起来。肉孜·托乎提挥泪离开塔里甫·伊明的遗体，赶着三头牦牛再次上路。直到正月初七，他终于赶着三头牦牛走到了两水泉，为苦苦等待的先遣连送去三斤食盐、七个馕饼和半马褡子书信。战士们听完肉孜·托乎提的讲述，为救援队一路的生死历程落泪。他们不顾肉孜·托乎提的阻拦，给师部发了一封电报，请求山下不要再给先遣连送补给，他们不忍心战友们用生命去运送供给。

之后不久，先遣连的给养又中断了，只好组织战士打猎维持生活。蒙古族战士巴利祥子是神枪手，他带领蒙古族战士组成的打猎组，白天循着地上的动物爪印寻找猎物，晚上裹着大衣睡在石崖或者雪窝中，寒冷让他们在长夜里无眠，但他们一直坚持了下来。一次，巴利祥子一枪将一头野牛击倒，他以为已将野牛击毙，不料野牛突然跳起向他扑去。巴利祥子闪避开野牛的攻击，再开一枪将野牛击倒，遂脱离危险。但巴利祥子在后来还是被疾病击倒了。

从巴利祥子开始，包括卫生员许金全在内的一大半人，都被一种来历不明的疾病折磨得死去活来。谁也说不出那是什么病，一染上就会暴食暴饮，即便吃得肚子撑胀仍觉得饥饿。维吾尔族战士木沙尤为突出，他刚得病时食量大得惊人，一顿能将一条野牛腿吃掉；但之后便连续数日一口也不吃，一滴水也不喝，从脚一直肿到脸上，全身密布裂开的口子，流出的黄水让人看上去觉得骇然。这还不是最可怕的，最可怕的是患者很快就会两眼发红，过不了多长时间就会失明，甚至不幸死去。死亡阴影在先遣连弥漫。但在死亡逼近的最后关头，先遣连仍然涌现出类似于"四块银圆"这样的故事。战士于洪连续多日一阵阵发昏，躺在炕上下不来。一天晚上，他咬着牙爬到也被病痛折磨得痛不欲生的甘玉兆的地窝子里，气喘吁吁地对甘玉兆说："副班长，我不行了，你可要把咱们这个班带好。要服从命令，多争些最苦最难的任务。西藏还没有解放，大部队快来了，你要把他们带出去。困难也快到头了！可惜，我可能要先走了。"第二天，甘玉兆挣扎着爬起来去看于洪，于洪已有气无力，无法再睁开眼睛。他把四块银圆递给甘玉兆，"副班长，求你帮我做一件事，把这四块银圆交给李股长，这是我的党费……"话没说完，他便溘然长逝。

当时，不论疾病多么可怕，先遣连的精神始终没有垮。先遣连有一盒盘尼西林，是上级领导在先遣连出发时送给他们的，但是没有人舍得用，他们总觉得要留到最后，给能够把先遣连延续下去的人。其实在当时，谁用了盘尼西林谁就能活下去。譬如炊事班的班长张长富被疾病折磨得已无希望存活，先遣连数次要给张长富打盘尼西林，但张长富却死活不接受："谁再让我打那针盘尼西林，我就自杀。我都四十多岁了，死了也没啥，我求你们别再劝了。"直至他去世，那一盒盘尼西林仍然没有动。去世的人，直至去世之前，仍觉得把那盒盘尼西林留下，先遣连就会有希望。

……

先遣连的历史，卞成刚讲得几次哽咽，战士们听得忍不住要掉泪。最后，卞成刚说："今天我们重温先遣连的历史，可以看出，他们之所以不惧死亡，就是为了解放阿里，巩固祖国的边疆。这一点，他们当年是这样做的，今天守卫昆仑山的军人，也是这样做的。我们作为先遣连的后代，作为昆仑山上的兵，要为此骄傲自豪。"

于公社听到卞成刚提到"我们作为先遣连的后代"，脸上又浮出激动的神情。

卞成刚愣了一下。

于公社脸上的激动神情淡了下去。

学习完毕，战士们解散返回班里。卞成刚叫住了于公社："你刚才三番两次地激动什么？"

于公社支吾了几声说："刚才提到的'四块银圆'的事，我爷爷也给我讲过。"

卞成刚又是一愣，然后说："你给我表过态了，你不提自己是先遣连的后代。你忘了？"

于公社的脸憋得通红，但他憋不住，于是说："连长，你刚才也说'我们作为先遣连的后代'的话了，我以为你要把我的家族历史活学活用，所以就激动了。"

卞成刚说："我刚才说的'我们作为先遣连的后代'的话，意思是从藏北军分区的历史而言，我们都是先遣连的后代，不是指你的家族历史。"说完，卞成刚也有些纳闷，他是这样认为的，战士们会这样想吗？不过，除了于公社外，谁会知道这里面的详情呢？

于公社也有些纳闷，但他没有问什么。

午饭时间到了，开饭的哨声响了。于公社要去忙打饭的事，他走到门口突然停住，问卞成刚："连长，有件事能不能问你一下？"

卞成刚说："没事，你问。"

于公社说："连长，我很好奇，李小兵营长的爷爷是先遣连的什么人，你能让我知道吗？"

卞成刚说:"等到下山后吧,我一定告诉你。"

于公社虽然没有达到目的,但是卞成刚答应他下山给他答案,便高兴地一笑,去炊事班打饭。

吃完午饭,传来一个消息:军分区领导听说卞成刚给战士们上教育课的事后,决定让卞成刚把先遣连的事迹和先遣连的后代结合起来,给军分区机关干部讲一堂课。卞成刚一下子被难住了,便找借口对军分区领导说,他不知道谁是先遣连的后代,没有办法讲。军分区领导说,你小子在我们跟前还装吗?我们难道不知道谁是先遣连的后代?

卞成刚觉得有什么压在了肩上。

正如于公社所说,要活学活用。

卞成刚从军分区机关出来,边走边想,这个课该怎么讲?讲于公社的爷爷吗?仅仅只讲一个,恐怕交不了差。那么也讲讲李小兵营长家族的事?可他只知道个大概,不知从哪里讲起。

远远地,于公社向卞成刚走来,到了跟前急不可待地说:"连长,你准备怎么讲?"

卞成刚问于公社:"你都知道了?"问完他一愣,消息已经传开,于公社怎么能不知道呢?

于公社显得很兴奋,但看见卞成刚神情恍惚,脸上的兴奋神情又淡了下去。

卞成刚说:"没有想好怎么讲,先考虑考虑。"

于公社不再说什么。

前面是军史馆,卞成刚下意识地走了过去。军史馆有窗户,从外面能看到里面,卞成刚苦于没有思路,便想过去看看。

于公社明白了卞成刚的意思,跟在卞成刚的身后,到了军史馆窗户跟前。卞成刚看到了那支驳壳枪。理智告诉他不可轻举妄动，但他也想摸一摸那支驳壳枪，摸到那支驳壳枪，他就触摸到了先遣连的历史，感知到先辈当年的呼吸，就知道该怎样讲课。

不能摸那支驳壳枪。

卞成刚默默打消了念头。

于公社突然对卞成刚说："连长，你看，墙……"

卞成刚细看，军史馆的外墙上有裂缝。去年冬天的雪大，军史馆的外墙受到雪水渗漏，便出现了裂缝，需重新打土坯砌出新墙。

卞成刚转身往回走，于公社在后面喊叫："连长……"

卞成刚没有回头："马上报告军分区领导，这墙得修。"

军分区领导接到卞成刚的报告后决定修墙。卞成刚提出请求，由他带人修墙。军分区领导同意了，说尽快下通知，由卞成刚所在的汽车营完成修墙任务。

卞成刚和于公社都很高兴。

因为修墙，卞成刚讲课的事，上级暂时未提。

32

第二天一大早，军分区的命令下来了，让卞成刚带领汽车营的人去维修军史馆外墙。

比起在边防连执勤，这个任务会轻松很多，大家都没什么压力。

卞成刚的眼皮却跳了几下，是右眼皮在跳。他心一沉，有了不好的预感。

于公社提了一个暖瓶进来，给卞成刚倒了一杯水。卞成刚喝一口水,刚放下水杯,开饭的哨声响了。吃过早饭就要去施工,所以这顿早饭很重要,他让炊事班加了几个菜,以便让战士们吃饱。

进入饭堂,于公社已经把连部的饭菜打好了,有咸菜、素炒白菜、炒木耳、炒土豆丝、炒茄子条、凉拌黄瓜、凉粉、凉拌豆角、煎鸡蛋等小菜,比平时多了一倍。最吸引人的是,炊事班把馒头切成片,过油煎了一下,看上去黄灿灿的,勾人食欲。

卞成刚说了一个字,好。

于公社看着卞成刚笑了一下,然后把一碗小米粥递给卞成刚。卞成刚接过小米粥想,于公社像是什么也没有发生一样,还能笑出来。前天晚上的事已经过去了,就当它没有发生。他一直担心于公社会有顾虑,会想不开,但看着于公社没心没肺的样子,他倒坦然了。在很多事情上,要想得通,你想不通,难道和昆仑山去斗吗?

吃过早饭,卞成刚分配了任务,战士们便回班里,换迷彩服准备劳动。这是最后一项任务,完成后就可以下山。上山一年了,现在又到了春天。山上的春天与山下的春天不一样,这个时节山下已一片葱绿,但山上的树才冒出嫩芽。等到汽车营的人下了山,也就到了夏天,大家把棉衣脱下,直接换上短袖衬衣,一身清爽。

于公社不敢与卞成刚对视,但他是通信员,不得不在卞成刚身边打转。前天晚上的事一直让他惭愧,他想对卞成刚认错,刚说出两个字"连长……",卞成刚便拍了一下他的肩膀说:"你小子……"

之后,没有再提前天晚上的事。

快集合时,卞成刚发现于公社不在。他心里一紧,难道于公社还在惦记那支驳壳枪，又偷偷行动了？千万不能让于公社碰那支驳壳枪，一碰就会说不清楚。

于公社迟迟没有露面。

卞成刚一问才知道，于公社刚才感到肚子不舒服，忙不迭地跑去了厕所。等了一会儿，集合的哨声已响了，才看见于公社从厕所出来，飞快地跑到队伍跟前，不好意思地向大家笑笑，又看了一眼卞成刚。

卞成刚看着于公社，决定让于公社留在营部值班，那样的话于公社就会离那支驳壳枪远一点，没有接近的机会。以往出去劳动，身为通信员的于公社都要留在营部值班，所以这次把于公社留下值班倒也合情合理。但他转念一想，这次任务重，再说又离军分区大院不远，有什么事喊一声就能听见，所以不用留人值班。而且让于公社去干活，多一个人手多一份力，早一点干完早一点下山。

卞成刚犹豫了一下，让于公社归队。

卞成刚还是不放心，虽然于公社上厕所耽误了时间，但是不能肯定于公社有没有打那支驳壳枪的主意。万一于公社发现时机不成熟，改变主意装出是去上厕所的呢？他扭头看了一眼军史馆，门紧锁着，窗户也关得严严实实，没有人能轻易进去。不过要看紧于公社，只有于公社不脱离他的视野他才能放心。他注意观察于公社，发现于公社穿着皮鞋，便对于公社说："快去换鞋子，今天所有人都去劳动。"

于公社被卞成刚这么一喊，转身冲进宿舍，从床底下慌乱摸出上山前发的那双低帮胶鞋，三两下穿上，顾不上系鞋带便向外蹿去。

队伍整理完毕，卞成刚开始讲话："同志们，为了尽快完成任务，我希望大家在劳动中发挥顽强拼搏、努力突击的攻坚精神，大家有没有决心？"

大家齐声高喊："有——"

卞成刚看见于公社站在他正对面，一脸激动的神情。这小子，是不是因为接近了驳壳枪就兴奋？他还是不放心，那支驳壳枪就在军史馆里，一不留神，于公社就会接近，一旦接近就会发生意想不到的事情。他想安排于公社去打土坯，那样会离军史馆远一些，于公社想打驳壳枪的主意，也没有机会。不过他又觉得让于公社在他的视野范围内比较好，一旦于公社有什么动静，他马上能看到。这样想着，他又觉得不应该不放心手下的兵，如果于公社要对那支驳壳枪动手，前晚是最好的机会，何必等到今天在众目睽睽之下再动手？从前天晚上的情形看，于公社的自律意识很强，遇事能掂出轻重，是让人放心的兵。

但分工时，卞成刚还是对于公社不放心，如果让于公社抹军史馆前面的墙，离门太近，万一于公社又打那支驳壳枪的主意，极容易得逞。不，不能让于公社在军史馆前面干活，把他调整到军史馆后面去，那样的话哪怕他有天大的本事，也不可能穿墙而入，去到那支驳壳枪跟前。

于是，卞成刚让于公社到军史馆后面去抹水泥。

于公社好像感觉到了卞成刚的心思，看着卞成刚笑了一下。

这小子，笑什么呢？卞成刚认定于公社的笑有两个原因，一个原因是离那支驳壳枪近了，他又动心了，如有机会恐怕会伸出手去抚摸一下；另一个原因是把军史馆的危墙修好，里面的文物，包括那支驳壳枪便会无忧，所以于公社看上去兴奋，这是人之常情。卞成刚愣了一下神，否定了第一个原因。不能如此对待一名战士，应该把他往好处想，他一定会变好。

连队离开军分区大院,绕到军史馆后面,就到了施工的地方。墙上留有明显的水渍,看来去年的雪水融化后,房檐排水不畅,便渗到了墙上。军史馆内有文物,而且大多是先遣连和初建藏北军分区的工具、老昆仑军人的器物、历年荣誉证书奖章、重大事件文件等,大多都有几十年的历史,可以说是藏北军分区的史书。最珍贵的是先遣连老连长的那把驳壳枪,它浓缩了先遣连的历史,但凡知道先遣连的人,顺着这把驳壳枪,就可以讲出先遣连的所有历史。军史馆里有这么多宝贝,怎能处于危墙之下?军分区重视,卞成刚自然不敢马虎。

战士们分成了两拨,一拨去打土坯,另一拨用水泥黏合墙基的砖缝。虽然阿里高原缺氧,气候也寒冷,但是不影响土坯,打好后晾一周即可干透,到时候在军史馆外墙上贴一层,即可加固。军分区营房科是这样定的方案,于是就这样干了。至于用水泥黏合墙基的砖缝,则是为了加固墙基,只要墙基坚固,就不会使墙松软或者塌垮。

卞成刚还是不放心于公社,他看了看军史馆外墙,觉得让于公社抹最中间的墙最好,那样于公社就始终在他的视野里,不管有任何动作都逃不脱他的眼睛。于是,他对于公社说:"公社,你去抹最中间的墙。"

于公社应了一声,端着水泥盆走了过去。

一位战士突然说:"如果这个墙倒了,哪个地方最危险?"

另一位战士说:"如果这个墙倒了,一定是最中间的墙那段最危险。"

于公社愣了一下,又笑了笑,径直向最中间的墙走去。

卞成刚呵斥了一声那两个战士，他们便不再吱声。但他们的议论却像针一样扎了一下他的心，万一墙倒了，最中间最危险，那么于公社就会……他不敢往下想。想把公社叫回，但是最中间总得有人去干，谁去都会面临危险。不，不要这样疑神疑鬼，墙虽然有了裂缝，但是牢牢地立了这么多年，怎么会说倒就倒呢？卞成刚这样犹豫的时候，于公社已经走到了最中间的墙下面，开始清理墙上的脱皮。必须先把脱皮清理掉，才能往上面抹水泥。

战士们都蹲下清理墙基的杂物。

卞成刚看见于公社在战士们中间蹲下，埋头干了起来，虽然人多，但卞成刚还是能分辨出哪个是于公社。至此，卞成刚还是不放心于公社，要时刻都看得见于公社才行。他苦笑了一下，那支驳壳枪附带着先遣连的英魂，让后人如此魂牵梦萦，于公社是这样，他也是这样。于公社想摸一摸那支驳壳枪，是出于单纯的愿望和冲动，而他阻止于公社，是不想发生有辱先遣连的事。

在这样的地方干活，必须小心谨慎才是，否则就会有危险。卞成刚想起前几年复员的一位哈萨克族战士，他给大家唱过民歌《我不敢》：

　　我不敢行走悬崖
　　我害怕它突然塌垮
　　我不敢喝河里的水
　　我害怕里面有泥巴
　　但我敢和你们交朋友
　　我愿意在我最困难的时候
　　让你们牵走我的马

卞成刚觉得歌中的人并非胆小，而是怀着赤子之心，在与这个世界对话。这样想着他便一笑，用盆子盛好了水泥。他刚蹲下，一位战士过来说："连长，我来吧！"

卞成刚摇摇头说："大家一起干。"

那位战士转身去了另一处墙脚，卞成刚觉得那位战士应该明白，自己的意思是要和大家一起干，不要搞特殊。虽然修墙与执勤不一样，却是力气活，他带头干，战士们的劲头便大，能早一点完成任务。

干了一个多小时，墙脚的杂物清理完毕，可以往危墙上抹水泥了。

卞成刚看了看危墙，大概三四米，顺利的话在一周内能够完成。这样也好，战士每次上山都是来去匆匆，很少在军分区待一待，作为藏北军分区的兵，不能不说是遗憾。这次在军分区待上一周，也算是了却了遗憾。况且有十几名战士今年就复员了，所以完成这个任务意义更大。

卞成刚抹了一会儿水泥，突然发现危墙不仅有明摆着的隐患，墙基还暗藏着危机，有好几个地方已陷了下去。墙基不牢固，墙再好也没有用。他的心悬了起来。他用手摸了摸墙基的石头和水泥埂子，还算好，并没有深陷，只要把墙基和墙面连接处填实，再用水泥封死，便可无忧。他吩咐几名战士，先把墙基和墙的连接处搞好，然后再用水泥抹墙基。战士们按照他的指示去忙了。

于公社突然出现在卞成刚身边："连长，我有一个建议。"

卞成刚站起身："你说。"

于公社的脸憋得通红，咬了一下嘴唇说："我觉得在危墙外面砌一层新土坯，这个方案不可取，应该把危墙拆掉，重新砌一堵新墙。"

卞成刚皱了一下眉头，于公社善于观察，这是他的过人之处，但是施工方案是营房科出的，我们怎么能改变呢？再说了，于公社的依据是什么呢？他向于公社表达了这一疑虑。

于公社有了信心："危墙本身就不稳，会一直产生外力，用土坯在外面加固后，并不能解决外力对加固层的挤压，时间长了仍然会塌垮。"

卞成刚很吃惊，他问于公社："你当兵前是干什么的？该不会是盖房子的吧？"

于公社说："小时候见村里人盖房子，经常议论这些事，所以就产生了刚才的想法。还有一点，这个房子和我们村的房子一模一样，如果出事的话，应该不会超出我说的情况。"

卞成刚再次震惊，于公社的话句句在理，他在佩服于公社的同时，不由得为施工的战士们担心起来，万一危墙在施工中倒了，岂不是会有危险？他问于公社："你给看看，危墙在施工中会不会有危险？"

于公社看了一眼危墙说："应该不会。"但他说完担心卞成刚不相信，便紧张地看着卞成刚。卞成刚点了点头。

于公社看出卞成刚信了他的话，很高兴地走了。他在连部当了三年通信员，平时很注意言行，从不在卞成刚跟前多说一句话，今天给卞成刚提了一个建议，他很高兴。

卞成刚蹲下身继续干活。

战士们干得很快，一个小时后，便用水泥抹完了墙基。

卞成刚看了看粗具规模的墙基，其笔直而崭新的姿态，使他感到一丝愉悦。他们在山上待了六个月，在最后完成了对这堵墙的修补，为这一趟上山画上了句号。卞成刚与其他战士一样，盘着腿坐在地上抹完水泥，然后把抹过的地方再修复一下，让它慢慢晾干。

干了没一会儿，卞成刚便觉得双腿难受，于是起身准备蹲着继续干。他刚站起伸了一下懒腰，突然感到一股沉闷的气息压了下来。那一刻的感觉很像昆仑山的大雪，说落就向头顶压下来，让人觉得像是有石头要砸到头上。现在是春天，不会突然下起大雪，那么是什么压了下来？他下意识地抬起头，天哪，墙要倒了！墙顶上已经飘起灰尘，但因为墙是纯土质结构，倾倒的速度有些慢，就像被一只看不见的大手抓着，在松开的一瞬，甩出一团幻影。

卞成刚扔下盆子，大叫一声："墙倒了，快跑！"

墙完全倾斜，倒下的速度突然加快，卞成刚在奔跑中听到身后传来一声沉闷的巨响，一股大风般的冲力将他击倒。他的左脚被什么击中了，疼痛的同时又有沉重的东西压在了上面。"完了！"他惊叫一声，奋力地向外抽腿。还算好，一下子就抽了出来。他来不及多想，便起身向外跑。

身后倒塌、碰撞的声音不断。

等卞成刚跑出后墙的范围，才发现自己光着左脚，刚才用力往外抽出了腿，但鞋子却被埋在了里面。墙已经全倒了。他没有多想，转身又往回跑，在他后面还有十几个人，他要看看他们的安危。

工地上一片混乱。

紧张地挖寻、整理队伍、清点人数之后，发现于公社不在了。于是又继续挖，十多分钟以后，仍不见于公社。

卞成刚的心收紧了，如果于公社被埋在下面，恐怕早已停止了呼吸。他想起于公社刚才就在他身边，而且是盘着腿在干活。于公社仅仅缺了像他起身的那几秒钟宝贵的时间，就被埋在了下面。他很后悔，自己从早上就对于公社疑神疑鬼，所以把于公社安排在了墙中间，为的是让于公社始终在他的视野中。后来那两个战士的议论是极为难得的提醒，但他仍然不为所动，于公社便始终处在最危险的地方，以致现在就出了事。

一切都是我造成的！卞成刚想咬咬牙让自己振作起来，但是他的嘴唇在颤抖，已经不听意志控制，随即又颤抖出一阵隐痛。

一位战士绝望地喊："于公社不见了。"

卞成刚大吼一声："继续挖！"

刚落下的灰尘，因为翻挖又泛了起来，灰蒙蒙的，像一个魅物在挤眉弄眼。

突然从墙里面传来了于公社的声音："我在这儿。"

大家便往墙里面看。灰尘慢慢落下，像那个魅物挤眉弄眼一番后，便收住表情躲到了一边。然后，就显出了于公社的身影。

卞成刚又吼一声："你干什么？快出来！"

最后一抹灰尘落下，于公社的脑袋露了出来。他头上有土，脸上也有一层灰，但两只眼睛在笑，笑得一脸的灰尘都颤动了起来。

卞成刚不再吼了，但声音仍然很大："怎么回事，你怎么跑到军史馆里面去了？"

于公社笑着说："墙倒了后，我好好的没事，就钻了进来。我担心整座房子塌了，会把那支驳壳枪埋在里面，所以就把它抢出来了。"说着举起右手，让大家往他手里看。

大家都看得清清楚楚，于公社手里握着那支驳壳枪。

33

军分区派出警卫排，守护着已变成废墟的那个地方，不让任何人接近。出了这样的事，军分区要调查原因，然后上报上级。

卞成刚把那支驳壳枪交给军分区领导时，一股冰凉的感觉沁入手心，他为之一颤。他下意识地握住驳壳枪并抚摸了一下，那股冰凉的感觉让他心悸。于公社一直想抚摸一下这支驳壳枪，这次算是了却了心愿，卞成刚很欣慰。

从军分区领导办公室出来后，卞成刚一阵恍惚，他本以为上山后的任务已经完成，再也不会出现意外，不料在下山之前，又在维修危房时出了事，还差一点让于公社搭上性命。他至今仍然心有余悸。

卞成刚暗自叹息，是我出于私心，疑神疑鬼地防着于公社，让于公社蒙受了不公。马上要下山了，我不想再出事，所以才防着于公社，不料却差一点把于公社推进死亡深渊。他很清楚自己之所以那样做，与曾纵容邓东兴栽树，而且还撒谎说邓东兴的腿受伤，并进而欺骗组织的事有关。他害怕再出事会导致自己受处分，于是就防着于公社。

值班排长田一禾来报告："军分区来电话通知，让我们明天下山。我已经通知驾驶员都把车加满油，明天一早就出发。"

卞成刚问："于公社的身体怎么样？"

田一禾说："军分区卫生所对他做了检查，一切都正常，你放心吧。"

卞成刚摇了摇头说:"我去军分区争取一下,于公社冒着生命危险抢出了驳壳枪,应该立功。"

卞成刚找到军分区领导,刚说了一半想法,领导便一口回绝。卞成刚急了:"于公社是先遣连的后代,如今他为了先遣连的一支驳壳枪差一点送了命……如果能给于公社一个三等功,对部队战士有很大的教育意义。"

军分区领导说:"三等功要走申报程序。如果给于公社申报三等功,那么危墙倒塌算不算事故,这些都要开会研究,研究出结果,还要上报上级,只有上级同意了才能给他一个三等功。你们先下山吧,有消息会通知你们。"

卞成刚从军分区大楼出来,想去军史馆看看。军史馆的一间房塌了,露着一个豁口。为什么偏偏就在我带着战士施工时塌了呢?卞成刚心里悲痛,脚步不由得晃了几下。汽车营的兵上山前后一年,出了这么多事,他们已经抬不起头了。前几天从多尔玛回到军分区,他明显感到别人看他的眼光不一样,他觉得别人并无恶意,但他不得不想,汽车营的兵在多尔玛出了事,这一趟上山算是背上了包袱。

评"昆仑卫士"的事,可能也会受影响。

但他没有过多悲痛,因为九十多个人在等着他带下山,而下山同样也并非易事,有好几个部队的汽车兵,因为下山放松了警惕,结果就出事了。所以他要咬紧牙关把下山路走好,把九十多个人顺利带回去。

一阵风吹来,一股寒意裹住了卞成刚。

卞成刚咬咬牙,把那股寒意压了下去。他看了一眼那个显眼的豁口,径直走了过去。但是军史馆已有战士看守,带队的一名少尉拦住了卞成刚。卞成刚肩上扛的军衔是上尉,但那位少尉因为担负特殊的使命,便对卞成刚说:"首长,不能靠近，请回去。"

卞成刚急了："我的兵差一点死在了这里，我过去看看不行吗？"

"不行！"

"为什么不行？"

"你应该清楚。"

这句话刺激了卞成刚，他很清楚自己是出了事的部队的连长，这位少尉说的"你应该清楚"的意思是，你们部队没有完成任务，还差一点出了人命。是这样的，哪怕这位少尉说的不是这个意思，他也认为事实就是这样。

卞成刚想推开那位少尉，但他毕竟是连长，而且当兵多年，知道在这种时候不能违抗上级命令，所以他没有说什么，转身走了。

整整一个下午，卞成刚没有出门。他一会儿觉得于公社举着那支驳壳枪，从里面跳了出来；一会儿又觉得于公社在那一刻并没有露面，而是在军史馆里面，房子一塌，就把于公社压在了里面。他一愣，以为事情还没有发生，还来得及扭转局面，便本能地伸出手要拉于公社一把。一束光从窗户透进来，照在他的手上，他才明白自己走神了。他走到窗户前向军史馆方向望去，另一个连队在清理废墟。他只望了一眼便转过身，走到桌前坐了下去。快吃饭了，于公社进来，像以前一样总是先招呼他一声，就去饭堂给连部的餐桌打饭。房子里有一股沉闷的气息，像是有一根绳子在慢慢拉紧，捆缚住了他的头部。他刚起身便听见有人在外面喊"报告"，他听出是于公社的声音。他心里一阵难受，再次明白于公社没有出事，人还好好的和他在一起。他拉开门，于公社站在外面，"连长，开饭了。"

吃饭的时候，气氛仍然很沉闷，大家都因为施工出了事，饭便吃得没滋没味。

卞成刚更是吃不下饭，他看了一眼于公社，于公社刚刚从那儿起身，一晃就不见了。他心里又一阵难受，只吃了几口便放下筷子，独自走出了饭堂。战士们看着他的背影，都不知所措。邓东兴栽树事件后，卞成刚一个人在独自扛着，但他到底在扛着什么，他也不得而知。之后的几件事，他好像扛不住了，一次比一次沉重，但他一直咬着牙在扛。扛到这次，不再有高原反应，不再有雪崩大风，都快要下山了，却出了塌房这样的事，他还能扛得住吗？

卞成刚已经走出饭堂，从他的背影上看不出答案。

天很快就黑了，卞成刚走出营区，向机务站走去，他想给对象李秀萍打个电话。他心里难受，想在电话中听听李秀萍的声音。从邓东兴栽种的那三棵树死掉开始，他一直憋着，憋到现在只想痛哭一场。他因为忙，直到去年上山前的那个早晨，才去见了李秀萍一面。说是见面，其实是告别。他望着李秀萍，内心的话语如潮汹涌，然而他只轻轻地说了一句："我这个冬天要去阿里高原守防。"李秀萍说："我早就知道你已下决心要上山，你放心上去吧，没事的，我等你下来。"他望着李秀萍清纯的眼睛，突然间又有了力量，于是他平静地说："你是我自小就幻想的那个人。真的，我很小的时候，就觉得将来有一个大眼睛的姑娘在等我，她就是你。"这是他几天来最想给李秀萍讲的话。李秀萍陷入迷醉之中，双颊上浮起两片红晕。少顷李秀萍说："是吗？我可没有那么好。"李秀萍的双眼直直地看着他，似乎有很多话要说。他向李秀萍挥了挥手，看了一眼李秀萍的眼睛，便转身走出了房门。

他是带着对李秀萍的牵挂走上昆仑山的。度过了艰辛而漫长的一年，现在，他知道李秀萍一定在苦苦盼望他下山，但是他一直在犹豫，要不要把实情告知组织？如果不告知，那个关于树的秘密会烂在他肚子里，他也就永远不用承担责任。但是他会愧疚一辈子，一想起就会难受。如果把实情告知组织，下山后一定是处分在等着他，到那时该如何给李秀萍交代？

机务站的大门开着，有几名战士在门口聊天，他们看见卞成刚，好像用手对他指点了几下，然后议论起了什么。卞成刚猜得出他们的议论：那是汽车营的连长，这次上山接连出事，他回去该如何交代？还有昨天出的塌房的事，也是这位连长一手造成的。卞成刚听不到他们的议论，但是他们的声音像石头一样砸了过来，他不知该挪动脚步离开，还是留在这儿等他们议论完再进入机务站。

仅仅一个下午，他这个连长就在军分区扬了名。这次的扬名，并非立功或荣誉，而是塌房事故让他一个趔趄，就滑进了无底的深渊。

一只鸟儿从机务站上空飞过，发出一声鸣叫。卞成刚头皮一麻，遂清醒过来。那个深渊像幻影一样消失了，他木然地站在原地，才知道自己不愿走进机务站。

少顷，卞成刚恍恍惚惚地向后山走去。

他想等一会儿再去打电话，那样的话就不会被别人看见。他想哭，虽然理智告诉他不能哭。只要不把他和邓东兴的秘密说出，他下山后就一定不会受处分。只是再上昆仑山，他会因为隐瞒了一些事情而愧疚，而无法面对昆仑山。至此他才明白，他其实想为昆仑山哭，为昆仑山哭，就是为所有的事哭了一场。

这样想着，卞成刚的眼睛就湿了。

那只鸟儿从机务站飞过来，在卞成刚头顶盘旋鸣叫。天已经黑了，卞成刚抬起头，看不清那是一只什么鸟。他愣愣地站住不动，难道连一只鸟儿也看出我是个倒霉鬼，在对着我哀叫？

卞成刚一停下，那只鸟儿受到惊吓，鸣叫一声飞走了。

黑暗一点一点压下来，淹没了卞成刚。

脚边有一块石头，卞成刚低头看了一眼，坐了上去。不去机务站，他便不知道该去哪里，只好在这块石头上坐一会儿。他向远处的狮泉河达坂望去，黑暗中的达坂只有模模糊糊的形状，像是慢慢滑动，又好像一动不动。他尚未判断出是夜雾让狮泉河达坂有了动感，还是黑夜让他产生了幻觉，黑暗便像是膨胀了似的，变得巨大而宽阔，很快就笼罩了一切。狮泉河达坂下面就是下山的路，每次下山，汽车兵把车开到狮泉河达坂上，都要回头望一眼狮泉河，望过这一眼后，才算是真正下山了。但是现在，黑夜笼罩了一切，下山的路也已不见，卞成刚觉得他的路也被堵死，迈不出一步。

夜深了，卞成刚很难受，他迫切地想要给李秀萍打电话。后山距机务站有五六百米，他一溜烟工夫便已到达，但是电话线路却不通，他绝望了。电话线也许在某个达坂，或者某个雪山下被大风刮断，山上与山下，他与李秀萍之间，便被彻底隔断。

卞成刚一阵恍惚，其实他不知道该给女朋友说什么。这样一想，他反而觉得电话没打通是好事，再大的苦难，让他一个人承受，他不忍心把李秀萍牵扯进来。

出了机务站，卞成刚默默往回走。他还想去军史馆看看，也许晚上没有人看守。但他是从军多年的老兵，马上意识到不可一意孤行，白天有士兵看守，晚上有纪律看守，他不能接近军史馆一步。至此，他才意识到自从于公社想看那支驳壳枪开始，军史馆便与于公社，还有他，构成了说不清道不明的关系。接近那支驳壳枪，就接近了先遣连的历史，但也接近了某种命运。如果他小心一点，在开工前仔细察看一下那堵墙，就会发现潜在的危险，然后采取有效措施，就会避免一场灾难。当时没有意识到，现在已于事无补，后悔也没有用。

想着心事，卞成刚无知无觉地往前走着，等到清醒过来，发现自己又走到了后山上。军分区的院子一片模糊，他想看一眼军史馆，却一点也看不清。

夜风吹打着卞成刚，寒冷与懊丧很快便围裹了他。他走不动了，便裹着大衣躺下，硬邦邦的石头撑得腰生疼，但他懒得动一下，任悲伤与苦涩淹没自己。

夜空中没有月亮，也没有星星。卞成刚看看夜空，又低下头看看昆仑山，天上地下被巨大的黑暗遮蔽，没有光亮。

这时，一个声音传来："连长——"

是田一禾的声音。

卞成刚清醒过来。哦，原来是田一禾带着战士们来找他。战士们把卞成刚从地上拉了起来。

田一禾说："连长，你一个人跑到这里干什么？"

卞成刚不想向田一禾解释，他头昏脑涨，任由战友们边拉边扶往回走。

这时，站在田一禾身边的于公社说："刚才接到军分区领导通知，又把老营长李小兵调回汽车营了，他今天已经到山上了，刚才去了咱们汽车营。明天早上，他要带咱们汽车营的人下山。另外，留守处从山下打来电话说，田排长的父亲来了留守处，等着咱们下去。还有消息说，肖凡已经完全康复，准备转业回石家庄，他以后就可以和妻子女儿在一起了。还有一件事，马静得知我们要下山，又从兰州出发要来留守处。这次田排长下山，终于可以见到他思念的人，多么好啊！军分区领导在一小时前去了我们的住处，命令李小兵营长带我们下山后，妥善处理好这些家属来部队的事。"

卞成刚看见田一禾为了掩饰尴尬，把头低了下去，但田一禾脸上仍禁不住浮出又惊又喜的神情。他于是对田一禾说："做好下山的准备，这次不论有什么事，都不能耽误你和对象见面。"

田一禾因为激动，不知道说什么。

卞成刚想，田一禾见了马静，该给她一个怎样的说法？他又想到了肖凡，他后来才知道肖凡的腿神经出了问题，但即使之前知道了又能有什么办法呢？一丝羞愧在他心里游动，他要调节情绪，向前看。

于公社又说："留守处还传来一个消息，我父亲已经动身来新疆了。另外，我父亲听说李小兵营长是先遣连的后代，一定要见李小兵营长。留守处领导刚才打电话上来说，李小兵营长下山后有一个任务，就是要接待好我父亲。这个事，我总觉得不好意思。"

卞成刚说："不应该不好意思，你们是先遣连的后代，接待好老人家，这是咱们的责任。不光是我，还有你，都要做好配合工作。"

于公社点头称是。

当晚，卞成刚给藏北军分区递交了一份材料，如实坦白了他隐瞒邓东兴假装腿扭伤了的事。

第十章　无言的告别

34

一大早就出发，下山。

车队出了藏北军分区，开上狮泉河达坂，拐过一个弯，军分区和狮泉河镇被山冈隔绝，便什么也看不见。这样的离开，虽然还是在昆仑山上，还要走三四天海拔高低不一的路，但毕竟算是踏上了下山的路。

李小兵坐在最后一辆车里，虽然没有肩负执勤使命，但是现在又恢复了汽车营营长的职位。昨天晚上田一禾说下山后有一个任务，是给父亲的身体做一次全面检查，那一刻他想起田一禾的父亲因为治病，推迟一年才来了留守处，心里便不是滋味。田一禾同时又将于公社的父亲来部队，并且于公社也是进藏先遣连后人的事，一并汇报给了他。

李小兵看见前面的雪山始终不动，好像他们的车跑了一上午，仍然在原地不动似的。昆仑山是一座大山，汽车往往跑上一天，感觉仍然在同一座山下。所以在昆仑山上跑车的汽车兵，从来都不慌不忙，一天一天慢慢走，走到头顶的昆仑山移到身后，就下山了。

简单，沉闷，孤独。

上山是这样，下山也是这样。

倒车镜中，昆仑山由清晰变得模糊，慢慢就远了。

整整两天，李小兵只看过一次倒车镜，之后再也没有让目光移过去。李小兵不想看倒车镜中逐渐远去的昆仑山。上山时举步维艰，上气不接下气，让人谈及"上山"二字，脸上就变了颜色。但是下山则不一样，海拔越来越低，每个人都会有终于又平安下山的感觉。这是一种说不出滋味的别离。有一次，李小兵在狮泉河达坂上想向阿里敬一个告别礼，但是他又放下了。敬什么告别礼呢，过不了多少天又会上来，昆仑山的兵与昆仑山，从来都是难舍难离。

车队过了界山达坂，又过了麻扎达坂，最后是库地达坂，一路下了山。

阳光越发明亮，氧气越来越充足，人的呼吸越来越顺畅，浑身有说不出的轻松。这是下山的幸福，只有常年在昆仑山奔波的人，才能体会到这种来之不易、让人浑身上下都舒服的感觉。

第四天中午，车队到了零公里。

李小兵恍惚走神，好像自己还在昆仑山上。他一愣，回过神后一声叹息，虽然人到了山下，心还在昆仑山上。

另一个汽车团的车向这边驶来，驾车的人向李小兵一行按响喇叭，算是打招呼。这是汽车兵的习惯，在路上碰到军车都会这样。

那几辆军车向库地方向驶去。

大家盯着看，好像那是他们的车，开车的是他们。但那几辆车很快就变成戈壁上的小黑点。

春天已经到了尾声，夏天很快就要到来。汽车营在去年上山后，冬天就来了，然后一场又一场下雪，山上和山下都是一片白色。山上的雪比山下的雪下得大，而且还封了山，让山上变成了封闭的世界。好不容易熬过冬天，然后就是并不暖和、仍然天天高原反应的春天、夏天。到了下山的时候，大家一算已经有三个人因为疾病无法正常工作。与昆仑山一样耸立的，就是这样的昆仑精神。

现在，终于下山了。

李小兵让车队停下，默默下车走到路碑前，望着上面的"零公里"三个字，长久不说话。战士们都知道他弟弟李大军的事，便看着李小兵不出声。出发的时候，他们从零公里出发，现在又回到了零公里。

李小兵想起弟弟李大军曾在路碑前跌倒，他没有在乎，又让弟弟上了山，结果差一点丧命。弟弟不想给他添麻烦，复员后不知在做什么。李小兵心里一阵难受，觉得零公里路碑压在了他身上，以后还怎么从这里上路？

李小兵浑身一软，靠在了零公里路碑上。

战士们以为李小兵太累，要扶他回去休息。他摇了摇头说："没事，腿发麻，没站稳。"

战士们便站在一旁等待李小兵。他们想，营长心里一定在想李大军的事。他们在这时候不好劝营长，只能等营长发话才能返回。

阳光有些刺眼，再加上大家都看着李小兵，李小兵便觉得浑身沉重，亦意识到自己有些反常，便决定带战士们返回营地。

他刚一转身，发现身边站着一个人。那人伸出手，李小兵下意识地伸出手与对方握住。那人说："营长，你好。"

李小兵说:"你好。你是……"

对方说:"我叫于立峙,是于公社的父亲。"

李小兵本来已与于立峙松开了手,听于立峙这样一介绍,便又握住于立峙的手。这次不是礼节性握手,握住后因为想起于公社在狮泉河差一点出事,便说不出话。

于立峙对李小兵说:"我来看看零公里路碑,一过来就看见你们在这儿。你这大个子,让人一下子就认出你是李营长。"

李小兵说:"公社当时因为抢救驳壳枪,吸入了大量的灰尘,下山后被安排去医院做检查了。"

于立峙说:"部队的事,我放心。以前总是听公社说起零公里路碑,今天终于看到了!看到这个路碑,就看到了新藏线,看到了昆仑山,看到了藏北军分区边防。"

李小兵看了一眼路碑,又看了一眼于立峙,说不出话来。

于立峙看着路碑说:"从零公里出发的人,魂就被昆仑山带走了;从昆仑山下来,只有到了零公里,魂才能回来。"

于立峙看了一会儿零公里路碑,转身对李小兵说:"李营长,不打扰你们了,我回招待所去。"

于立峙转身离去的一瞬,有一片强烈的光照了过来,在他身上镀上了一层亮色。是阳光,还是昆仑山的雪光?李小兵和战士们没有看清,那片光就消失了。

李小兵也带着战士们离开零公里。

回到汽车营,李小兵把战士们安顿好,一个人在营部待了一会儿,然后拨通了留守处主任的电话:"主任,我们顺利下山了,我下午过去给留守处的领导们汇报这次执行任务的情况。同时,也向领导汇报一下,这次上山执行任务,先有丁一龙受伤,后有肖凡生病,还有伊布拉音·都来提、于公社等人遇到危脸，不同程度受伤和留下高原反应后遗症……"

主任在电话中说："这些事，你也不要有太大的压力，事故不是人为造成的。你现在要干的事情，是安抚好战士们，如果有下山综合征，马上去医院检查。"

"是。"李小兵应了一声，放下了电话。

李小兵摇摇头笑了一下，心想，下山有下山的事情，不要多想了，把眼下的事情处理好。

第二天早上，上级的决定下来了，田一禾因为执行任务成绩突出，可申报立功。同时，要求李小兵做好田一禾和于公社二人的父亲来队之事。

营区的喇叭中放着歌曲《为了谁》，李小兵听着歌，觉得歌中唱的正是这些昆仑山的军人。他们是大写的人，他们的身影可以耸立成边关长城。

这样想着，李小兵心里好受了。田一禾立功，对全营官兵都是一个激励。

李小兵觉得肩上轻了，但倏忽一转念，觉得肩上又重了。好多事情就这样终结了，他想挽回或者做一些补救，已没有了机会。

于立峙住在留守处招待所，李小兵去看于立峙。

他想，到了招待所，该怎样安慰于立峙呢？

什么样的安慰，能缓解父亲为儿子经历的危险而承受的悸痛呢？

李小兵的脚步沉重起来，无力往前走。

倒是于立峙接到消息，早早地就站在了招待所大门口，远远地向李小兵叫了一声："李营长。"

李小兵一愣，慌忙应一声，走过去的步子不再沉重。

两个人进了招待所房间，李小兵想说什么，却一句话也说不出来。于立峙招呼李小兵坐，然后泡了一杯茶。李小兵发现，于立峙用的是和于公社一模一样的搪瓷缸子，只不过于立峙的这个更旧一些。他说："于叔，公社也有这样一个搪瓷缸子。"

于立峙点点头，没说什么。

李小兵又问："你们家都用这样的搪瓷缸子喝水吗？"

于立峙说："这是我父亲当年从先遣连复员回老家时带回去的，我用了一个，另一个在公社当兵走的时候，让他带上了。"

李小兵说："我知道公社在部队，一直用这个搪瓷缸子喝水。"

于立峙不再谈论搪瓷缸子，把话题转开问李小兵："我就想知道一个事，公社到底摸没摸那支驳壳枪？"

李小兵说："我接到军分区的通知上山后，详细问了一下这个事。公社算是摸了那支驳壳枪，但不是那种偷偷摸摸的摸。"他把于公社从军史馆中抢出那支驳壳枪的前后经过，一一告知于立峙。

于立峙说："公社总算是替他爷爷了了一个心愿。"

李小兵觉得于立峙的话中有久远的事，便请于立峙细说。

于立峙说："公社的爷爷，一直跟在先遣连的老连长身边，虽说不是警卫员，但起的就是警卫员的作用。老连长在最后不行了，公社的爷爷要背他离开守防的地方去治疗，他不同意，因为那样一走，就少了两个守防的人，就好像边防线开了一个口子。当时公社的爷爷说：'老连长，你都这样了，再不去就只有一死。'老连长坚决不同意。当时的先遣连只有老连长一个干部，他如果离开，真的就没有人指挥了。但是大家都知道老连长再不去治疗，生命就会……公社的爷爷要强行把老连长背下去，老连长把那支驳壳枪交给公社的爷爷，当公社的爷爷接过那支驳壳枪时，老连长问他：'握着驳壳枪是什么感觉？'公社的爷爷说：'沉，但是让人心里踏实。'老连长说：'感到踏实就对了，枪是咱们军人的生命，咱们能离开枪吗？'公社的爷爷回答：'不能。'老连长又说：'咱们军人像枪一样，也是边防的命，你说边防能离开咱们军人吗？'公社的爷爷明白了老连长的意思，也就打消了背老连长下山的念头。公社的爷爷自打握过那支驳壳枪后，就一直记着那种感觉，并常说那支驳壳枪上有军人的魂，一握就传到了人心里。后来公社的爷爷离开先遣连时，老连长已经去世好几年了。但公社的爷爷觉得老连长的魂在那支驳壳枪上，他想最后握一次那支驳壳枪，让老连长的精神传到他心里，让他能走好以后的路。但是因为种种原因，他已无法抚摸到那支驳壳枪，只能带着遗憾转业回到了老家。公社的爷爷在公社小时候，经常念叨那支驳壳枪，公社便记在了心里。公社当兵走时，公社的爷爷对公社说：'到了阿里有机会的话，一定看看或者摸摸那支驳壳枪，它会给你力量。'公社这孩子记住了爷爷的话，到了部队便一直想着那件事。我写信给公社说，因为那支驳壳枪是文物，一定要在不违反纪律的情况下，才能抚摸那支驳壳枪；如果部队不容许，万万不可干傻事。"

　　李小兵说："公社没有干傻事，他是个好兵。"

　　于立峙说："从营长你刚才的讲述中，我看得出公社经过激烈的思想斗争，最后还是用理智战胜了冲动，没有破窗而入去抚摸那支驳壳枪。这说明他长大了，成熟了。"

　　李小兵说："不仅如此，他在最后的危急关头，冲进危房中抢出了那支驳壳枪。"

于立峙说:"那支驳壳枪是先遣连的魂。"

李小兵说:"公社在握住那支驳壳枪时,就已经感受到了。那支驳壳枪上寄托着阿里军人的精神。"

于立峙点点头。

李小兵说:"那支驳壳枪的事,值得在昆仑军人中广泛传播,让更多的人都知道。那样就会有更大的影响。"

于立峙问:"那支驳壳枪还在藏北军分区吗?"

李小兵说:"还在。军分区在重新修建军史馆,以后那支驳壳枪还是镇馆之宝。"

于立峙说:"公社在抢救驳壳枪这件事上的选择是对的。"

李小兵准备离开,他刚转过身,于立峙却叫住他,把于公社的那个搪瓷缸子塞到他手里,示意他带走。李小兵说:"这是公社的东西……"

于立峙说:"不,这个搪瓷缸子是公社的爷爷从昆仑山带下来的,现在就留给军分区的军史馆吧,拜托你想办法带上山去。公社的工作我已经做通,没有问题。"

李小兵接过搪瓷缸子,向于立峙敬了一个礼,默默转身出了招待所。

第二天,留守处主任通知李小兵,让他和田一禾一起去见田一禾的父亲,同时领取田一禾荣立三等功的奖金。

马静也来到了留守处,她终于和田一禾见了面。

田一禾原以为见了马静会尴尬,毕竟他们二人为了这次见面,经历了太多的磨难。但是他没有想到见了马静后,马静在短短时间里就消除了不适。他在心里感慨,虽然马静在这件事上经历了不少坎坷,但是她接受了昆仑山,一个人只要接受了昆仑山,其他的一切就都不成问题。

田一禾的父亲话不多，一路都没有说什么。马静在一旁有些不好意思，她看着田一禾，脸上有羞怯的神情。

田一禾的父亲看着马静点点头，脸上有欣慰之色。

第二天，李小兵听到一个消息，田一禾把三等功奖金捐给了"希望工程"。他想起田一禾曾说过，下山后要给他父亲的身体做一次全面检查，做检查需要花钱，而他却把三等功奖金捐了。

三天后，田一禾的父亲和马静，为了不给部队添麻烦，一大早便离去了。

35

中午，李小兵听到一个消息，部队要裁军。

裁军，意味着一部分人要离开部队。

很快，消息变成具体的通知——上级给汽车营分配了十个转业名额，以完成这次裁军任务。

部队的转业，指的是军官，士兵离开部队叫复员。但十个名额还是让李小兵一愣，这十个转业名额，意味着从少尉排长到少校营长，要走十名军官。

上面要求尽快上报转业名单，李小兵很为难，都是在昆仑山上出生入死的兄弟，不能轻率决定谁走谁留。他舍不得任何一名部下走，但是转业是军队大业，都不支持的话，这一任务该如何完成？

汽车营虽然是小建制部队，但也必须服从。

消息已经传开，有人在车场按响车喇叭，起初只是一两声，后来便断断续续不停地响，听起来像是有人在有一句没一句地说着什么。战士们都茫然地向车场张望，想看清是谁在按喇叭，但是长时间都没有人从车场出来。

李小兵也听到了喇叭声。如果在平时，他一定会去车场训人，但是现在他大致能猜出是谁在按车喇叭，也能猜出那人的心思。

转业消息已掀起风波。

李小兵想先放一两天，好好想想报哪十个人上去。

于公社出院回到了营部，营部又恢复了以前的热闹。于公社性格活泼，一旦营部冷清沉寂，他便会说一些有意思的话逗李小兵开心，时间长了李小兵对于公社也有了依赖。现在，于公社出出进进的身影，让李小兵觉得不再孤单。有时候，他看见田一禾，想起他把三等功奖金捐了出去。他问过田一禾，田一禾的父亲和马静在捐献奖金之事上都意见统一。在他们的内心，有多么大的力量，才能做出这样的选择？

李小兵又想到弟弟李大军，刚才还为田一禾生出的感慨，便像旋涡一样在心里搅起一股酸楚。现在下山了，他应该和弟弟一起回一趟老家，却又遇上干部转业的事，看来一时半会儿又回不去。昨天回到营部，他给妻子李亚兰打了一个电话，李亚兰以为他要回家，高兴地问他想吃什么，她马上做。他却对李亚兰说："今天要给上面写报告，看来是回不去了。"

李亚兰沉默了一会儿说："看来山上的任务，还没有画上句号。"

李小兵说："可能要一个月才能画上句号。"

李亚兰说："那你一个月也回不了家吗？"

李小兵说："那倒不至于，明天可以回去。"

李小兵和李亚兰就这样说了几句话，便挂了电话。

第二天车场里又传来喇叭声，战士们都已经习以为常，不去看，也不议论。

李小兵默默坐着，心想按响喇叭的人，是让喇叭声在说话，高一声低一声，说着酸楚和无奈。喇叭声是汽车兵的特殊工具，在昆仑山上行驶或停止，只要传出几声，听到的人就明白是什么意思。高兴时，汽车兵会按出高亢的声响；伤感时，又按出低沉的声响。

现在，车场内的喇叭声也在诉说。战士们听得懂，李小兵当然也明白。

正这样想着，妻子李亚兰给李小兵打来了电话："你几点能回家？"

"回，吃完中午饭就回家。"他没有想清楚，嘴巴不听使唤地说了出来。

李亚兰有些不高兴："回家吃午饭不行吗？"

李小兵说："中午开饭前有事情要给大家讲一讲。"

李亚兰没有再说什么，就挂了电话。

到了午饭时间，队伍集合完毕，李小兵带着大家进入饭堂。待大家坐定，他说："同志们，截至今天，我们营算是完成了上山执勤的任务，大家都是好样的！"说完，李小兵鼓起掌来。

战士们也跟着鼓起掌来。

李小兵说："完成了上山执勤的任务，我们下了山。但今年的运输任务马上又要开始，所以我们要振作起来，全身心投入到新的任务中。"

但转业的消息，已经传到了汽车营中，几乎所有的干部，无论是少尉、中尉，还是上尉都脸色沉重，茫然地看着李小兵。

李小兵有些恍惚，汽车营中有十个人很快就要转业走了，无论今后怎样，这些人都不可能再上昆仑山。但是转业工作还没有开始，这个话题不宜现在议论。

于是，大家默默吃饭。

还没吃完饭，饭堂里暗了下来，大家扭头向窗外看，院子里有一大团白色，犹如巨兽一般在蠕动。

起雾了。

以前从没有遇到过大中午起雾，大家都有些惶惑，筷子慌乱地在碗沿上碰出声响，有人还叫了一声。

"专心吃饭！"李小兵喊了一声。

大家便不再往院子里看，只是吃饭，但心里却想着如果是前几天起这么大的雾，我们就翻不了库地达坂，得在兵站住一宿。

吃完饭，大雾还没有散。

李小兵让大家将车停进停车场，然后一辆一辆检查。一字形停放的车队很好看，加之战士们已将其擦洗过，看不出在昆仑山奔波过的样子。李小兵想，其实汽车也累，因为山上的氧气稀薄，经常在行驶中发出几声沉闷的声响，就停在了路上。弟弟李大军的车不就是累"死"了吗？车在昆仑山上累"死"是常事。这样想着，李小兵无意中一扭头，看见营部门口的大雾被一个黑影冲开，出现了一个人。那人在跑，但好像嫌自己跑得慢，一边跑一边向车队挥手。李小兵认出那人是维吾尔族老乡，他挥手是拦车的意思。这个地方的老乡，认为对车只能挥手，哪怕它已经停止不动。李小兵走过去问那维吾尔族老乡："怎么啦？"

维吾尔族老乡说："解放军，你们能不能给我帮个忙？不，你们能不能给我老婆帮个忙？"

李小兵又问："怎么啦？慢慢说。"

维吾尔族老乡说:"我老婆的肚子疼,疼得她的嘴都快转到脖子后面去了。你们有汽车,帮个忙,把她拉到叶城的医院里,不要让她再受罪了。"

病来如山倒,看来他老婆患了急性病。但是部队不能在任务之外随意出车。李小兵有些犹豫:"你们家还有人吗?如果有人,我们可以出几名战士帮助送人。"

老乡说:"我有两个儿子,但是一时半会儿回不来。"

"他们在什么地方?"李小兵只是顺嘴一问,其实他在想办法。

老乡说:"在昆仑山上当兵。"

李小兵一愣,立即做出决定,由他开一辆车,把人送到叶城县医院去。

战士们都惊讶,送人不是任务,得请示留守处领导。再说这么大的雾,能开车去县城吗?

李小兵看出了大家的顾虑,但他却问老乡:"你老婆疼了多长时间了?有什么症状?"

"这个事情,咋说?我不是医生,把嘴巴说烂也说不清楚。我只能给你说,她那个疼啊,一脸都是汗水,像下大雨一样。唉……"维吾尔族老乡发出一连串叹息。

李小兵对战士们说:"让值班干部打电话请示留守处领导,我先送人过去。"

一位战士说:"但是雾太大了,能开过去吗?"

李小兵只说了一句能开过去,便让那位老乡去做准备。

李小兵说能开过去,那就一定能开过去。战士们虽然有顾虑,但是李小兵的话就是命令,是命令就必须服从,这是说一不二的事情。大家都争着陪李小兵去,李小兵却说:"你们都留在营里,不要乱跑,我一个人去。"

"营长，多一个人多一个帮手，万一路上有什么事，也好有个照应。"战士们看似在争取，实际上是不放心。

李小兵说："不会有事。"他的话仍然是命令，没有人再说话。

老乡很快背来老婆，李小兵发动一辆车，就出发了。

雾更浓了，李小兵开着车出了车场，一下子就不见了。战士们都有些愣怔，是大雾吞没了汽车，还是汽车冲进了雾中？

李小兵像战士们一样，也为这么大的雾吃惊。他在零公里这么多年，只遇到过一次这么大的雾。当时他是入伍第一年的新兵，跟着一位老班长运输汽油返回，快到零公里了，突然就起了大雾。老班长说车上拉的是油罐，非常危险，得把车停在路边，等大雾过了再走。他把车的前后灯都打开，让李小兵在车前，他在车后，防止来往车辆撞上他们的车。李小兵站在车前，感觉大雾拂过来，像是在抚摸他，又像是只在他眼前一晃，便腾向远处。这雾也太大了！他感叹一声，不知道为什么会起这么大的雾，更不知道这大雾会耽误多少事。后来，雾小了，不远处的树变得清晰起来，李小兵甚至看清了枝丫和树叶。他以为雾要散了，他和老班长很快就要启动车，赶回连队不耽误晚饭。但是雾突然又大了起来，那刚刚变得清晰的树，迅速变成模糊的一团，然后就不见了。李小兵回过头，车灯也变得模糊了。但是那两个车灯仍照出红光，经验丰富的司机一眼就可以认出那是车灯。没事，所有车在这样的天气都不会贸然行驶，他和车都是安全的。他突然想到，他在车前，哪怕有车开过来，也是在对面车道上行驶，而老班长在车后，开来的车会在同一车道上对着他，他不安全。李小兵正这样想着，就听得车后传来一声沉闷的声响，紧接着又是一声惨叫。他跑过去一看，老班长倒在路上，一辆刚刚急刹车的小车在忽闪车灯，从车上下来的人连声惊叫，把老班长扶了起来。老班长被撞断了腿，李小兵把老班长抱上那几人的小车，送向县医院。临走时老班长说，幸亏守在车后面，不然小车撞到油罐上，后果不敢想象。老班长被送走后，李小兵才发现大雾已经散了。他也明白过来，老班长知道车前相对安全，就让他守在了车前，而老班长主动选择了危险，守在车后。这么多年过去了，他一直忘不了这件事，在昆仑山上跑车的汽车兵，在关键时刻做出的选择，有不一样的担当。

李小兵想着往事，不由得就踩紧了油门。维吾尔族老乡虽然着急，但是雾太大，便忍不住提醒李小兵："营长，慢一点，雾太大了。"

李小兵把踩紧油门的脚松了松，车速慢了下来。

维吾尔族老乡说："虽然我的心急得很，想让你的车像马一样奔跑，但是我知道这个汽车还是要掌握好，太快了容易出事情。"

李小兵一激灵，暗自责怪自己因为想着往事，不知不觉把汽车开快了。不应该，越是在这样的时候，越要冷静。不然出个什么危险，就是一瞬间的事，到时候后悔都来不及。

大雾慢慢散了。

维吾尔族老乡放心了，对李小兵说："现在我们眼睛都能看得清清楚楚，路好好的，汽车少少的。我的心急得很，请你把车开得像马一样奔跑吧，把我的老婆快一点送到医院，让她少受一点罪。"

李小兵把油门踩下，车速快起来。

很快，到了医院。

维吾尔族老乡的老婆患的是急性阑尾炎，要做手术。但老乡带的钱不够，医院答应可以先收治，但是在做手术前要把手术费交上。李小兵问老乡："家里还有没有钱？"

老乡一脸愁苦："出门前，我把所有的钱都拿上了，没有想到还是不够……"

李小兵又问："有没有办法可想？"

老乡说："两个儿子都在昆仑山上当兵，就算他们有办法，这么远的路，一时半会儿能起多大的作用呢？"

老乡叹了口气。

李小兵转身向昆仑山方向眺望，也许是大雾刚散开，远处只有模糊的山的形状，什么也看不清。守在昆仑山上的军人，家里出了事却得不到消息，等到日后得到消息，往往于事无补。

李小兵找到一部电话，一打通就对妻子李亚兰说："有个事，给你说一下。"

李亚兰在电话那头不高兴："下山都两天了，有事不能回家说吗？"

李小兵回答："是急事。"

"有多急？"李亚兰的声音里流露出不满。

李小兵说："别人需要帮忙，和你商量一下，看怎么帮。"

李亚兰生气了："你下山连家都不回，原来是在忙别人的事。"

李小兵回答："本来打算下午回家，可是事情赶在了一起，不得不把回家的事先放下。"

李亚兰了解李小兵，知道但凡是李小兵决定的事，一定有他的道理，而且九头牛也拉不回来，便问："你说吧，是什么事？"

李小兵便把维吾尔族老乡的事，原原本本告诉了李亚兰，希望李亚兰拿五千块钱，帮维吾尔族老乡把手术费垫齐。

李亚兰犹豫了一下，还是答应了。

钱很快送到了医院。

李小兵和李亚兰在院子里说话，虽然他们长时间没有见面，但是他们的交谈却没有说自己，也没有说对方，只是在说维吾尔族老乡的事。说到最后，李小兵对李亚兰说："我可能过几天才能回家，部队要裁军，给汽车营分配了十个转业名额，我得先把这个事情处理完。"

李亚兰说："我就知道你一下山，就会被事情死死绑住。"

李小兵说："这是没有办法的事，你再等几天，我一处理完就回家。"

"好吧。"李亚兰的声音里有复杂的语调，她咬咬牙压了下去。

送走李亚兰，维吾尔族老乡的妻子已顺利做完手术。李小兵在医院陪了一晚上，第二天早上才返回零公里。刚进营部，值班干部拿着一封信进来说："营长，嫂子在昨天晚上送来这封信，让我交给你。"

李小兵打开信，上面写着：

小兵：

　　我知道你要忙好多天，有些事情你可能一时半会儿顾不上，所以就让我来帮你处理。老家人前后写了好几封信，上周又发了一封电报，催促无论如何回去一趟。裁军和完成十个转业名额都是大事，估计你近期走不开，我就做主和你弟弟一起回老家去。我们过几天就出发。你放心，我一定把这件事办好。

你一定要注意休息，按时吃饭。

妻亚兰
即日

李小兵拿着信的手颤抖起来，弟弟来的时候，是一个活蹦乱跳的小伙子，在部队却差一点出事，并且他也不能亲自陪弟弟回去。他不敢想象年迈的父亲知道这些后，将如何接受这一事实！

他心里一阵难受。

这时，值班干部进来报告，留守处的政治处来电话通知，让李小兵去开会。

李小兵压住心里的痛苦，出了门。

36

会上通知，各营要尽快确定转业人员，一周后上报政治处的干部股。

各营都很为难。

本来军官就少，转业名额又这么多，怎么完成？

阳光从会议室的窗户透进来，照在各个营长的身上，人不动，阳光也不动，便感觉没有阳光。

留守处主任和政委也为难，但是转业是大事，再难也要完成。他们让各营的营长表态，有的营长表态坚决完成，有的营长实在完不成，没办法表态。

李小兵第一个表了态,坚决完成。他是站起来表态的,凑巧有一片阳光照在他身上,让他的个子显得更高。他表完态就坐下了,那片阳光从他身上移开,落入旁边的角落。

所有的营长都很纳闷,汽车营的军官本来就不多,李小兵表态这么坚决,他能完成吗?李小兵发现大家看他的眼神不自然,便低下头,什么也不说。

阳光从窗玻璃上垂直照进来,刺得很多人睁不开眼。

留守处主任和政委决定,各营长回去先摸底,两天后先报一次情况,到了一周的规定时间,必须上报转业名额。

会就这样散了。

大家都心情沉重,没有一个人说话。有的军官才分配下来,仅仅只是少尉排长,就这样转业离开部队,不光他们难受,大家心里都不是滋味。在这件事上,留守处主任和政委也于心不忍,但这是无法改变的任务,不管有怎样的恻隐之心,也必须完成。

李小兵急于赶回汽车营,但留守处主任叫住了他:"李小兵,你留一下。"

阳光又照到了李小兵身上,他想,我表态坚决,主任要表扬我了。

主任并没有表扬李小兵:"你们营的卞成刚外出办事受了伤,你知道这件事吗?"

李小兵一愣,忙问主任:"什么时候的事?"

主任也是一愣:"你不知道?"

"不知道。"李小兵有些蒙。

主任说:"因为转业的事引起了震动,今天上午干部股和军务股的人联合查岗,发现你们营的卞成刚不在岗,再一查,是昨天上午出去的。"

李小兵一哆嗦，那片阳光从脸上一滑，不见了。他对主任说："卞成刚外出，副营长就可以批假。"

主任说："卞成刚倒是请假了，问题是他受了伤，到现在还没有回来。"

李小兵一阵懊恼，这两天事情太多，他没有来得及给大家做思想工作，没想到出了这样的事。李小兵还没有确定转业人员名单，卞成刚断定他必然在转业范围，一时想不通，便跑出去了。

主任说："你回去尽快把卞成刚找到，把这件事处理好。"

李小兵应了声，匆忙赶回汽车营。路过家属院，他向他家所在的那幢楼看了一眼，家属院里有人走动。他远远地看见有一个女人像李亚兰，便一愣，李亚兰已准备去他老家，在走之前等着他回家一趟。那女人走得渐近，他才看清不是李亚兰，遂为自己走神不好意思地笑了一下。

回到营部，李小兵拨通卞成刚所在连的连部电话，得知卞成刚还没回来。李小兵对值班干部说："让你们指导员马上来见我。"

指导员很快就来了："营长，您回来了？"

李小兵压不住怒火，大声质问："你们的连长卞成刚干什么去了？"

指导员说："营长，我本来以为他两三个小时就可以回来，没想到……"

"说吧，卞成刚去干什么了？"李小兵急于想知道事情的缘由。

指导员说："卞成刚去了库地乡的一位老乡家。"

"去干什么？"指导员的语气中毫无愧疚之意，李小兵压不住怒火,便大声质问。

指导员说:"去年我们下山时,向库地的一位老乡借了几公斤菜,因为当时没有带钱,就先欠着了,后来我们就上山了,一直没有顾得上给人家钱,现在……"

指导员没有把话说完,李小兵便知道指导员的意思,汽车营马上有一批军官要转业离开部队,以后有可能再也不会回来,卞成刚要把钱送给老乡。这是好事,说明军人信守承诺。但卞成刚受伤了,这就变成了事故,必须马上把人找到,伤得重的话送医院,轻的话及时包扎。

指导员按照李小兵的吩咐,去布置了。

李小兵走到窗前,看见外面的树已经长出了硕大的叶子。夏天快来了,满眼生机让人心情愉悦。往年的这个时候,汽车营的人都在忙着上山下山,但是今年才刚刚从山上下来,加之又有十个人要转业离开,人人觉得这个春天很沉重,不知该如何度过。

外面响起汽车的轰鸣声,李小兵凭经验听出,来的车不是汽车营的汽车。他尚未来得及出门,那车已开进了院子,有一个人从车上下来,大喊一声:"哥。"

是弟弟李大军。

李小兵好几个月没见到李大军,不穿军装的李大军,已经变成了地地道道的老百姓。他握住李大军的手:"你怎么来了?你嫂子不是要和你一起回老家吗?怎么不动身?"

李大军说:"我虽然已经不是军人了,但还是特别想回来看看。回老家的事已经定了,嫂子准备过几天走。我听说你们下山了,来看你们。"

李小兵知道,弟弟就像离开部队不再提自己是兵一样,什么时候都说没事。这样也好,有些事情能扛住,就把它稳稳扛住，才能活得轻松。于是他对李大军说："好，你能来太好了！"

"在库地我见到了咱们营的卞成刚。"李大军说得高兴，呵呵一笑。

李小兵从李大军的神情上断定，卞成刚可能只受了一点小伤，不然李大军不会这样轻松。但是他还不知道卞成刚的具体情况，哪怕是小伤，只有弄清楚才能放心。

李大军看出了李小兵的顾虑，对李小兵说："哥，你是在担心卞成刚的伤势吧？我告诉你，没事。但是他受伤的前后过程，却有事……"

李小兵急了："你就快点说吧，什么事？"

李大军说："昨天中午不是起了一场大雾吗？零公里和叶城的雾，也一定不小吧？"

李小兵点头称是。

李大军说："我复员后这几个月，交了不少朋友。昨天我开车送一位朋友，本来我昨天下午就可以到达汽车营，但是那场大雾把我困在了库地。我正着急呢，有一个人用手拍打车门，连声叫我老班长，我下车一看是卞成刚。他上车后告诉我，他要给老乡送钱，但是雾太大，他担心会迷路，所以想找个地方等大雾散去后再上路。他看见一辆车停在路边，便想在车里待一会儿，没想到是我的车。我们两人在车里闲聊，卞成刚说他在多尔玛为了栽活三棵树，默许邓东兴假装腿受伤多待了一个冬天。他下山前给藏北军分区领导递交了情况说明和检查，因为汽车营归留守处管理，所以军分区让留守处先拿一个处理意见。这件事目前还没有结果，但不巧赶上有一批转业名额，卞成刚估计自己要被列入转业范围，回山东等待安排工作。叫他那么一说，我这才知道咱们汽车营要走十个军官，等于一下子要走一大半啊！卞成刚说他分配到汽车营还不到十年，而且上昆仑山的次数也不多，所以他不想转业。我对他说你这个时候转业，到了地方上有年龄优势，受欢迎。他说他对昆仑山有特殊的感情，他军校毕业后本来要被分配到西安，但他申请分配到了藏北军分区的汽车营。我问他为什么要那样做，他说他父亲在当年是汽车营的一个兵，在临近转业的最后一个月，开车往狮泉河送冬菜，在半路上遇到雪崩牺牲了，被埋在库地的一个山坡上。他之所以申请分配到汽车营，一来是要沿着父亲当年的足迹完成军人的使命，二来是离父亲的坟墓近一点，在清明节和过年时，好给父亲上坟。我听了卞成刚的话，心里不是滋味，咱们汽车营的每个兵，都有一本翻不完的账。但是现在卞成刚怕自己要转业离开，以后没有人给他父亲上坟了。我对卞成刚说，你放心回去吧，以后的每个清明节我替你给你父亲上坟。卞成刚非常感激，就把我认成了他的哥。我们在车上等到大雾散了，找到那位老乡付了钱，然后去给卞成刚的父亲上坟。那个山坡上埋着和卞成刚父亲一起牺牲的另外二人，因为长时间没有扫墓，三个坟墓上面长满乱草，有的地方已下陷。我们搬来石头砌在坟墓周围，以防止坟墓塌陷。搬石头时，卞成刚的两根手指头被砸伤了。我赶紧扶着他下了山坡，上车往零公里的留守处卫生队赶。走到半路，我们发现路旁边的那条河中的水流量大了很多，看来是山上的积雪因为天气变暖融化了，流下来就加大了流水量。卞成刚说，他在昨天早上听说零公里附近的老乡要赶着羊进山，他们不知道河中的水流量大了，一旦进山会遇上危险。前几年就发生过老乡牧羊时夜宿山谷，在半夜被洪水冲走淹死的事。哥你也知道，雪山上的积雪在白天融化成雪水，流下来需要时间，往往流到山下就到了半夜，所以晚上才是最危险的。我们商量了一下，卞成刚建议我开车去那几个村庄，把这一消息告诉老乡，以免他们贸然出门遭遇意外。我担心他受伤的手，他说不疼，不碍事。于是我们两人一个村庄一个村庄地去通知，直到所有人都知道了消息，我才把卞成刚送到了医院。他让我先回汽车营，他包扎完就回来，我就从医院来了汽车营。哥，事情经过就是这样的，卞成刚是个好连长，你可不能批评他。"

　　李小兵点点头，答应了李大军。

　　李大军看见李小兵的神情放松了，便一笑说："好了，哥，咱俩也见了，话也说了，我还有事情，先走了。"

　　李小兵知道李大军要去见他嫂子李亚兰，他们一起回老家的事，想必早已商量好了。他想挽留李大军再说几句话，但李大军已经走了。

　　下午，传来卞成刚要被截掉手指头的消息。原来，卞成刚本就受伤不轻，但他为了给老乡传递消息，一直忍着疼痛，甚至在李大军问及情况时，装作轻松地说没事。到了医院，他预感到情况不好，便找借口支开了李大军。医生检查后得出一个结论：错过了接骨时间，而且已经感染，必须截掉那两根手指头。

　　李小兵浑身一阵颤抖。

　　外面起风了，门被吹得一阵响，像是风要扑进来。李小兵想起身去把门关紧，但犹豫了一下没动。有的风，你关上门就把它挡在了外面；有的风，你却是没办法挡的。

　　李小兵打电话把这一情况报告给留守处主任。主任在电话中沉默了一会儿，说："卞成刚是好兵。上过昆仑山的都是好兵。你做好安抚工作，不要影响转业的事。"

李小兵问主任:"主任,我本来已经酝酿好了转业人员,里面就有卞成刚。现在他的两根手指头被截掉了,还能让他转业吗?"

主任说:"卞成刚的两根手指头被截掉了,于公于私,还怎么能让他转业?他这个情况,要等待评残疾等级,暂时不列入转业范围。"

"好的,我按您的指示办。"李小兵在电话里表了态。

放下电话,李小兵一筹莫展,出了这样的事,转业名单受到了影响,该从哪儿找一个人补上呢?他这两天考虑的十个转业对象,是经过前后思虑和左右比较,好不容易才定下来的,现在少了一个人,怎么办?

李小兵很为难。

外面的风一直在刮,不仅门在响,似乎整座房子都要被掀翻。

直到吃过晚饭,李小兵仍然一筹莫展。如果再找出一个转业对象,那就得强迫人家走,对自己来说是无情的,对要走的人来说则是残忍的。但是,十个转业名额必须完成,必须从汽车营再选出一个人。

窗户被大风吹开,一股风吹进来,李小兵打了一个冷战,又打了一个喷嚏。空气中充满寒意。天色慢慢暗下来,李小兵关上窗户,看见窗玻璃上像是藏着什么,要让他看清,又遮遮掩掩。

他觉得自己的心也像窗玻璃上的光影,便苦笑了一下,回到桌前坐下,却不知该干什么。

外面又起雾了,不一会儿就变成了大雾,但李小兵毫无察觉,直到窗户上暗了,他才反应过来。他很诧异,为什么汽车营一下山,就天天起大雾?好像有什么正在一点一点弥漫过来，要把他围裹进去，让他苦苦挣扎。

　　大雾冲涌到窗玻璃上，好像要急于扑进屋中，但被窗玻璃撞得上下翻卷，最后又乱晃成一团，向别处弥漫过去。

　　李小兵看着乱成一团的雾，叹息一声，心里也乱了。

　　这时，桌上的电话响了，是政治处的干事打来的。干事告知李小兵，李大军送完下成刚从医院出来，路过零公里路碑时，看见路碑下面的基座破损了，就买了一袋水泥，把零公里路碑的基座维修好了。李大军说，汽车营上山时从零公里出发，下山后第一眼要看的也是零公里路碑，零公里路碑是汽车营的魂，不能让它破损了。李小兵放下电话，才明白李大军当时说他要去办事，原来是去修零公里路碑。他一阵欣慰，虽然李大军已经复员，但李大军的心还在汽车营。

　　天很快黑了。

　　李小兵还没有想出那个转业对象。

　　他又往窗玻璃上看去，不知什么时候，大雾已经停了，窗玻璃上笼罩着黑色，已不见那翻卷的雾。他默默地想，就像这大雾一样，没有什么不能过去，先睡上一觉，明天早上一定能想出办法。

　　在床上躺下后，李小兵才觉出困意。这一天把他折腾得够呛，但是因为神经紧张，并不觉得累，现在一躺下，疲惫和困倦便袭来，他觉得自己被什么淹没，沉入了深不见底的柔软之中。

　　是大雾吗？

　　白天起雾，到了晚上还不散？

　　在晚上起的大雾，到了明天早上会不会散？

　　李小兵已经睁不开双眼，脑子里好像有什么在上升，但很快又倏然一滑跌了下去。他好像想起了妻子，想起了弟弟，于是一股甜蜜而又柔软的舒适感，在这一刻浸入全身，他滑入进去，意识遂变得模糊。

李小兵酣然入眠。

因为第二天是星期六，不用出早操也不用早起，李小兵醒来一看表才五点多，便又睡了过去。回笼觉无比甜蜜，他很快便滑入柔软舒适之中，一点一点进入了梦乡。他连续多日都很紧张，这时的放松终于让他酣睡过去，身体的疲惫也顿时消失。他好像做了一个梦，梦中发生了一件什么事，才刚刚开始，却突然传来刺耳的声响，让他为之一震，以为梦见了飞机，但仔细一看却什么也没有。那刺耳的声响还在持续，他的梦戛然而止，一激灵醒了过来。

是电话在响。

这么早，是谁打来了电话？他尚未完全清醒，意识卡在了"是谁打来了电话"这儿，像昆仑山口的风一样盘旋徘徊，没有马上去接电话。少顷，他反应过来，这么早打来电话，一定是有紧急事情。他紧张起来，立即伸手抓过电话听筒，喂了一声，那边的人却已经挂断了电话。他拿着电话愣怔，这么长时间没有人接听，对方以为电话旁边没有人，便挂断了电话。他把电话听筒放回原位，期待它能够尽快响起。

等电话，便睡意全无。

战士们陆续都起床了，说话声，走动声，还有拧开水龙头洗漱的声音，让这个早晨变得热闹起来。

又一天开始了。

李小兵看见窗玻璃上有一层雾水，弥漫出的图纹，像刚刚完成的一幅画。太阳已经升起，落到窗玻璃上的阳光，让那层雾水慢慢收缩，很快便只剩下大致形状。李小兵感叹，有些事情的变化稍纵即逝，不知刚才没有接上电话，会不会误事？

这时，电话又响了。

李小兵马上拿起电话，是藏北军分区政治部打来的，今天上午将给留守处下发两个通知，让汽车营做好准备去领取通知。李小兵知道有些事要保密，便没有问，应诺一定会派人去留守处机关领取。

一上午，李小兵都处在恍惚之中，会是什么通知呢？眼下最要紧的是确定转业名额的事，该不会是藏北军分区下的督促通知？不会，转业工作由留守处干部股负责，军分区不会直接过问。

那么会是什么？

该不会又有什么紧急任务，通知汽车营去执行？汽车兵开车跑得快，有急事自然会落到汽车兵身上。如果真是那样，倒也没什么担心的，无非多上一次昆仑山而已。

中午，派去的人取回一个通知。李小兵猜测了多种理由，但他万万没有想到，汽车营以集体名义被评上了"昆仑卫士"。他把这个通知看了好几遍，才慢慢平静下来。他让值班排长田一禾马上集合所有人，把通知给大家念了一遍。

汽车营的兵热泪盈眶，激动得说不出话来。

紧接着，被评为"昆仑卫士"个人的通知也下来了，田一禾、肖凡、丁一龙和于公社四个人，被评为"昆仑卫士"。

李小兵原以为，汽车营集体评上了"昆仑卫士"已是莫大荣光，没想到还有四位个人也获得了此项殊荣。他又让田一禾集合所有人，把第二个通知给大家念了一遍。

汽车营的兵都激动得哭了。

上级给出的理由是，汽车营完成了一次很艰难的执勤，有一位同志受伤，另外三人也都有顽强拼搏的精神，所以被评上了"昆仑卫士"。他们的付出，是典型的昆仑精神。昆仑山的环境摆在那儿，他们除了用身体去扛，没有别的办法。一代又一代昆仑军人都是这样过来的，活下来的人下了山，但精神永远留在了昆仑山上。为什么这样说呢？因为离开昆仑山后，精神却长久活着，他们和精神一起留在了昆仑山上，应该被评为"昆仑卫士"。

李小兵泪流满面，面对昆仑山方向，敬了一个军礼。

汽车营的车场里，喇叭声响成一片。在昆仑山上经历了无数次生死的汽车营，终于被评上了"昆仑卫士"，这持续不停的喇叭声，像是替汽车兵在说，我们对得起自己，对得起昆仑山。

当天，李小兵向留守处提交了转业名单，第一个写着他的名字。

不久，李小兵就转业了。出乎所有人意料，他没有回老家，而是联系安置到叶城县交通局，任了新藏公路维护队的队长。

之后很多年，李小兵一次次带着工人，从零公里出发踏上昆仑山，维护着新藏公路。

2021年10月2日乌鲁木齐一稿
2021年11月3日长沙二稿
2022年5月30日乌鲁木齐三稿
2022年9月25日乌鲁木齐四稿